AF372920

Nikolai Gogol

Phantastische Geschichten

e-artnow 2018

Stefan Zweig
Der Stern über dem Walde

Carl Ewald
Vier feine Freunde und andere Geschichten (Naturwissenschaftliche Märchen - Illustrierte deutsche Ausgabe)

Nikolai Gogol
Aufzeichnungen eines Wahnsinnigen

Nikolai Gogol
Petersburger Novellen

Stefan Zweig
Untergang eines Herzens

Nikolai Gogol

Phantastische Geschichten

Übersetzer: Ludwig Rubiner

e-artnow, 2018
ISBN 978-80-268-8696-9

Inhaltsverzeichnis

Die Weihnacht

Deutsch von Ludwig Rubiner und Frieda Ichak

Der letzte Tag vor dem Weihnachtsfeste war verstrichen. Klar brach die Winternacht an, die Steine schauten hervor, der Mond stieg majestätisch am Himmel empor, um allen guten Leuten und der ganzen Welt zu leuchten, auf daß allen fröhlich ums Herz sei, wenn nach dem Weihnachtsbrauch unter den Fenstern Christi Lob und Preis gesungen würde.Dieses Singen unter den Fenstern am Weihnachtsabend nennt man bei uns »Koljadowatj«, und die Lieder heißen »Koljadki«. Dem, der da singt, wirft der Hausherr oder die Hausfrau, oder wer sonst zu Hause bleibt, stets eine Wurst, ein Brot, einen Kupfergroschen oder was er gerade besitzt, in den Sack. Man sagt, es habe einmal einen Narren namens »Koljada« gegeben, den man für einen Gott gehalten habe, und der Name Koljadki für die Lieder rührte daher. Wer will das wissen. Es ist nicht Sache von uns einfachen Leuten, uns hierüber auszusprechen. Voriges Jahr wollte der Vater Ossip es verbieten, in den einzelnen Weilern die »Koljadki« zu singen, da, wie er behauptete, dies ein Tribut sei, den das Volk dem Satan bringe. Allein, um die Wahrheit zu sagen, in den »Koljadki« findet sich auch nicht ein Wort über den »Koljada« Man singt oft von der Geburt Christi und wünscht zum Schluß dem Hausherrn, der Hausfrau, den Kindern und dem ganzen Hause eine gute Gesundheit. Der Frost war noch schneidender als am Morgen; aber dafür war es so still, daß man das Knirschen des Schnees unter den Stiefeln eine halbe Werst weit hören konnte. Noch war unter keinem Fenster eine Schar von Burschen zu sehen; allein der Mond blickte verstohlen durch die Scheiben, als wollte er den sich putzenden Mädchen zuwinken, sie sollten schneller hinauslaufen in den knisternden Schnee. Da wälzten sich plötzlich dichte Ballen von Qualm aus dem Schornstein einer Hütte und stiegen wie eine Wolke zum Himmel auf, und zugleich mit dem Rauch ritt eine Hexe auf einem Besenstiel in die Höhe.

Wenn in diesem Augenblick der Herr Assessor aus Ssorotschintzy in einem mit Gutspferden bespannten Dreispänner vorbeigefahren wäre, die Mütze mit der Hammelfellborde, wie sie die Ulanen tragen, auf dem Kopf, in seinem blauen, mit schwarzem Lammfell gefütterten Pelz, und mit dem Teufelsding, seiner geflochtenen Peitsche, mit der er gewöhnlich seinen Kutscher anfeuerte, so hätte er sie bestimmt gesehen; denn dem Assessor von Ssorotschintzy kann keine Hexe entgehen. Er kann sich's nämlich von jedem Frauenzimmer an den Fingern abzählen, wieviel Ferkelchen ihre Sau wirft, wieviel Leinwand in ihrem Kasten liegt, und er weiß aufs Tüpfelchen, was ein wackerer Mann an einem Sonntag in der Schenke an Kleidern und Wirtschaftssachen versetzt. Aber der Assessor von Ssorotschintzy kam nicht vorbeigefahren, und dann kümmerte er sich auch nicht um fremde Leute – er hatte ja seinen eigenen Bezirk. Unterdessen aber stieg die Hexe so hoch empor, daß sie da oben nur noch wie ein schwarzes Pünktchen aussah. Aber wo dies Pünktchen sich zeigte, dort verschwand ein Stern nach dem andern vom Himmel. Bald hatte die Hexe einen ganzen Ärmel voll von ihnen heruntergeholt. Nur noch drei oder vier blinkten so herum. Auf einmal jedoch tauchte an der entgegengesetzten Seite ein anderes Pünktchen auf, wurde immer größer, dehnte sich in die Breite, und bald war es kein Pünktchen mehr. Ein Kurzsichtiger hätte sogar statt einer Brille die Räder vom Wagen des Kommissärs auf die Nase setzen können, aber auch dann hätte er nicht genau erkennen können, was das für ein Ding war. Von vorne sah es sich ganz an wie ein Welscher:Einen Welschen nennt man bei uns einen jeden, der aus einem fremden Lande stammt, möge er nun ein Franzose, ein Römer, ein Schwede oder sonstwer sein, er heißt immer ein Welscher. Das spitzige Mäulchen, das sich fortwährend bewegte und alles und alle beschnüffelte, lief in ein rundes Fünfkopekenstück aus wie bei unseren Schweinen; die Beine waren so dünn, daß sie auch dem Jareskower Amtmann, wenn er nämlich ebenso schmächtige gehabt hätte, schon beim ersten Sprung im Kosakentanz gebrochen wären. Dafür aber war's von hinten ein waschechter Gouvernementsprokurator in Uniform, denn ihm baumelte ein Schwanz herunter, der so lang war und so spitz zulief wie die Schöße an den neumodischen Uniformen; höchstens aus dem Bocksbart unterm Maul, aus den kleinen Hörnerchen auf dem Kopfe und daraus, daß er nicht viel weißer war als ein Schornsteinfeger, konnte man erraten, daß das weder ein Kerl aus dem Auslande noch ein Gouvernementsprokurator war, sondern ganz einfach der Teufel in eigener Person, für den die letzte Nacht gekommen war, wo er sich in Gottes weiter Welt umhertreiben und die guten Menschen zu allerlei Sünden verführen durfte. Denn morgen schon sollte er beim ersten Glockenschlage der Frühmesse mit eingezogenem Schwanz zur Hölle fahren.

Indessen aber schlich sich der Teufel leise an den Mond heran und streckte die Hand aus, um nach ihm zu greifen; plötzlich jedoch riß er seine Hand zurück, als wenn er sich verbrannt hätte, sog an den Fingerspitzen, schlenkerte mächtig mit dem einen Bein und schlüpfte dann auf die andere Seite; aber da prallte er wiederum zurück und zog schleunigst die Hand weg. Trotz dieser Mißerfolge ließ jedoch der listige Teufel nicht von seinen bösen Streichen. Mit einem Anlauf rannte er heran und packte den Mond mit beiden Händen; er krümmte sich hin und her, blies aus vollen Backen auf ihn und warf ihn aus einer Hand in die andere wie ein Bauer, der sich mit bloßen Händen Feuer für seine Pfeife holt; endlich steckte er ihn rasch in seine Tasche und sauste weiter, als ob ganz und gar nichts geschehen wäre.

In Dikanka hatte niemand gemerkt, daß der Teufel den Mond gestohlen hatte. Freilich, als der Gemeindeschreiber, übrigens auf allen Vieren, die Schenke verließ, sah er, daß der Mond plötzlich am Himmel umhertanzte, und er beschwor das bei allen Heiligen vor dem ganzen Dorfe; aber die Leute im Dorfe schüttelten nur die Köpfe und lachten ihn einfach aus. Doch was hatte den Teufel eigentlich zu einer so schändlichen Tat veranlaßt? Der Grund war folgender: Er wußte, daß der reiche Kosak Tschub vom Küster zum Weihnachtsschmaus eingeladen war, und daß außerdem noch der Amtmann, ein Anverwandter des Vorsängers von der Bischöflichen Sängerkapelle, ein Mann im blauen Rock, der die tiefsten Baßtöne mühelos hervorbrachte, ferner der Kosak Swerbygus und noch dieser und jener da sein würden. Da würde es außer dem Weihnachtskuchen noch süßen Branntwein, Safranschnaps und noch allerhand Gutes zum Essen und Trinken geben. Unterdessen würde aber sein Töchterchen, die erste Schöne im ganzen Dorf, allein zu Hause bleiben; und dann würde sicher der Schmied zu dem Mädel kommen, ein handfester, kräftiger Bursch, ein Mordskerl, der dem Teufel noch widerwärtiger war als die Predigten des Vaters Kondrat. In seinen Mußestunden pflegte der Dorfschmied sich nämlich mit der Malerei zu beschäftigen, und er galt als der beste Maler in der ganzen Umgegend. Der Kosakenhauptmann L...ko, der damals noch lebte, hatte ihn sogar eigens dazu nach Poltawa kommen lassen, um den Bretterzaun vor seinem Haus zu tünchen. Alle Schüsseln, aus denen die Kosaken von Dikanka ihren Borschtsch schlürften, waren von ihm bemalt. Der Schmied war ein gottesfürchtiger Mann, malte oft Heiligenbilder, und man kann jetzt noch in der Kirche zu T...... einen Evangelisten Lukas von seiner Hand sehen. Aber der Triumph seiner Kunst war ein Bild, das er an die Wand der rechten Kirchenvorhalle gemalt hatte; da hatte er den heiligen Petrus dargestellt mit Schüsseln in der Hand, wie er am Jüngsten Tage den bösen Geist aus der Hölle vertreibt: Der erschrockene Teufel rennt, seinen Untergang vorausahnend, hin und her, und die Sünder, die einst in die Hölle gesperrt waren, prügeln mit Knuten, Holzscheiten und allem, was ihnen unter die Hände kommt, auf ihn los. Zur Zeit, als der Maler an diesem Bilde arbeitete – er malte es auf ein großes Brett – hatte sich der Teufel aus aller Kraft bemüht, ihn dabei zu stören: er puffte ihn unsichtbar am Arm, holte Asche aus der Schmiede-Esse und streute sie auf das Bild; aber trotz alledem wurde das Werk zu Ende geführt, das Brett wurde in die Kirche gebracht, an der Wand der Vorhalle angenagelt, und seitdem hatte der Teufel dem Schmied Rache geschworen.

Nur noch eine Nacht war ihm nun geblieben, durch die Welt zu ziehen; in dieser Nacht aber wollte er seine ganze Wut an dem Schmied auslassen, und darum beschloß er, den Mond zu stehlen; er hatte es sich nämlich folgendermaßen ausgedacht: Der alte Tschub ist träge und schwer auf die Beine zu kriegen, und dann ist es auch von seinem Hause bis zum Küster nicht sehr nahe. Der Weg zu ihm führte hinterm Dorfe an Windmühlen, am Friedhof und an einem Abgrund vorüber, und dann konnten bei hellen Mondnächten auch noch der süße Branntwein und der Safranschnaps den Tschub locken; aber bei dieser Finsternis konnte es wohl kaum jemand gelingen, ihn von seinem Plätzchen hinterm Ofen hervor und auf die Straße hinaus zu lotsen. Und da würde der Schmied, der schon lange nicht im besten Einvernehmen mit ihm lebte, es sicher nicht wagen, seine Tochter aufzusuchen, und wenn er noch so kräftig war.

Und so kam es, daß der Teufel kaum den Mond in die Tasche gesteckt hatte, als es plötzlich in der ganzen Welt so stockfinster wurde, daß manch einer den Weg ins Wirtshaus nicht gefunden hätte, geschweige denn den in des Küsters Haus. Die Hexe fand sich auf einmal im Dunkeln und stieß einen Schrei aus. Da scharwenzelte der Teufel auf sie zu, faßte sie flink unterm Arm und begann ihr allerhand schöne Dinge ins Ohr zu flüstern, wie man sie den Weibern gewöhnlich zuzuraunen pflegt. Es geht doch recht wunderlich zu in unserer Welt! Alles was in ihr leibt und lebt, alles ist bemüht, einander was abzugucken und andere Leute nachzuäffen. Früher gab's einmal eine Zeit, da trugen in ganz Mirgorod nur der Richter und der Bürgermeister im Winter Pelze, die mit Tuch überzogen waren, während die übrigen Unterbeamten gewöhnlich die Pelze mit dem Fell nach außen trugen; jetzt dagegen haben sich der Assessor und der Unterrendant neue Pelze aus feinem Lammfell mit Tuchbezügen zugelegt. Vor zwei Jahren kauften der Kanzlist und der Gemeindeschreiber Nanking zu sechzig Kopeken die Elle, und der Kirchendiener hat sich zum Sommer gar eine Pluderhose aus Nanking und sogar eine Weste aus Kammgarn machen lassen. Kurz, alles will zur seinen Welt gehören! Wann werden die Menschen endlich einmal von ihrer Eitelkeit ablassen! Nun könnte man wetten, manchem kommt der Gedanke sonderbar vor, daß der Teufel sich ebenso benimmt. Am ärgerlichsten ist's aber, daß er sich am Ende gar noch auf seine Schönheit was zugute tut, und dabei hat er doch eine Fratze, daß es eine wahre Schande ist. Geradezu eine Fresse, wie Foma Grigorjewitsch zu sagen pflegt, das Garstigste vom Garstigen, und so einer geht auch noch auf Liebschaften aus! Aber am Himmel war es so stockfinster geworden, daß man durchaus nichts mehr von dem sehen konnte, was sich weiter zwischen dem Pärchen abspielte.

»Also, Gevatter, du bist noch nicht beim Küster in der neuen Hütte gewesen?« sprach der Kosak Tschub, trat aus der Tür seines Hauses und ging auf einen hageren, baumlangen Bauer in kurzem Schafspelz, mit einem dichten Bart zu, der davon Zeugnis ablegen konnte, daß dies Kinn schon über vierzehn Tage lang nicht mehr von dem Sensenstück berührt worden war, mit dem sich die Bauern in Ermanglung eines Rasiermessers ihren Bart schaben. »Dort wird es jetzt ein schönes Gelage geben!« fuhr Tschub, übers ganze Gesicht schmunzelnd, fort. »Daß wir nur nicht zu spät kommen!«

Dabei rückte Tschub seinen Gurt zurecht, der seinen Pelz fest zusammenzog, schob die Mütze tief in die Augen und nahm die Knute – den Schrecken und die Angst aller lästigen Hunde – fester in die Hand. Als er jedoch nach oben blickte, hielt er inne...

»Teufel noch einmal! Schau! Schau nur, Panas!...«

»Was denn?« sprach der Gevatter und hob ebenfalls seinen Kopf.

»Was? Der Mond ist fort!«

»Verflucht! Wahrhaftig, der Mond ist fort!«

»Das ist es ja eben«, rief Tschub, einigermaßen ärgerlich über die unerschütterliche Teilnahmlosigkeit des Gevatters. »Du scherst dich wohl wenig drum!«

»Ja, was soll ich denn dabei machen?«

»Mußte sich da grad so ein Teufel,« fuhr Tschub fort und wischte sich mit dem Ärmel den Schnurrbart, »grad so ein Teufel hineinmischen! So ein Hundsfott! Daß er morgens doch nie wieder sein Glas Schnaps zu trinken kriegte!... Wahrhaftig! Es ist zum Lachen... Als ich in der Stube saß, da sah ich zu meinem Vergnügen zum Fenster hinaus: Die Nacht war ein reines Wunder! Es war ganz hell, der Schnee leuchtete im Mondlichte, und alles war so klar zu sehen wie am lichten Tag; kaum aber trete ich aus der Tür, – da herrscht eine Dunkelheit, daß man die Hand vor den Augen nicht sieht! Mag er sich doch alle Zähne an hartem Buchweizenbrot ausbrechen!«

Lange noch brummte und schimpfte Tschub, zugleich aber überlegte er, wozu er sich entschließen solle. Für sein Leben gern hätte er beim Küster über dies und jenes schwatzen mögen; denn sicher saßen dort schon der Amtmann, der zugereiste Baß und der Teersieder Mikita, der alle vierzehn Tage zum Markt nach Poltawa zu fahren pflegte und solche Possen trieb, daß die

Leute aus dem Dorf sich den Bauch vor Lachen hielten. Schon sah Tschub in Gedanken den süßen Branntwein auf dem Tisch stehn. Freilich, all das war verlockend, aber die Dunkelheit der Nacht lockte wieder zu jenem Faulenzerleben, das jedem Kosaken so lieb ist. Wie gut wäre es jetzt, mit untergeschlagenen Beinen auf der Ofenbank zu sitzen, seine Pfeife zu rauchen und in süß umnebelndem Schlummer den lustigen Burschen und Mädeln zuzuhören, die in Scharen vor den Fenstern ihre Lieder singen und die Weihnacht preisen! Ohne Zweifel hätte er sich auch für das letztere entschieden, wenn er allein gewesen wäre; aber zu zweit war es nicht mehr so langweilig und so gruselig, mitten durch die Nacht zu gehen, auch wollte er vor dem andern nicht faul und feige erscheinen. Als er mit dem Schimpfen fertig war, wandte er sich an den Gevatter.

»Der Mond ist also weg, Gevatter?«

»Ja, er ist weg!«

»Wirklich sonderbar! Gib mir mal eine Prise! Du hast einen vortrefflichen Tabak, Gevatter! Wo hast du ihn her?«

»Vortrefflich? Ei, da soll mich doch der und jener –« antwortete der Gevatter, indem er seine Dose aus Baumrinde mit den eingeritzten Mustern zuklappte. »Nicht einmal ein altes Huhn würde bei diesem Tabak niesen!«

»Ich erinnere mich,« fuhr Tschub in demselben Tone fort, »der verstorbene Schankwirt Susulja hatte mir einmal etwas Tabak aus Njáschin mitgebracht. Oh, war das ein Tabak! Also, Gevatter, was machen wir nun? Es ist ja mächtig dunkel.«

»So bleiben wir meinetwegen zu Hause!« rief der Gevatter und griff schon nach der Türklinke.

Hätte der Gevatter das nicht gesagt, so hätte Tschub sich wohl entschlossen, zu Hause zu bleiben; jetzt aber schien ihn gerade etwas zum Widerspruch zu reizen. »Nein, Gevatter, wir wollen gehen! Unmöglich! Wir müssen gehen!«

Kaum hatte er das gesagt, so ärgerte er sich schon über seine eigenen Worte. Es war ihm höchst unangenehm, sich in solcher Nacht umhertreiben zu müssen, aber der Gedanke tröstete ihn, daß er es selbst so gewollt und daß er wider den Ratschlag eines anderen gehandelt hatte.

Der Gevatter ließ auch nicht die leiseste Regung von Verdrießlichkeit in seinem Gesichte erkennen. Er war ein Mann, dem es durchaus gleich war, ob er zu Hause saß, oder ob er sich draußen umhertrieb. Er sah sich nur noch einmal um, kratzte sich mit dem Stiel der Knute die Achseln – und die beiden Gevattern machten sich auf den Weg.

Doch sehen wir nun zu, was seine schöne Tochter trieb, die allein zu Hause geblieben war. Oxana war noch nicht ganz siebzehn Jahre alt, als man schon beinah in der ganzen Welt, sowohl diesseits wie jenseits von Dikanka, von nichts anderem sprach als von ihr. Die Burschen erklärten einstimmig, ein herrlicheres Mädchen gäbe es im ganzen Dorfe nicht, habe es noch nie gegeben und werde es auch niemals geben. Oxana hörte und wußte alles, was über sie geredet wurde, und sie war so eingebildet, wie ein schönes Mädchen es eben ist. Hätte sie nicht ein Kopftuch und die Jacke einer Bäuerin getragen, sondern ein Stadtkleid, so hätte sie sicher alle Mädchen in den Schatten gestellt. Die Burschen liefen ihr scharenweise nach; aber sie verloren allmählich die Geduld, verließen nach und nach die eigensinnige Schöne und wendeten sich anderen, weniger verwöhnten Weibern zu. Nur der Schmied blieb hartnäckig und hörte nicht auf, sie zu umwerben, obwohl er keineswegs besser behandelt wurde als die anderen. Sobald nun der Vater fortgegangen war, putzte und schmückte sich Oxana noch lange vor dem kleinen Spiegel im Bleirahmen. Sie konnte sich nicht satt sehen an ihrer Schönheit.

»Was fällt den Leuten nur ein, mich zu rühmen, ich sei schön?« sprach sie mit zerstreuter Miene, nur um einen Vorwand zu haben, mit sich selbst zu plaudern. »Die Leute lügen, ich bin gar nicht schön!«

Aber das frische, lebhafte, kindlich jugendliche Gesicht im Spiegel, mit den strahlenden schwarzen Augen und dem unsagbar anmutigen Lächeln, das die Seele erglühen machte, bewies das Gegenteil.

»Sind denn meine schwarzen Brauen und meine Augen in der Tat so schön?« fuhr sie fort, ohne den Spiegel aus der Hand zu legen, »daß sie nicht ihresgleichen in der Welt haben? Was ist nur Schönes an dieser Stumpfnase? An meinen Wangen? An meinen Lippen? Meine schwarzen Zöpfe sollen schön sein? O jeh, am Abend können sie einem Menschen einen ordentlichen Schreck einjagen: wie lange Schlangen winden und schlingen sie sich um meinen Kopf. Ich sehe jetzt, daß ich gar nicht schön bin!« Und sie rückte den Spiegel etwas von sich fort und rief: »Nein, ich bin doch schön! Ach, wie ich schön bin! Wundervoll! Welch eine Freude werde ich einst dem bereiten, dessen Frau ich sein werde. Wie wird mein Gemahl entzückt von mir sein! Er wird außer sich sein vor Freude. Er wird mich zu Tode küssen!«

»Wunderbares Mädchen!« flüsterte der Schmied, der leise eingetreten war. »Aber sie ist nicht wenig eitel! Schon eine Stunde lang steht sie da, besieht sich im Spiegel und kann sich nicht satt sehen an sich selbst, und dazu lobt sie sich noch ganz laut!«

»Ja, ihr Burschen, ich bin nicht euersgleichen, seht mich an«, fuhr die reizende Kokette fort. »Wie ist mein Gang so geschmeidig. Mein Hemd ist mit roter Seide genäht. Und was für Bänder ich auf dem Kopf habe! Euer Lebtag werdet ihr nicht mehr solche Goldborden sehen! All das hat mir mein Vater gekauft, damit mich der schönste Bursch der Welt zur Frau nimmt.« Sie lächelte, wandte sich um und erblickte den Schmied...

Sie schrie auf und blieb mit strenger Miene vor ihm stehen.

Der Schmied ließ die Hände herabsinken.

Es wäre schwer zu sagen, was das braune Gesicht des wundervollen Mädchens ausdrückte: Ein strenger Ausdruck spiegelte sich in ihm, und durch die Strenge hindurch blickte ein gewisser Hohn über den verblüfften Schmied und eine kaum merkliche Röte, die ihr der Ärger ins Gesicht getrieben hatte; all das zusammen war so unbeschreiblich schön, daß das Beste, was man hier hätte tun können, dies gewesen wäre: – sie eine Million mal abzuküssen.

»Wie bist du hierhergekommen?« begann Oxana. »Willst du denn, daß ich dich mit der Schippe davonjage? Ihr versteht euch meisterhaft darauf, euch an uns heranzumachen. Im Nu schnüffelt ihr aus, wann die Väter aus dem Hause sind. Oh, ich kenne euch schon! Nun, ist meine Truhe fertig?«

»Sie ist bald fertig, mein Herzchen; nach den Feiertagen wird sie fertig. Wenn du wüßtest, wieviel Mühe ich mir gegeben habe: zwei Nächte lang habe ich die Schmiede nicht verlassen. Dafür soll aber auch keine Popentochter so eine Truhe haben. Ich habe Eisenbeschläge darauf getan, wie ich sie nicht einmal für den Wagen des Hauptmanns nahm, als ich noch in Poltawa auf Arbeit war. Aber wie wird sie erst bemalt sein! Und wenn du die ganze Umgegend mit deinen weißen Füßchen abläufst, du findest solch eine Truhe nicht mehr! Über den ganzen Grund werden rote und blaue Blumen verstreut sein, und es wird so leuchten wie Feuer. Zürne mir nicht! Erlaube mir wenigstens, zu dir zu reden und dich nur anzuschauen!«

»Wer verbietet dir das? Rede und schau!«

Und sie nahm Platz auf der Bank, blickte wieder in den Spiegel und begann ihre Flechten auf dem Kopfe zu ordnen. Sie blickte auf ihren Hals, auf das neue seidenbestickte Hemd, und ein leises Gefühl der Selbstzufriedenheit spiegelte sich auf ihren Lippen und auf ihren frischen Wangen und leuchtete aus ihren Augen.

»Erlaube mir, daß ich neben dir Platz nehme!« sagte der Schmied.

»Setze dich«, sprach Oxana immer noch mit demselben selbstzufriedenen Ausdruck auf den Lippen und in den Augen.

»Wundervolle, herzallerliebste Oxana, erlaube mir nur, daß ich dir einen Kuß gebe!« sagte der Schmied ermutigt und preßte sie an sich, in der Hoffnung, ein Küßchen von ihr zu erwischen. Doch Oxana wandte ihre Wangen ab, die sich schon in erreichbarer Nähe von den Lippen des Schmiedes befanden, und stieß ihn von sich. »Was du nicht alles möchtest! Kaum hat er den Honig, so braucht er gleich auch noch einen Löffel dazu! Geh doch, deine Hände sind noch härter als Eisen. Auch riechst du nach Rauch. Ich glaube gar, du hast mich ganz mit deinem Ruß beschmiert.«

Sie nahm den Spiegel und begann sich von neuem zu putzen.

»Sie liebt mich nicht!« dachte der Schmied bei sich und ließ den Kopf hängen. »Für sie ist alles nur Spielerei; und ich stehe vor ihr da wie ein Narr und kann meine Augen nicht von ihr wenden. Ja, ich möchte immer so vor ihr stehen und meine Augen nicht von ihr wenden. Welch herrliches Mädchen! Was würde ich alles darum geben zu erfahren, was in ihrem Herzen vorgeht und wen sie eigentlich liebt. Aber nein, sie kümmert sich um niemand. Sie freut sich nur ihrer Schönheit, quält mich Armen, und ich bin so traurig, daß mir alles trüb und dunkel erscheint. Und dabei liebe ich sie doch so, wie kein Mensch in der Welt sie je geliebt hat oder lieben wird.«

»Ist es wahr, daß deine Mutter eine Hexe ist?« fragte Oxana und brach in lautes Lachen aus; auch der Schmied fühlte, wie alles in seinem Innern auflachte. Dieses Lachen schien plötzlich in seinem Herzen und in den leise erschauernden Adern widerzuhallen, aber gleich darauf erwachte ein Ärger in seiner Seele, weil er nicht die Macht hatte, dieses so anmutig lachende Antlitz zu küssen.

»Was geht mich meine Mutter an? Du bist mir Mutter und Vater und alles, was es auf der Welt an Teuerem für mich gibt! Wenn mich der Zar zu sich rufen ließe und zu mir sagte: »Wakula, du darfst mich um alles bitten, was es Schönes in meinem Reiche gibt, ich will dir alles geben. Ich will dir eine Schmiede aus purem Golde bauen lassen, und du sollst silberne Hämmer zum Schmieden bekommen,« – dann würde ich zu dem Zaren sagen: »Ich will weder kostbare Edelsteine, noch eine goldene Schmiede, noch dein ganzes Reich. Gib mir lieber meine Oxana!«

»Schau, schau, so einer bist du also! Aber mein Vater ist auch nicht auf den Kopf gefallen. Paß auf, er heiratet noch deine Mutter!« sagte sie und lächelte listig. »Aber, wo bleiben nur die Mädchen?...Was soll das bedeuten? Es ist schon höchste Zeit, daß man vor den Fenstern zu singen beginnt. Ich fange an, mich zu langweilen.«

»Mögen sie nur bleiben, wo sie sind, du meine Holde!«

»Warum nicht gar! Mit den Mädchen werden auch wohl die Burschen mitkommen. Da wird's was geben. Ich stell' mir vor, was für putzige Sachen sie da erzählen werden!«

»Du sehnst dich also wohl nach ihrer Gesellschaft?«

»Sicherlich mehr als nach dir. Ah! Jemand hat geklopft. Das sind wohl die Mädchen und Burschen.«

»Worauf soll ich noch länger warten?« sprach der Schmied zu sich selbst. »Sie macht sich über mich lustig. Ich bin ihr ebensoviel wert wie ein verrostetes Hufeisen. Wenn das aber wirklich so ist, dann soll wenigstens kein anderer über mich lachen. Sobald ich merke, daß ein anderer ihr besser gefällt als ich, dem will ich doch gleich...«

Hier wurden seine Gedanken durch ein Pochen an die Tür unterbrochen, und eine Stimme, die bei dem kalten Frost ziemlich scharf klang, rief: »Mach' auf!« »Warte, ich mache schon selbst auf«, sagte der Schmied und trat in den Flur hinaus mit dem Vorsatz, dem ersten, der hereinkäme, aus Ärger die Rippen einzuschlagen.

Der Frost nahm zu, und oben in der Höhe wurde es so kalt, daß der Teufel von einem Huf auf den andern hüpfte und sich in die Fäuste blies, um nur einigermaßen seine frierenden Hände zu erwärmen. Es war auch kein Wunder, wenn's einen fror, der sich Tag für Tag in der Hölle herumdrückte. Dort ist's bekanntlich längst nicht so kalt wie bei uns im Winter, er aber steht da unten vor dem Feuer, mit einer Zipfelmütze auf dem Kopf, akkurat wie ein wirklicher Küchenmeister, und brät die Sünder mit solchem Vergnügen, wie wohl die Weiber zu Weihnachten Wurst braten.

Selbst die Hexe litt unter der Kälte, trotzdem sie recht warm angezogen war; daher hob sie die Arme in die Höhe, schob ein Bein vor, gab ihrem Körper die Haltung eines Schlittschuhläufers und sauste, ohne ein Glied zu rühren, durch die Luft, wie wenn's einen steilen Eisberg hinabginge, geradeswegs in den Schornstein hinunter.

Der Teufel folgte ihr auf dieselbe Art. Da dieses Vieh aber viel gewandter ist als so mancher Geck in Seidenstrümpfen, so ist's kein Wunder, daß er grad am Eingang zum Schornstein seiner Geliebten auf den Hals flog, und schnell sahen sich die beiden in dem geräumigen Ofen mitten unter den Töpfen.

Die Besenreiterin schob leise das Ofentürchen auf, um zu sehen, ob ihr Sohn Wakula sich nicht die Stube voller Gäste geladen hatte; als sie aber sah, daß niemand da war außer etwa ein paar Säcken, die in der Stube umherlagen, so kroch sie aus dem Ofen, warf den warmen Pelz ab, ordnete ihre Kleidung, und niemand hätte ihr mehr ansehen können, daß sie noch vor einer Minute auf einem Besenstiel geritten war.

Die Mutter des Schmieds Wakula war nicht mehr als vierzig Jahre alt und war weder schön noch häßlich. Es ist ja auch ziemlich schwer, in diesen Jahren schön zu sein. Sie verstand es aber, selbst die gesetztesten und würdigsten Kosaken an sich zu fesseln (denen es, nebenbei bemerkt, auch wenig um die Schönheit zu tun war), so daß sie ebensowohl der Amtmann wie der Küster Ossip Nikiforowitsch (natürlich, wenn die Frau Küsterin nicht zu Hause war), der Kosak Kornij Tschub und der Kosak Kassjan Swerbygus aufzusuchen pflegten. Zu ihrer Ehre muß übrigens gesagt werden, daß sie es vorzüglich verstand, mit ihnen umzugehen: keinem einzigen von ihnen kam es auch nur von ferne in den Sinn, er könne einen Nebenbuhler haben. Ging ein frommer Bauer oder ein »Edelmann«, wie die Kosaken sich selbst zu nennen pflegen, am Sonntag in seinem Mantel mit der Kapuze zur Kirche, oder – wenn das Wetter schlecht war – ins Wirtshaus, so ließ er sich's nicht nehmen, bei der Ssolocha vorzusprechen, um ein paar fette Käsekrapfen mit Rahm zu essen und ein Weilchen mit der gesprächigen und gefälligen Hausfrau in der warmen Stube zu schwatzen. Der Edelmann machte eigens zu diesem Zweck einen großen Umweg, bevor er im Wirtshaus anlangte – und nannte das »unterwegs mal vorsprechen«. Oder ging die Ssolocha einmal an einem Festtag, in ihrem grellen Kopftuch und ihrem Nankingkittel und dem blauen Rock darüber, der hinten mit goldenen Bändern benäht war, zur Kirche, und stellte sie sich gerade neben dem rechten Chor auf, so fing der Küster sicherlich an zu hüsteln und blinzelte unwillkürlich nach jener Seite hinüber; der Amtmann aber strich sich den Schnurrbart, wickelte sich seine Kosakenlocke ums Ohr und sprach zu dem neben ihm stehenden Nachbarn: »Ei, ei, das ist mir ein Weibsbild! Ein ganz verteufeltes Weib!« Die Ssolocha pflegte denn auch jeden Menschen zu grüßen, und jeder glaubte, sie grüße ihn allein.

Aber wer es liebte, sich in fremde Angelegenheiten zu mischen, der konnte sofort merken, daß die Ssolocha am freundlichsten gegen den Kosaken Tschub war. Tschub war Witwer. Vor seinem Hause standen stets acht Schober Getreide, zwei Paar mächtige Ochsen streckten beständig ihre Köpfe durch das Geflecht des Schuppens auf die Straße hinaus und brüllten jedesmal, wenn sie eine Muhme oder einen Ohm, das heißt eine Kuh oder einen dicken Bullen kommen sahen. Ein bärtiger Bock kletterte hoch auf das Dach hinauf und meckerte mit einer gerade so schrillen Stimme von dort herab wie der Bürgermeister, um die auf dem Hofe umher stolzierenden Truthähne zu reizen, oder er kehrte seinen Hintern hervor, wenn er seine Feinde, die Dorfjungen, erblickte, die sich über seinen Bart lustig zu machen pflegten. In Tschubs Truhen lagen viele Ellen Leinwand, teure Schupans und altertümliche Röcke mit Goldborden: seine verstorbene Frau war nämlich sehr putzsüchtig gewesen. In seinem Gemüsegarten gab es außer Mohn, Kohl und Sonnenblumen auch noch zwei Beete mit Tabak. Von all dem, meinte die Ssolocha, wäre es ganz nett, wenn es ihrer eigenen Wirtschaft einverleibt würde; sie rechnete schon im voraus damit, welche Ordnung sie einführen wollte, wenn all das in ihre Hände gelangen würde, und daher verdoppelte sie ihr Wohlwollen gegen den alten Tschub. Damit aber ihr Sohn Wakula sich nicht an seine Tochter heranmachte, alles Hab und Gut selbst einheimste und ihr dann am Ende nicht mehr erlaubte, sich in irgend etwas einzumischen, so griff sie nach dem üblichen Mittel aller vierzigjährigen Weiber, das heißt, sie säte möglichst viel Fehde zwischen Tschub und dem Schmied. Vielleicht waren gerade diese Ränke und Listen der Grund davon, daß die alten Weiber, besonders wenn sie in fröhlicher Gesellschaft zusammen saßen und etwas über den Durst getrunken hatten, davon munkelten, die Ssolocha sei wirklich eine Hexe: der Bursche Kisjakolupenko habe hinten bei ihr einen Schwanz gesehen, der ungefähr so lang gewesen sei wie eine Weiberspindel; am verflossenen Donnerstag erst sei sie in Gestalt einer schwarzen Katze über die Straße gelaufen; auch sei einmal eine Sau zur Popenfrau gerannt gekommen, habe wie ein Hahn gekräht, dann sich die Mütze des Vaters Kondrat aufgesetzt und sich darauf wieder davongemacht...

Der Zufall wollte es, daß gerade zu der Zeit, als die alten Weiber über diese Dinge redeten, ein gewisser Kuhhirt namens Tymisch Korostjawyj bei ihnen erschienen war. Er versäumte nicht zu erzählen, wie er einmal im Sommer, kurz vor Peter und Paul, gerade als er sich im Stall schlafen gelegt und sich ein Bündel Stroh unter den Kopf gebettet hatte, mit eigenen Augen gesehen habe, wie eine Hexe mit aufgelöstem Haar und in bloßem Hemde angefangen habe, die Kuh zu melken; er habe sich nicht vom Fleck rühren können, so behext habe sie ihn, auch habe sie ihm die Lippen mit einem so widerlichen Zeug beschmiert, daß er noch einen ganzen Tag danach immer ausspucken mußte. Doch all das war immerhin zweifelhaft, denn nur der Assessor von Ssorotschintzy kann eine Hexe sehen. Und daher wehrten sich alle Kosaken von Ansehen und Würden mit Händen und Füßen dagegen, wenn sie solche Reden mit anhören mußten. »Sie lügen, die hundsföttischen Weiber!« war gewöhnlich ihre Antwort.

Kaum war die Ssolocha aus dem Ofen gekrochen und hatte sie ihre Kleider wieder ein wenig in Ordnung gebracht, so begann sie sofort als gute Wirtin die Stube aufzuräumen und alles auf seinen Platz zu stellen. Die Säcke aber rührte sie nicht an. »Die hat Wakula gebracht, mag er sie doch auch selbst wieder hinaustragen!« Der Teufel aber hatte sich, als er in den Schornstein hineinflog, zufällig umgeschaut, und da hatte er ganz nahe am Hause den Tschub Arm in Arm mit seinem Gevatter erblickt. Im Nu flog er wieder aus dem Ofen, rannte ihnen auf ihrem Wege voran und begann von allen Seiten Haufen hartgefrorenen Schnees aufzuwirbeln. Es erhob sich ein richtiges Schneegestöber, in der Luft flimmerte es nur so weiß durcheinander. Der Schnee wogte hin und her wie ein Netz und drohte, den Fußgängern Augen, Mund und Ohren zu verstopfen. Der Teufel aber flog wieder in den Schornstein hinein, fest davon überzeugt, daß Tschub und der Gevatter umkehren würden; dann würde Tschub den Schmied bei sich im Hause treffen und ihn sicherlich so traktieren, daß der auf lange Zeit nicht mehr imstande sein sollte, einen Pinsel in die Hand zu nehmen und Spottbilder zu malen.

Und in der Tat, kaum hatte sich das Schneegestöber erhoben und kaum fing der Wind an, ihnen gerade ins Gesicht zu fegen, so äußerte Tschub schon Reue. Er schob sich die Mütze tiefer über die Ohren und reglierte alle, sich selbst, den Teufel und den Gevatter mit Schimpfworten. Übrigens war diese Wut nur geheuchelt. Tschub war sehr froh über das Unwetter. Bis zum Hause des Küsters war es ungefähr achtmal so weit wie die Strecke, die sie schon zurückgelegt hatten. Die Wanderer kehrten also um. Der Wind blies ihnen zwar in den Nacken, aber es war gänzlich unmöglich, in diesem Schneegestöber auch nur das geringste zu sehen.

»Halt, Gevatter! Ich glaube, wir gehen falsch«, sagte Tschub nach einer kurzen Weile. »Ich sehe keine einzige Hütte. He, ist das ein Schneegestöber! Bieg doch mal etwas zur Seite, Gevatter, vielleicht findest du da einen Weg, unterdessen will ich hier nach ihm suchen. Mußte uns auch der Gottseibeiuns bei solchem Unwetter aus dem Hause locken! Vergiß nur nicht zu rufen, wenn du den Weg gefunden hast. Herrgott, was für einen Haufen Schnee hat mir der Satan in die Augen gejagt!«

Der Weg war jedoch noch immer nicht zu sehen. Der Gevatter schlug einen Seitenweg ein und irrte in seinen langen Stiefeln hin und her, bis er endlich auf das Wirtshaus stieß. Diese Entdeckung freute ihn dermaßen, daß er alles vergaß, den Schnee von sich abschüttelte und ins Wirtshaus trat, ohne sich im geringsten um seinen Gevatter auf der Straße zu scheren. Unterdessen war es Tschub so vorgekommen, als ob er den richtigen Weg gefunden hätte. Er machte Halt und schrie aus voller Kehle, als er aber sah, daß der Gevatter nicht zum Vorschein kam, beschloß er, den Weg allein fortzusetzen. Etwas weiter erblickte er sein Haus. Vor dem Hause und auf dem Dache lagen ganze Berge von Schnee. Er klatschte in die vor Kälte erstarrten Hände und begann, an die Tür zu klopfen und seiner Tochter gebieterisch zuzurufen, sie solle aufmachen.

Da trat der Schmied aus dem Hause und schrie ihn grob an: »Was willst du?«

Tschub erkannte die Stimme des Schmieds und wich etwas zurück. »Hm, nein, das ist nicht mein Haus,« sagte er sich, »in mein Haus würde sich der Schmied doch nicht hineinwagen, aber wenn ich's mir wiederum genauer ansehe, so ist's auch nicht das Haus des Schmieds. Wessen Haus könnte das bloß sein? Holla! Daß ich's nicht gleich erkannt habe! Das ist ja das Haus des lahmen Lewtschenko, der sich erst vor kurzem eine junge Frau genommen hat. Nur sein Haus sieht dem meinen so ähnlich. Daher kam es mir doch auch gleich etwas sonderbar vor, daß ich schon so schnell zu Hause war! Aber Lewtschenko sitzt ja beim Küster, das weiß ich genau. Was hat nur der Schmied hier zu suchen?…Hahaha! Er besucht seine junge Frau. Das ist's also! Schön!…Jetzt verstehe ich alles.«

»Wer bist du und was treibst du dich vor fremden Türen herum?« rief der Schmied noch gröber als früher und rückte näher.

»Nein, ich sag' ihm nicht, wer ich bin,« dachte sich Tschub, »am Ende krieg ich noch Hiebe von ihm, diesem verfluchten Bastard!« Und er antwortete mit verstellter Stimme: »Ich bin doch ein anständiger Mensch! Ich will euch nur ein paar Weihnachtslieder vorsingen, um euch einen kleinen Spaß zu machen!«

»Scher' dich zum Teufel mit deinen Weihnachtsliedern«, schrie Wakula wütend. »Was stehst du noch da? Hörst du! Packe dich auf der Stelle!«

Tschub hatte diesen vernünftigen Vorsatz schon selbst gefaßt; es war ihm nur unangenehm, dem Befehle des Schmieds folgen zu müssen. Es schien ganz so, als ob ihn ein böser Geist vorwärts stieß und ihn zum Widerstand nötigte. »Was schreist du da so?« rief er mit derselben Stimme. »Ich will euch Weihnachtslieder vorsingen und sonst nichts!«

»Aha! Du hast also wohl an Worten noch nicht genug?« rief der Schmied, und Tschub fühlte einen höchst schmerzhaften Schlag auf der Schulter.

»Du bist gleich mit Prügeln bei der Hand, wie ich sehe!« sagte er und wich etwas zurück.

»Pack' dich, marsch!« schrie der Schmied und regalierte ihn mit einem zweiten Schlag.

»So!« rief Tschub mit einer Stimme, in die sich Schmerz, Ärger und Furcht mischten. »Wie ich sehe, machst du keinen Spaß, deine Prügel tun ja ordentlich weh!«

»Marsch, vorwärts!« rief der Schmied und schlug die Türe zu.

»Schau einer an, wie tapfer der tut!« sprach Tschub, als er nun allein auf der Straße stand. »Versuch's nur und komm bloß heran! He, wer bist du denn? Etwa ein großes Tier, was? Du glaubst wohl, ich kann dir nichts anhaben? Nein, mein Täubchen, ich gehe geraden Wegs zum Kommissär, da sollst du etwas von mir erleben! Ich werde keine Rücksicht darauf nehmen, daß du ein Schmied bist und noch ein Maler dazu. Hm, wenn ich mir meinen Rücken und meine Schultern ansehe, so werde ich wohl sicher blaue Flecken finden. Er hat mir tüchtig zugesetzt, der hundsgemeine Lümmel. Schade nur, daß es so kalt ist, ich möchte nämlich nicht gern den Pelz ausziehen. Warte nur, du Teufelsschmied! Der Satan soll dich und deine Schmiede in Stücke schlagen. Du sollst noch ein Tänzchen bei mir erleben! Verfluchter Halunke! – Also ist er jetzt nicht zu Hause? Ssolocha ist wohl allein! Hm…Es ist ja nicht weit. – Ob ich am Ende hingehe! Um diese Zeit wird uns niemand überraschen. Vielleicht hab' ich auch Glück und… Seine Hiebe tun aber weh…Oh, dieser gottsverdammte Schmied!«

Und Tschub kratzte sich den Rücken und schlug die entgegengesetzte Richtung ein. Die Genüsse, die seiner bei der Ssolocha harrten, verringerten einigermaßen den Schmerz und machten Tschub sogar weniger empfindlich gegen den Frost, der auf den Straßen knirschte und der nicht einmal vom Sausen des Windes übertönt wurde. Eine sauersüße Miene erschien manchmal auf seinem Gesicht, dessen Kinn und Schnurrbart das Unwetter schneller mit Schnee eingeseift hatte als irgendein Barbier, der sein Opfer tyrannisch an der Nase packt. Wäre jedoch der Schnee einem nicht kreuz und quer vor den Augen herumgewirbelt, so hätte man noch lange sehen können, wie Tschub immer wieder stehen blieb, sich den Rücken kratzte, ausrief: »Die Hiebe von diesem verfluchten Schmied tun aber mächtig weh!« und dann weiter zog.

Während der flinke Stutzer mit Schwanz und Bocksbart aus dem Schornstein und wieder in den Schornstein zurückflog, blieb ihm zufällig seine Tasche, die ihm an der Seite hing und in die er den gestohlenen Mond hineingesteckt hatte, im Ofen hängen und ging auf. Der Mond benutzte diese Gelegenheit, flog aus dem Schornstein des Hauses der Ssolocha in die Freiheit hinaus und stieg flugs zum Himmel empor. Alles wurde hell! Das Schneegestöber war wie weggeblasen, der Schnee dehnte sich weit in die Ferne wie ein großes silbernes Gefild, über das kristallene Sterne ausgestreut waren. Selbst der Frost schien etwas nachgelassen zu haben. Burschen und Mädchen kamen in Scharen mit ihren Säcken herbei. Die Lieder schwirrten durcheinander, und beinahe vor keinem Fenster fehlten Sänger, die den Heiligen Christ besangen.

Der Mond leuchtet wundersam vom Himmel herab! Es ist schwer zu beschreiben, wie schön es ist, sich in solcher Nacht unter die Scharen laut lachender Mädchen und Burschen zu mischen, die zu allen Späßen und losen Streichen aufgelegt sind, wie sie einem nur eine lustig verbrachte Nacht eingeben kann. Unter dem dicken Pelze ist's warm; die Backen glühen nur noch lebhafter vor Kälte, und der Teufel scheint einen hinterrücks nur so zu mutwilligen Stückchen zu treiben.

Scharen von Mädchen brachen mit Säcken in Tschubs Haus ein und umringten Oxana. Das Geschrei, das Gelächter und die Erzählungen betäubten den Schmied. Alle beeilten sich, der Schönen etwas Neues zu erzählen, sie luden ihre Säcke aus und prahlten mit dem Kuchen, den vielen Würsten und Krapfen, die ihnen ihr Straßengesang bereits eingebracht hatte. Oxana schien sehr vergnügt und fröhlich zu sein, schwatzte bald mit der einen, bald mit der anderen und lachte ohne Ende.

Der Schmied sah dieses fröhliche Treiben voller Neid und Ärger an und verfluchte diesmal das ganze Christsingen, obwohl er sonst wie besessen darauf war.

»Du, Odarka!« rief die Schöne lustig, zu einem der Mädchen gewandt. »Du hast ja neue Schuhe an. Ach, wie reizend! Mit Goldstickerei! Du hast es gut, Odarka, du hast jemand, der dir alles kauft, mir kauft niemand so entzückende Schuhe.«

»Gräm dich nicht, meine herzallerliebste Oxana!« unterbrach sie der Schmied. »Ich will dir solche Schuhe schenken, wie sie selbst ein Edelfräulein selten trägt!«

»Du?« rief Oxana sofort und blickte ihn stolz an. »Ich möchte doch sehen, wo du solche Schuhe herkriegen willst, die an meine Füße passen. Ja, wenn du mir die Schuhe brächtest, die die Zarin trägt...!«

»Sieh einer an, was die will!« riefen die Mädchen lachend.

»Ja!« fuhr die Schöne stolz fort. »Seid ihr meine Zeugen: Wenn mir der Schmied Wakula die Schuhe bringt, die die Zarin trägt, so habt ihr mein Wort darauf, daß ich sofort seine Frau werde.«

Die Mädchen führten die launische Schöne mit sich fort.

»Lache nur, lache!« sprach der Schmied, der gleich nach ihnen das Haus verließ. »Ich lache selbst über mich! Ich grüble und grüble und kann's nicht fassen, wo mein Verstand geblieben ist. Sie liebt mich nicht – nun, da ist nichts zu ändern! Als ob's in der Welt nur die eine Oxana gäbe. Gott sei Dank, es gibt auch außer ihr noch viele nette Mädchen im Dorfe. Was soll ich denn überhaupt mit der Oxana? Sie wird ja doch nie eine gute Hausfrau; sie versteht es nur, sich zu putzen. Nein, nun ist's genug! Nun soll die Narretei aufhören!«

Aber gerade zur selben Zeit, als der Schmied diesen Entschluß fassen wollte, führte ihm ein böser Geist Oxanas lachendes Antlitz vor Augen, und das sprach höhnisch: »Schmied, hol mir die Schuhe der Zarin, und ich bin deine Frau!« Und alles in ihm geriet in Wallung, und er dachte nur noch an Oxana.

Scharen von Sängern: Burschen und Mädchen in getrennten Trupps eilten aus einer Straße in die andere. Aber der Schmied schritt dahin, ohne etwas zu sehen, und teilnahmslos gegen die Lustbarkeit, die er einst mehr geliebt hatte als alle andern Burschen.

*

Unterdessen wurde der Teufel allen Ernstes zärtlich gegen Ssolocha; er küßte ihr die Hand mit denselben Fratzen, mit denen der Assessor der Popentochter die Hand zu küssen pflegt, legte seine Hand aufs Herz, stöhnte und erklärte geradeheraus, wenn sie nicht seine Leidenschaften stillen und ihn nach Brauch und Sitte erhören würde, wäre er zu allem fähig: er würde sich ins Wasser stürzen und seine Seele geradeswegs in die Hölle schicken. Ssolocha war nicht so hartherzig; und dann unterhielt der Teufel ja bekanntlich auch mit ihr eine alte Freundschaft. Sie liebte es, sich von Anbetern umringt zu sehen, und selten war sie ohne Gesellschaft. Diesen Abend gedachte sie jedoch allein zu verbringen, denn alle angesehenen Bewohner des Dorfes waren zum Weihnachtsschmaus beim Küster geladen. Aber es kam alles anders: Kaum hatte der Teufel seine Werbung vorgebracht, da vernahmen sie plötzlich ein Klopfen und die Stimme des beleibten Amtmanns vor der Türe. Ssolocha lief hin, um ihm aufzumachen, der flinke Teufel aber sprang hurtig in einen der Säcke.

Nachdem der Amtmann den Schnee von sich abgeschüttelt und ein Gläschen Schnaps aus Ssolochas Hand entgegengenommen und ausgetrunken hatte, erzählte er, er sei nicht zum Küster gegangen, denn es habe sich ein Schneegestöber erhoben; da habe er in ihrer Stube Licht gesehen und sei bei ihr eingekehrt, um den Abend mit ihr zu verbringen.

Kaum aber hatte der Amtmann das gesagt, als an die Türe geklopft wurde und sich die Stimme des Küsters vernehmen ließ. »Versteck' mich irgendwo,« flüsterte der Amtmann, »ich möchte jetzt nicht mit dem Küster zusammentreffen.«

Ssolocha überlegte lange, wo sie einen so dicken Gast verstecken könnte; endlich wählte sie einen der größten Kohlensäcke, schüttelte die Kohlen in einen Zuber, und der feiste Amtmann kroch mitsamt seinem Schnurrbart, Kopf und Mütze in den Sack.

Der Küster kam ächzend und sich die Hände reibend herein und erzählte, es sei niemand zu ihm zum Essen gekommen, er sei aber herzlich froh über die Gelegenheit, sich mit ihr unterhalten zu können, und habe sich nicht einmal durch das Schneegestöber davon abhalten lassen. Dann trat er näher auf sie zu, räusperte sich, grinste, tippte mit seinen langen Fingern auf ihren nackten vollen Arm und sagte mit einer Miene, in der Schlauheit und Selbstzufriedenheit lagen: »Was habt Ihr denn da, reizende Ssolocha?« Und indem er das sagte, sprang er etwas zurück.

»Was kann das wohl sein! Ein Arm, Ossip Nikiforowitsch!« antwortete Ssolocha.

»Hm, Ein Arm! Hähähä!« rief der Küster herzlich zufrieden über diesen Anfang und ging im Zimmer auf und ab. »Und was habt Ihr hier, teuerste Ssolocha?« sprach er mit derselben Miene, ging wieder auf sie zu, betappte ihren Hals mit seiner Hand und sprang ganz so wie vorher wieder zurück.

»Als ob Ihr das nicht seht, Ossip Nikiforowitsch,« erwiderte die Ssolocha, »mein Hals ist es, und dies hier ist ein Halsband!«

»Hm! Ein Hals mit einem Halsband! Hähähä!« Und der Küster ging wieder ein paarmal im Zimmer auf und ab und rieb sich die Hände.

»Und was habt Ihr hier, unvergleichliche Ssolocha?...« Es ist nicht ganz sicher, was der Küster jetzt mit seinen langen Fingern berührt hätte, denn auf einmal ertönte ein Klopfen an der Tür, und die Stimme des Kosaken Tschub ließ sich vernehmen.

»O Gott, ein Fremder!« rief der Küster erschrocken. »Was soll nur werden, wenn man eine Person meines Standes hier antrifft...Vater Kondrat wird es noch erfahren!«

Aber die Befürchtungen des Küsters lagen auf anderem Gebiet; am meisten fürchtete er, seine Ehehälfte könnte es erfahren, deren schreckliche Hand ohnehin aus seinem dicken Priesterzopfe ein dünnes Mauseschwänzchen gemacht hatte. »Um Gottes willen, tugendhafte Ssolocha!« sprach er, am ganzen Leibe zitternd. »Eure Güte, wie es im Evangelium Lucae heißt, Kapitel dreiz...dreiz...Man klopft, bei Gott, man klopft! Versteckt mich doch nur irgendwo!«

Ssolocha schüttete die Kohlen aus noch einem Sack in den Zuber, und der nicht besonders umfangreiche Küster kroch hinein und kauerte sich ganz am Boden des Sacks zusammen, so daß man noch einen halben Sack voll Kohlen über ihn hätte ausschütten können.

»Grüß Gott, Ssolocha!« sagte Tschub, der jetzt in die Stube trat. »Du hast mich vielleicht nicht erwartet, was? Nicht wahr, du hast mich nicht erwartet? Vielleicht störe ich?«...fuhr Tschub fort und ließ auf seinem Gesichte eine verschmitzte und vielsagende Miene sehen, aus der man von vornherein erkennen konnte, wie sehr sein schwerfälliger Kopf sich abmühte, etwas recht Spitzes und Schelmisches zu sagen. »Vielleicht hast du dir gerade mit jemandem die Zeit vertrieben. Vielleicht hast du doch jemanden versteckt, was?« Und entzückt über diese Bemerkung brach Tschub in ein Gelächter aus, innerlich darüber triumphierend, daß nur er allein Ssolochas Gunst genieße. »Nun, Ssolocha, trinken wir jetzt ein Schnäpschen. Ich glaube, mir ist die Kehle ganz eingefroren von der verfluchten Kälte. Mußte uns Gott gerade zu Weihnachten solch eine Nacht schicken! Was das für ein Schneetreiben war! Hörst du, Ssolocha, was das für ein Schneetreiben war...Mir sind die Hände ganz steif geworden: ich kann nicht einmal den Pelz aufknöpfen! Wie das Schneegestöber losging...«

»Mach auf!« ertönte in diesem Augenblick eine Stimme von der Straße her, die von einem Stoß gegen die Tür begleitet wurde.

»Es klopft jemand«, sagte Tschub und hielt inne.

»Mach auf!« schrie es noch lauter.

»Das ist der Schmied!« rief Tschub und griff rasch nach der Mütze. »Hörst du, Ssolocha, versteck’ mich, wo es auch sei, um keinen Preis der Welt will ich mich hier vor dieser gottverdammten Mißgeburt sehen lassen. Diesem Satanskind sollen doch gleich unter beiden Augen Blasen anlaufen: so groß wie zwei Heuschober!«

Ssolocha erschrak gleichfalls und rannte umher, als ob sie nicht ganz gescheit wäre. Ohne sich viel zu besinnen, machte sie Tschub ein Zeichen, er solle in denselben Sack hineinkriechen, in dem bereits der Küster steckte. Der arme Küster konnte nicht einmal durch Husten oder Ächzen seinen Schmerz kundgeben, als sich der schwere Mann ihm beinah auf den Kopf setzte und ihm seine hartgefrorenen Stiefel gegen die Schläfen drückte.

Der Schmied trat ein und ließ sich, ohne ein Wort zu reden und ohne die Mütze abzunehmen, auf eine Bank sinken. Er war sichtlich schlechter Laune.

Zur selben Zeit, als Ssolocha die Tür hinter ihm zumachte, ertönte ein neues Klopfen. Es war der Kosak Swerbygus. Aber den hätte man schon nicht mehr in einem Sack verstecken können, denn ein solcher Sack war nirgends mehr zu finden. Er war noch beleibter als selbst der Amtmann und höher von Wuchs als Tschubs Gevatter. Daher führte ihn Ssolocha in den Gemüsegarten, um alles von ihm zu hören, was er ihr zu sagen hatte.

Der Schmied blickte zerstreut in alle Winkel seiner Stube und lauschte ab und zu den weit vom Dorfe herüber hallenden Liedern der Sänger; endlich blieben seine Augen an den Säcken haften. »Wozu liegen diese Säcke hier? Man hätte sie schon längst wegräumen sollen. Die dumme Liebe hat mich ganz wirr gemacht. Morgen ist Feiertag, und in der Stube liegt noch immer aller mögliche Plunder herum. Ich trage sie gleich in die Schmiede!«

Der Schmied kauerte sich neben den riesigen Säcken hin, band sie fest zusammen und machte sich daran, sie auf seine Schultern zu heben. Aber es war ersichtlich, daß seine Gedanken Gott weiß wo herumspazierten; sonst hätte er hören müssen, wie Tschub keuchte, als ihm das Haar auf dem Kopfe vom Strick festgeklemmt wurde, und wie der feiste Amtmann ziemlich deutlich den Schlucken bekam.

»Will mir diese abscheuliche Oxana denn gar nicht aus dem Sinne?« sprach der Schmied. »Ich will nicht an sie denken; und doch kreisen meine Gedanken immerfort und wie zum Fleiß allein um sie. Wie kommt es, daß man wider Willen an etwas denken muß? Verflucht! Die Säcke scheinen ja schwerer geworden zu sein! Sicher hat man zu den Kohlen noch etwas hineingestopft. Ich Dummkopf. Ich vergesse ja ganz, daß mir jetzt doch alles schwerer erscheint. Früher konnte ich mit einer Hand eine Fünfkopekenmünze und ein Hufeisen zusammen-und wieder auseinanderbiegen, und jetzt kann ich nicht einmal mehr ein paar Kohlensäcke aufheben. Bald wird mich noch ein Windhauch umblasen…Nein!« rief er nach einem kurzen Schweigen und faßte Mut. »Was bin ich doch für ein Frauenzimmer! Ich erlaube niemand, über mich zu lachen! Und wenn es auch zehn solche Säcke wären, – ich trag sie alle weg!« Und rüstig warf er sich die Säcke über die Schultern, diese Säcke, die nicht einmal zwei kräftige Männer hätten aufheben können. »Ich nehme auch den da noch mit«, fuhr er fort und hob den kleinen Sack in die Höhe, auf dessen Boden der Teufel zusammengekauert lag. »Da hab’ ich meine Werkzeuge hineingetan.« Mit diesen Worten verließ er das Haus, und vor sich her summte er das Liedchen:

»Ach, vom Weibe sollt ich lassen!«

Immer lauter und lauter erklangen die Lieder und das Gelächter auf den Straßen. Den Scharen der umherziehenden Leute schlossen sich auch noch solche an, die aus den kleineren Nachbardörfern herbeigekommen waren. Die Burschen tobten herum und verübten nach Herzenslust allerhand Streiche. Oft auch klang in die Weihnachtsgesänge ein lustiges Liedchen hinein, das einer der jungen Kosaken eben erst verfaßt hatte. Oder plötzlich sang einer aus der Menge statt eines Weihnachtsliedes ein Silvesterliedchen und brüllte aus vollem Halse:

Silvester, Bester!
Will lecken 'nen Wecken!
Will papfen 'nen Krapfen!
Will Wurst nach 'm Durst!

Lautes Lachen belohnte den Spaßvogel. Die kleinen Fenster wurden zurückgeschoben, und die dürren Arme einer alten Frau, die allein mit den würdigen Vätern des Hauses daheimgeblieben war, streckten sich, mit einer Wurst oder einem Stück Kuchen in der Hand, hervor. Die Burschen und Mädchen hielten um die Wette ihre Säcke unter und fingen die Beute auf. An einer anderen Stelle umringte ein Haufen von jungen Burschen mehrere Mädchen. Da gab es Lärm und Geschrei; der eine warf einen Schneeball, und ein anderer raubte einen Sack, der mit allerhand Kram angefüllt war. Wieder an einer anderen Stelle haschten Mädchen nach einem Burschen, sie stellten ihm ein Bein, und er flog mitsamt seinem Packen Hals über Kopf zu Boden. Es schien, als ob sie die ganze Nacht hindurch in toller Lust verbringen wollten. Die Nacht war, wie mit Absicht, so herrlich und milde! Und noch heller und weißer erschien der Mondschein vom Leuchten des Schnees!

Der Schmied machte mit seinen Säcken halt. Er glaubte die Stimme und das feine Lachen Oxanas in der Mädchenschar vernommen zu haben. Er fühlte, wie ihm ein Schauder durch alle Adern rann, warf die Säcke zu Boden, so daß der Küster im Sack aufstöhnte und der Amtmann aus vollem Halse aufschluckte, und schloß sich mit dem kleinen Sack über der Schulter dem Haufen der Burschen an, die hinter der Schar der Mädchen herzogen, in der er die Stimme Oxanas vernommen zu haben glaubte.

»Sie ist es! Steht da wie eine Zarin, und ihre schwarzen Augen leuchten. Ein stattlicher Bursch erzählt ihr etwas; sicher etwas Ergötzliches, denn sie lacht. Aber sie lacht ja immer.« Und unwillkürlich und ohne es zu begreifen, wie es geschah, drängte sich der Schmied durch die Menge hindurch und stellte sich an ihre Seite.

»Ah, Wakula, du bist hier! Grüß Gott!« rief die Schöne mit jenem Lächeln, das Wakula beinah wahnsinnig machte. »Nun, hast du dir viel ersungen? He, was hast du denn da für einen kleinen Sack bei dir? Und die Stiefelchen der Zarin? Hast du mir die schon besorgt? Schaff mir die Stiefelchen, so heirate ich dich«...Und lachend lief sie mit einem Trupp Mädchen davon.

Der Schmied stand wie angewurzelt auf einem Fleck. »Nein, ich kann nicht; ich hab' keine Kraft mehr...« rief er endlich. »Himmel Herrgott, warum ist sie nur so verteufelt schön? Ihr Blick, ihre Rede, alles brennt in mir, glüht und brennt! Nein, ich kann mich nicht mehr überwinden. Es muß ein Ende gemacht werden. So geh denn zugrunde, meine Seele. Ich will mich in einem Eisloch ertränken, dann ist alles aus!«

Er eilte entschiedenen Schritts voraus, holte die Mädchen ein, erreichte Oxana und rief mit fester Stimme: »Leb wohl, Oxana! Suche dir einen Bräutigam, wie du ihn haben magst, halte zum Narren, wen du willst; mich wirst du nie mehr auf der Welt erblicken.«

Die Schöne schien erstaunt und wollte etwas sagen, aber der Schmied wehrte mit der Hand ab und rannte davon.

»Wohin, Wakula?« schrien die Burschen, als sie den Schmied davonlaufen sahen.

»Lebt wohl, Brüder!« rief ihnen der Schmied zu. »Wenn Gott will, sehen wir uns in jener Welt wieder, in dieser werden wir uns nie mehr zusammenfinden. Lebt wohl! Gedenkt meiner nicht in Bösem! Sagt dem Vater Kondrat, er möge eine Totenmesse für meine sündige Seele lesen. Ich weiß es, ich bin schuldig und habe die Kerzen an den Bildern des heiligen Wundertäters und der Mutter Gottes nicht bemalt, ich war zu sehr in irdischen Dingen befangen. Mein ganzes Hab und Gut, und alles, was sich in meinem Kasten findet, vermach' ich der Kirche. Lebt wohl!«

Nach diesen Worten lief der Schmied mit dem Sacke auf dem Rücken weiter!

»Er ist von Sinnen!« sprachen die Burschen.

»Eine verlorene Seele!« murmelte fromm eine vorübergehende Alte. »Ich muß doch gleich herumgehen und allen erzählen, wie sich der Schmied erhängt hat!«

Unterdessen lief Wakula durch die Straßen; endlich blieb er stehen, um Luft zu schöpfen. »Wohin renne ich eigentlich so?« dachte er. »Als ob wirklich alles verloren wäre. Ich will noch das letzte Mittel versuchen. Ich gehe zum Saporoger, zu Patzjuk Schmerbauch. Der soll doch alle Teufel in der Welt kennen und alles machen können, was er will. Ich gehe zu ihm, meine Seele ist ja ohnehin verloren!«

Der Teufel, der lange regungslos dagelegen war, hüpfte im Sack vor Freude; der Schmied aber glaubte, er selbst hätte den Sack irgendwie mit der Hand berührt und diese Bewegung hervorgerufen, schlug mit seiner mächtigen Faust auf den Sack, rüttelte ihn und begab sich zu Patzjuk Schmerbauch.

Dieser Patzjuk Schmerbauch war in der Tat vormals ein Saporoger Kosak gewesen; aber niemand wußte, ob er aus der Gemeinschaft vertrieben oder von selbst davongelaufen war. Er lebte schon seit langem in Dikanka, vielleicht an die zehn oder gar fünfzehn Jahre. Zuerst führte er den Lebenswandel eines echten Saporogers: arbeitete nicht, schlief dreiviertel des Tages, aß wie sechs Drescher und trank einen ganzen Eimer voll auf einen Zug; übrigens hatte der auch bequem Platz, denn obwohl Patzjuk klein von Statur war, war er doch recht stark in die Breite gegangen. Dazu trug er so weite Pluderhosen, daß seine Beine, so lang er auch ausschreiten mochte, kaum zu sehen waren, und daß es den Eindruck machte, als ob sich eine Branntweinkufe die Straße entlang bewege. Daher mochte wohl auch sein Spitzname Schmerbauch stammen. Noch waren keine vierzehn Tage seit seiner Ankunft im Dorfe verstrichen, da wußte schon jedermann, daß er ein Hexenmeister sei. Hatte jemand irgendeine Krankheit, sogleich wurde Patzjuk gerufen, Patzjuk brauchte nur ein paar Worte zu murmeln, und das Gebrechen war wie mit der Hand weggewischt. Oder geschah es, daß einem unmäßigen Edelmann eine Fischgräte in der Kehle steckengeblieben war, so verstand es Patzjuk, den Rücken des Herrn so geschickt mit der Faust zu beklopfen, daß die Gräte den rechten Weg einschlug, ohne der adligen Kehle auch nur den leisesten Schaden zuzufügen. In der letzten Zeit hatte man ihn wenig gesehen. Der Grund davon lag vielleicht in seiner Faulheit, vielleicht aber auch in dem Umstande, daß es ihm mit jedem Jahre schwerer wurde, durch die Tür zu kommen. Und so mußten denn die Leute sich zu ihm in sein Haus begeben, wenn sie seiner bedurften.

Nicht ohne Furcht öffnete der Schmied die Tür und erblickte Patzjuk, der wie ein Türke auf dem Boden und vor einem kleinen Fasse saß, auf dem eine Schüssel mit Klößen stand. Diese Schüssel stand wie mit Absicht gerade vor seiner Nase. Ohne auch nur einen Finger zu rühren, neigte er bloß den Kopf leise über die Schüssel und schlürfte die Brühe ein, ab und zu schnappte er auch mit den Zähnen nach einem Kloß.

»Nein,« dachte Wakula bei sich, »der da ist noch fauler als Tschub: Jener ißt doch wenigstens noch mit einem Löffel, dieser aber mag nicht einmal die Hand aufheben!«

Patzjuk war sicherlich mächtig mit seinen Klößen beschäftigt, denn er schien das Kommen des Schmiedes gar nicht bemerkt zu haben; kaum aber war dieser über die Schwelle getreten, so machte er eine tiefe Verbeugung.

»Ich komme zu Euer Gnaden, Patzjuk!« sagte Wakula und verbeugte sich von neuem.

Der dicke Patzjuk erhob den Kopf und begann wieder die Kloßbrühe zu schlürfen.

»Die Leute sagen, – nimm es mir nicht übel...« sagte der Schmied, indem er sich selbst Mut zusprach, »ich sag's nicht, um dich zu beleidigen – die Leute sagen, du bist mit dem Teufel verschwägert!«

Kaum hatte Wakula diese Worte gesprochen, so erschrak er schon, denn er dachte, er hätte sich zu eindeutig ausgedrückt und die herben Worte nicht genügend gemildert. Er erwartete, daß Patzjuk das Faß mitsamt der Schüssel packen und ihm an den Kopf werfen würde; darum wich er etwas zur Seite und hielt sich den Arm vor, damit die heiße Kloßbrühe ihm nicht das Gesicht bespritze.

Aber Patzjuk blickte ruhig vor sich hin und aß weiter.

Der Schmied entschloß sich, ermutigt, fortzufahren: »Ich komme zu dir, Patzjuk; Gott schenke dir viel Reichtum, gebe dir alles in Hülle und Fülle, und auch Brot in Proportion!« Der Schmied verstand es sehr wohl, ab und zu ein neumodisches Wörtchen in seine Rede einzuflechten. Das hatte er sich während seines Aufenthalts in Poltawa angewöhnt, als er den Bretterzaun des Hauptmanns tünchte. »Ich armer Sünder muß zugrunde gehen!! Nichts in der Welt kann mir mehr helfen! Komme, was kommen mag. Es bleibt mir nichts mehr übrig, als den Teufel selbst um Beistand zu bitten. Also, Patzjuk,« rief der Schmied, als er bemerkte, daß jener unerschütterlich schwieg, »was soll ich anfangen?«

»Wenn du den Teufel brauchst, so scher dich doch auch zum Teufel!« antwortete Patzjuk, richtete nicht einmal die Augen auf ihn und fuhr fort, seine Klöße zu vertilgen.

»Deshalb komme ich ja eben zu dir,« erwiderte der Schmied mit einer Verbeugung, »außer dir, glaube ich, weiß niemand den Weg zu ihm.«

Patzjuk sprach kein Wort – und aß seine Klöße zu Ende. »Erbarm dich, guter Mensch, schlag mir die Bitte nicht ab!« drängte der Schmied. »Ob Schweinefleisch oder Wurst, ob Leinewand oder Hirse, – oder Buchweizenmehl, und alles, was du brauchst … wie es so unter guten Leuten Sitte ist … es soll dir an nichts fehlen. Sage mir doch nur beispielsweise, welcher Weg zu ihm führt?«

»Der braucht nicht weit zu gehen, der den Teufel auf dem Buckel hat«, sprach Patzjuk gleichgültig, ohne seine Stellung zu verändern.

Wakula starrte ihn an, als stände die Erklärung dieser Worte auf seiner Stirn zu lesen. »Was spricht er?« schien seine Miene stumm zu fragen; und sein halbgeöffneter Mund bereitete sich vor, das erste Wort, das er sagen würde, zu verschlingen wie ein Klößchen. Aber Patzjuk schwieg.

Da merkte Wakula, daß weder Klöße noch ein Faß vor Patzjuk standen; statt dessen aber standen zwei Holzschüsseln auf dem Boden: die eine war mit Krapfen, die andere mit Rahm gefüllt. Seine Gedanken und seine Augen wandten sich unwillkürlich diesen Gerichten zu. »Sehn wir mal zu, wie Patzjuk die Krapfen essen wird«, sagte er zu sich selbst. »Er wird sich sicher nicht bücken wollen, um sie mit dem Mund einzuschlürfen wie die Klöße; es geht ja auch gar nicht: Man muß den Krapfen ja zuerst in den Rahm tunken!« Doch kaum hatte er dies gedacht, da sperrte Patzjuk seinen Mund weit auf, blickte auf die Krapfen und riß dann den Mund noch weiter auf. Da plantschte ein Krapfen aus der Schüssel, fiel klatschend in den Rahm, drehte sich auf die andere Seite, hüpfte hoch empor und fiel ihm stracks in den Mund. Patzjuk verzehrte den Krapfen, machte den Mund wieder auf, und mit einem anderen Krapfen geschah dasselbe. Er selbst mußte sich nur die Mühe nehmen zu kauen und ihn zu verschlucken.

»Potztausend!« dachte der Schmied und machte vor Verwunderung den Mund weit auf; aber da merkte er, daß auch ihm ein Krapfen in den Mund hineinspazierte, und schon waren seine Lippen mit Rahm beschmiert. Der Schmied stieß den Krapfen verwirrt von sich, wischte sich die Lippen und begann darüber nachzudenken, was für Wunder es doch in der Welt gäbe und bis zu welchen Spitzfindigkeiten des Satans Macht einen Menschen gelangen ließe; und er sagte sich beiläufig, daß nur Patzjuk imstande sei, ihm zu helfen.

»Ich will mich noch einmal verbeugen, vielleicht sagt er's mir … Aber, Teufel! Morgen ist ja Weihnachten, und er ißt Krapfen – das ist doch kein Fastenessen! Was bin ich doch für ein Dummkopf: Steh da und belade mich mit Sünde! Zurück! …« Und der gottesfürchtende Schmied stürzte aus dem Hause.

Da aber konnte der Teufel, der im Sack saß und sich schon im voraus gefreut hatte, vor Angst, es könne ihm eine so großartige Beute entgehen, nicht mehr an sich halten. Kaum ließ der Schmied den Sack zu Boden gleiten, so sprang er flugs hinaus und setzte sich rittlings auf seinen Hals.

Den Schmied überlief es kalt; er erschrak, wurde totenbleich und wußte einfach nicht, was er tun sollte; schon wollte er sich bekreuzigen … Aber der Teufel neigte sein Hundeschnäuzchen an Wakulas rechtes Ohr und sagte: »Ich bin's, dein Freund; ich werde alles für meinen Kameraden und Genossen tun! Ich gebe dir Geld, soviel du willst,« murmelte er ihm ins linke Ohr. »Oxana wird heute noch die Unsere sein«, flüsterte er, sein Maul wieder zum rechten Ohr neigend. Der Schmied stand da und sann. »Schön,« sagte er endlich, »um diesen Preis bin ich bereit, dir anzugehören!«

Der Teufel schlug die Hände zusammen und begann vor Freude auf dem Halse des Schmiedes auf und ab zu hüpfen. »Jetzt habe ich den Schmied!« dachte er bei sich. »Gut, mein Täubchen, du sollst mir alle deine Malereien und Schmierereien, mit denen du den Teufel verspottet hast, bezahlen! Was werden meine Genossen dazu sagen, wenn sie erfahren, daß der frömmste Mann des Dorfes in meinen Händen ist?«

Und der Teufel lachte und stellte sich vor, wie er in der Hölle die geschwänzte Rotte necken werde; und wie der hinkende Teufel, der als Meister aller satanischen Streiche galt, Wut schnauben würde.

»Na, Wakula!« piepste der Teufel, der den Hals des Schmiedes immer noch nicht verlassen hatte, gerade als ob er fürchtete, jener könne ihm entwischen. »Du weißt ja, daß ohne Vertrag nichts unternommen wird.«

»Ich bin bereit!« sagte der Schmied. »Wie ich gehört habe, unterzeichnet man bei euch die Verträge mit Blut; halt, ich hol' mir nur einen Nagel aus der Tasche!«

Dabei griff er mit der Hand nach hinten – und siehe – er hatte den Teufel am Schwanze gepackt.

»Ei, ei, du Schäker!« rief der Teufel lachend, »jetzt aber laß los, genug der Schelmenstreiche!«

»Nein, warte, mein Täubchen!« schrie der Schmied. »Und was sagst du dazu?« Dabei machte er das Zeichen des Kreuzes, und der Teufel wurde lammstill. »Warte mal!« rief er und zerrte ihn am Schwanze zu Boden. »Ich will dich lehren, ehrliche Leute und anständige Christenmenschen in Sünden zu stürzen.«

Und der Schmied sprang rittlings auf ihn und hob die Hand empor, um das Zeichen des Kreuzes zu machen.

»Hab Erbarmen, Wakula!« stöhnte der Teufel kläglich. »Ich tue ja alles, was du willst; nur verschone mich; lege mir nur nicht dies furchtbare Kreuz auf.«

»Jetzt singst du schon ein anderes Lied, du gottverdammter Welschling, du! Nun weiß ich, was ich zu tun habe. Führe mich sofort im Ritt auf und davon. Hörst du? Eile dahin, wie ein Vogel!«

»Wohin?« rief der Teufel traurig.

»Nach Petersburg, geradeswegs zu der Zarin!« Aber da erstarrte der Schmied vor Schreck, denn er fühlte, wie er in die Lüfte emporgehoben wurde.

Noch lange stand Oxana da und dachte an die sonderbaren Reden des Schmieds. Schon regte sich etwas in ihrem Innern und raunte ihr zu, sie habe ihn zu hart behandelt. »Und wenn er sich wirklich etwas Schreckliches antut? Nichts ist unmöglich! Vielleicht verliebt er sich noch am Ende aus Kummer in eine andere und wird sie aus lauter Ärger für die Schönste im Dorfe erklären. Aber nein, er liebt mich. Ich bin ja auch so schön! Er wird mir keine andere vorziehen; er treibt nur Unsinn und tut nur so. Es werden noch keine zehn Minuten verstreichen, und er wird wiederkommen, um mich zu sehen. Ich bin wirklich zu hartherzig. Ich muß mich einmal scheinbar widerwillig von ihm küssen lassen. Das wird eine Freude für ihn sein!« Und die leichtsinnige Schöne fing schon wieder an, mit ihren Freundinnen zu scherzen.

»Halt!« rief die eine von ihnen. »Der Schmied hat seine Säcke vergessen; o schaut nur, was für gräßliche Säcke das sind! Er hat ganz andere Geschenke für seinen Gesang bekommen als wir; ich glaube, man hat ihm ein ganzes Viertel von einem Hammel geschenkt und sicherlich Würste und Brote ohne Zahl. Prächtig! Da kann man die ganzen Feiertage davon essen.«

»Sind das die Säcke des Schmiedes?« rief Oxana. »Schleppen wir sie doch zu mir in die Stube und sehn wir zu, was er alles drin hat.«

Alle billigten lachend diesen Vorschlag.

»Aber wir können sie nicht in die Höhe heben!« rief auf einmal die ganze Schar, die bemüht war, die Säcke vom Platze zu rücken.

»Halt,« meinte Oxana, »holen wir einen Schlitten und schleppen wir sie auf dem Schlitten zu mir!«

Und die ganze Schar lief fort, um einen Schlitten zu holen.

Den Gefangenen wurde indessen in den Säcken die Zeit gewaltig lang, wenn auch der Küster sich ein tüchtiges Loch in den Sack gebohrt hatte. Wären keine Leute dagewesen, so hätte er vielleicht auch noch ein Mittel gefunden, herauszukriechen; aber in Gegenwart aller aus dem

Sack zu kriechen, sich lächerlich zu machen… dieser Gedanke hielt ihn zurück, und er beschloß daher zu warten; und nur hier und da stöhnte er unter Tschubs unhöflichen Stiefeln schmerzlich auf. Tschub selbst aber sehnte sich nicht minder nach Freiheit, denn er fühlte, daß ein gewisses Etwas unter ihm lag, auf dem ganz grauenhaft unbequem zu sitzen war. Sobald er aber vom Entschluß seiner Tochter vernahm, beruhigte er sich und wollte jetzt schon selbst nicht mehr zum Vorschein kommen, denn er dachte daran, daß es bis zu seinem Hause noch mindestens hundert Schritt oder gar noch mehr waren; hätte er aber hinauskriechen wollen, so hätte er seine Kleidung ordnen, den Pelz zuknöpfen und sich den Gurt umbinden müssen – welche Arbeit! Und dann war auch seine Mütze bei der Ssolocha geblieben. Da sollten ihn doch lieber die Mädel nach Hause fahren! Es kam jedoch ganz anders, als Tschub erwartet hatte. Während die Mädchen davonliefen, um einen Schlitten zu holen, trat der hagere Gevatter verstört und mißgestimmt aus dem Wirtshaus. Die Schankfrau hatte sich durchaus nicht entschließen können, ihm zu borgen. Er wollte im Wirtshause abwarten, ob nicht irgendein frommer Edelmann kommen und ihm was vorsetzen würde; aber wie zum Trotz waren alle Edelleute zu Hause geblieben und verzehrten als ehrliche Christen ihren Weihnachtskuchen inmitten ihrer Familie. Wie nun der Gevatter so über die allgemeine Sittenverderbnis und das steinerne Herz des Judenweibs, das den Schnaps feilhielt, nachdachte, stieß er plötzlich auf die Säcke und blieb erstaunt stehen. »Schau, schau, hier hat jemand Säcke auf die Straße geworfen!« sagte er und sah sich um. »Wahrscheinlich ist Schweinefleisch drin. Es gehört doch ein großes Glück dazu, sich so viel zu ersingen! Was für riesige Säcke! Angenommen selbst, sie wären nur mit Buchweizenbroten und Brezeln gefüllt, das wär' auch gar nicht übel, aber selbst wenn nur einfaches Brot darin wäre, so ließe ich mir auch das gefallen: die verfluchte Jüdin gibt ein Achtel Schnaps für jeden Laib. Ich will sie rasch fortschleppen, so daß niemand es sieht.«

Da wälzte er sich den einen Sack, gerade den mit Tschub und dem Küster, auf die Schulter, fühlte jedoch, daß er zu schwer sei. »Nein, für mich allein ist der zu schwer«, rief er. »Aber da kommt ja gerade wie gerufen der Weber Schapuwalenko. Grüß Gott, Ostap!«

»Guten Abend!« erwiderte der Weber und blieb stehen.

»Wohin gehst du?«

»Ganz ohne Ziel, wohin mich gerade die Füße tragen!«

»Hilf mir doch die Säcke forttragen, lieber Mensch, da hat jemand seine Weihnachtsgeschenke hergeschleppt und sie mitten auf der Straße hingeschmissen. Wir wollen das Gut redlich unter uns teilen.«

»Die Säcke? Und was ist drin? Kuchen oder Brot?«

»Ich glaube, es ist von allem etwas drin.«

Sie rissen schnell eine Latte vom Zaun, legten einen Sack darauf und trugen ihn auf den Schultern fort.

»Wohin wollen wir sie tragen? Ins Wirtshaus?« fragte der Weber unterwegs.

»Ich hab's mir auch gedacht; aber die verdammte Jüdin wird uns am Ende nicht recht trauen, sie wird glauben, wir hätten sie gestohlen, und außerdem komme ich gerade aus dem Wirtshaus. Tragen wir den Sack zu mir. Niemand wird uns stören: Meine Frau ist nicht zu Hause.«

»Ist sie auch sicher nicht zu Hause?« fragte der vorsichtige Weber.

»Wir sind ja, Gott sei Dank, noch bei vollem Verstande,« sagte der Gevatter, »nur der Teufel könnte mich dorthin bringen, wo sie jetzt ist. Ich glaube, sie wird sich bis morgen früh mit den Weibern herumtreiben.«

»Wer ist da?« rief die Frau des Gevatters, als sie den Lärm hörte, den die beiden Freunde im Flur mit dem Sack machten, und öffnete die Tür.

Der Gevatter war starr vor Schrecken.

»Na, da haben wir die Bescherung!« rief der Weber und ließ die Arme sinken.

Des Gevatters Frau war so ein Juwel, wie es deren durchaus nicht wenige in der Welt gibt. Genau wie ihr Gemahl saß sie fast niemals zu Hause und schmarotzte fast den ganzen Tag lang bei allerhand Basen und wohlhabenden Muhmen umher, schmeichelte sich bei ihnen ein, aß mit vielem Appetit und prügelte sich nur am Morgen mit ihrem Manne herum, denn bloß um diese Tageszeit pflegte sie ihn zuweilen zu sehen. Ihre Hütte war doppelt so alt wie die Pluderhosen des Gemeindeschreibers. Das Dach hatte an manchen Stellen gar kein Stroh mehr, und vom Zaun waren nur noch ein paar klägliche Überreste übrig, denn kein Mensch pflegte beim Ausgehen noch einen Stock zur Abwehr der Hunde mitzunehmen, weil jeder hoffte, am Gemüsegarten des Gevatters vorüberzugehen und sich da einen Knüppel aus seinem Zaun reißen zu können. Der Ofen wurde oft drei Tage lang nicht geheizt. Alles, was die zärtliche Gattin bei gutherzigen Leuten zu erbetteln pflegte, verbarg sie möglichst vor ihrem Manne, und manchmal nahm sie sogar Sachen als Beute an sich, die ihm gehörten, falls er sie noch nicht in der Schenke versoffen hatte. Der Gevatter wollte ihr trotz seiner ewigen Gleichgültigkeit doch nicht nachgeben, daher verließ er auch das Haus fast immer mit ein paar Beulen unter beiden Augen, und die geschätzte Ehehälfte trollte sich ächzend zu ihren alten Weibern, um ihnen von der Liederlichkeit ihres Mannes und von den Schlägen vorzuklatschen, die sie zu ertragen hatte.

Man kann sich ausmalen, wie verblüfft der Weber und der Gevatter durch ihr unerwartetes Erscheinen waren. Sie ließen den Sack zu Boden sinken, stellten sich vor ihn hin und bedeckten ihn mit ihren Rockschößen; aber schon war es zu spät; des Gevatters Frau hatte den Sack schon erblickt, obwohl ihre alten Augen nur noch schlecht sahen. »Das ist aber fein!« sagte sie mit einer Miene, in der die Freude eines Habichts aufzuckte. »Das ist fein, daß ihr euch so viel zusammengesungen habt! Anständige Leute machen es immer so. Aber nein, ich glaube doch, ihr habt es irgendwo stibitzt. Zeigt mir's sofort, hört ihr; zeigt mir sofort, was ihr in eurem Sacke habt!«

»Vielleicht zeigt dir's ein kahlköpfiger Teufel, aber nicht wir«, sagte der Gevatter und stellte sich in Positur.

»Was geht dich das an?« sagte der Weber, »wir haben das für unseren Gesang bekommen und nicht du!«

»Nein, du sollst es mir zeigen, du nichtsnutziger Trunkenbold!« rief die Frau, versetzte dem langaufgeschossenen Gevatter einen Schlag unters Kinn und drängte sich an den Sack heran. Jedoch der Weber und der Gevatter verteidigten den Sack tapfer und nötigten sie zum Rückzuge. Kaum aber hatten sie Zeit, sich recht zu besinnen, als die Gattin schon mit einem Feuerhaken in der Hand wieder auf den Flur herausgerannt kam. Sie schlug ihrem Mann flink mit dem Haken auf die Hände und dem Weber über den Rücken, und schon stand sie neben dem Sack.

»Warum haben wir sie herangelassen?« rief der Weber, als er wieder zu sich gekommen war.

»Ja, warum haben wir sie herangelassen! Warum hast du sie herangelassen?« sagte der Gevatter kaltblütig.

»Ihr habt wohl einen eisernen Ofenhaken!« sagte der Weber nach kurzem Schweigen, indem er sich den Rücken kratzte. »Meine Frau hat im vorigen Jahr auf dem Jahrmarkt einen Ofenhaken gekauft und ein halb Schock Eier für ihn gegeben: Der ist besser...er tut nicht so weh!«

Unterdessen stellte die triumphierende Gattin ihr Lämpchen auf den Boden, band den Sack auf und blickte hinein.

Aber ihre alten Augen, die den Sack doch so gut wahrgenommen hatten, täuschten sich wohl diesmal. »He, da liegt ja ein ganzer Eber!« rief sie, vor Freude in die Hände klatschend.

»Ein Eber! Hörst du, ein ganzer Eber!« rief der Weber und puffte den Gevatter in die Seite, »du allein hast an allem schuld!«

»Was ist da zu machen!« rief der Gevatter achselzuckend.

»Was? Warum stehen wir auch so ruhig da? Nehmen wir ihr doch den Sack ab! Pack dich!«

»Vorwärts marsch, du Teufelsweib! Der Eber gehört uns!« rief der Gevatter und rückte vor. Seine Gattin griff wieder zum Ofenhaken, aber in diesem Augenblick kroch Tschub aus dem Sack und stellte sich breitbeinig mitten im Flur hin, indem er sich dehnte und reckte wie ein Mensch, der soeben aus einem langen Schlafe erwacht ist.

Des Gevatters Frau stieß einen Schrei aus, schlug die Hände zusammen, und alle miteinander sperrten unwillkürlich die Mäuler auf.

»Was faselt sie da von einem Eber, diese Närrin! Das ist doch kein Eber«, sagte der Gevatter, die Augen weit aufreißend.

»Sieh einer an, was für einen Kerl sie da in den Sack gesteckt haben!« rief der Weber, vor Schreck zurückweichend. »Sag', was du willst, ich will auf der Stelle platzen, wenn da nicht der Böse seine Hand im Spiel hat. Der da kann doch durch kein Fenster, geschweige denn in einen Sack geraten!«

»Das ist ja Gevatter Tschub!« rief der Gevatter, als er näher zusah.

»Und was dachtest du?« rief Tschub schmunzelnd. »Was? Habe ich euch einen Schabernack gespielt? Ihr wolltet mich wohl schon gar verspeisen wie ein Stück Schweinefleisch? Wartet nur, ich will euch noch eine Freude bereiten: Im Sacke liegt noch etwas, wenn das kein Eber ist, so ist's sicher ein Ferkel oder irgendein anderes Vieh. Es hat fortwährend unter mir gezappelt.«

Der Weber und der Gevatter stürzten sich auf den Sack, die Hausfrau klammerte sich auf der anderen Seite an ihn, und das Gefecht wäre wieder losgegangen, wenn nicht der Küster, der einsah, daß er sich nirgends mehr verbergen konnte, von selbst aus dem Sacke herausgekrochen wäre.

Die Frau des Gevatters wurde starr wie Stein und ließ den Fuß los, an dem sie den Küster bereits aus dem Sacke ziehen wollte.

»Also noch einer!« rief der Weber in heller Angst. »Der Teufel mag wissen, was in der Welt los ist... Der Kopf dreht sich mir im Kreise herum... Weder Würste noch Brot, sondern lauter Menschen wirft man jetzt in die Säcke!«

»Das ist der Küster!« rief Tschub, der noch mehr erstaunt war als die anderen. »Da haben wir's! Ei, ei, die Ssolocha! Die Menschen in einen Sack zu stecken... Ich dachte mir gleich: warum ist nur die Stube voller Säcke... Jetzt weiß ich alles: bei ihr saßen zwei Kerle in jedem Sacke. Und ich glaubte, daß sie mir allein... Ei, ei! diese Ssolocha!«

Die Mädchen waren einigermaßen erstaunt, als sie den einen Sack nicht mehr fanden.

»Nun, da ist nichts zu machen, wir werden auch an dem anderen genug haben!« meinte Oxana.

Alle ergriffen den Sack und wälzten ihn auf den Schlitten. Der Amtmann beschloß zu schweigen, denn er bedachte die Folgen, wenn er schrie, man solle den Sack aufbinden; die dummen Mädel würden auseinanderlaufen, würden glauben, im Sacke sitze der Teufel, und er müßte dann vielleicht bis morgen auf der Straße bleiben.

Indes flogen die Mädchen, Hand in Hand, wie der Sturmwind mit dem Schlitten über den knisternden Schnee. Einige von ihnen setzten sich mutwillig auf den Schlitten; und manche setzten sich sogar auf den Amtmann selbst. Der Amtmann war entschlossen, alles zu ertragen.

Endlich waren sie angekommen, sie rissen die Türen zum Flur und zur Stube weit auf und schleppten den Sack unter lautem Gelächter hinein.

»Sehn wir zu, was drin ist«, riefen alle auf einmal und beeilten sich, ihn aufzubinden.

Da aber wurde der Schlucken, der nicht aufgehört hatte, den Amtmann während der ganzen Zeit seines Aufenthalts im Sack zu quälen, so arg, daß er laut aufzuschlucksen und zu husten begann.

»Ach, da sitzt ja jemand drin!« schrien alle und stürzten erschrocken zur Türe.

»Was Teufel! Wohin rennt ihr denn alle, als ob ihr nicht gescheit seid?« fragte Tschub, der in die Türe trat.

»Oh, Vater!« rief Oxana, »im Sacke sitzt jemand!«

»Im Sacke? Wo habt ihr diesen Sack her?«

»Der Schmied hat ihn mitten auf die Straße hingeschmissen«, riefen alle zugleich.

»Na also; Hab ich's nicht gleich gesagt?...« dachte Tschub bei sich. »Worüber seid ihr so erschrocken? Wir wollen doch mal nachsehen. Holla, Menschenkind – nimm's mir nicht übel, daß ich dich nicht bei deinem Vor-und Zunamen rufe – kriech mal aus dem Sack heraus!«

Der Amtmann kroch heraus.

»Ah!« riefen die Mädchen.

»Auch der Amtmann war also dabei«, sprach Tschub verblüfft zu sich und maß ihn vom Kopfe bis zu den Füßen. »So so?... Hehe!...« Mehr konnte er nicht hervorbringen.

Der Amtmann selbst war nicht minder verlegen und wußte nicht, was er anfangen sollte. »Es ist wohl recht kalt draußen?« fragte er, zu Tschub gewandt.

»Ein mächtiges Frostwetter«, antwortete Tschub. »Darf ich dich fragen: womit schmierst du eigentlich deine Stiefel: mit Schmalz oder mit Teer?« Er hatte natürlich etwas ganz andres sagen und fragen wollen: »Wieso kommst du, der Amtmann, in den Sack?« und er wußte selbst nicht, wie es kam, daß er etwas ganz anderes gesagt hatte.

»Mit Teer ist's besser«, erwiderte der Amtmann. »Leb wohl, Tschub!« Und er drückte die Mütze in die Stirn und verließ die Stube.

»Warum habe ich so dumm gefragt, womit er seine Stiefel schmiert!« rief Tschub, auf die Tür blickend, durch die der Amtmann hinausgegangen war. »Ei, ei, diese Ssolocha! Solch einen Herrn in den Sack zu stecken! Dieses Teufelsweib! Und ich Dummkopf…Aber wo ist nur der verfluchte Sack geblieben?«

»Ich habe ihn in die Ecke geschmissen, es ist nichts mehr drin«, sagte Oxana.

»Ich kenne diese Scherze schon. Nichts drin! Gib ihn mal her: dort sitzt doch noch jemand! Schüttelt ihn nur mal ordentlich. Wie? Ist wirklich nichts drin? Ei, so ein verfluchtes Weibsbild! Und dabei ist sie von Aussehen die reinste Heilige, als ob sie noch nie was anderes als Fastenspeisen gekostet hätte…!«

Aber lassen wir Tschub in aller Gemütlichkeit seinen Ärger verpuffen und kehren wir zu dem Schmied zurück; denn es geht gewiß schon in die neunte Stunde.

Zuerst war's Wakula sehr unheimlich zumute, besonders als er so hoch oben schwebte, daß er unten auf der Erde nichts mehr unterscheiden konnte, und als er wie eine Fliege hart am Monde vorbeigeflogen kam, so daß er, hätte er sich nicht etwas gebückt, den Mond mit der Mütze gestreift hätte. Bald darauf faßte er jedoch Mut und begann wieder über den Teufel zu scherzen. Es ergötzte ihn außerordentlich, wie der Teufel jedesmal, wenn Wakula sein Kreuz aus Zedernholz vom Halse nahm und es ihm vor die Nase hielt, niesen und prusten mußte. Absichtlich erhob er die Hand, um sich den Kopf zu kratzen, aber der Teufel dachte, er greife nach dem Kreuze und flog noch rascher dahin. Alles in der Höhe leuchtete hell. Die Luft schimmerte durchsichtig in dem sanften silbernen Nebel. Alles war klar zu sehen, und man konnte sogar wahrnehmen, wie ein Zauberer rittlings auf einem Topfe sitzend an ihnen vorüberjagte, wie die Steine, zu einem Haufen geballt, Blindekuh spielten, wie ein ganzes Rudel Geister sich gleich Wolken dahinwälzte, wie ein im Mondschein tanzender Teufel beim Anblick des daherreitenden Schmiedes die Mütze zog, und wie ein Besen, auf dem offensichtlich soeben eine Hexe zu ihrem Ziel geritten war, heimwärts flog…! Und noch vieles andere und mancherlei böses Gesindel trafen sie auf ihrem Wege. Beim Anblick des Schmiedes machten alle halt, um ihn anzusehen, und dann rasten sie zu ihren Verrichtungen weiter; der Schmied flog immer weiter und weiter, und auf einmal leuchtete Petersburg ganz in Feuer gehüllt vor ihm auf. (Damals fand dort aus irgendeinem Anlaß gerade eine Illumination statt.) Der Teufel flog über den Schlagbaum hinweg, verwandelte sich in ein Roß, und der Schmied fand sich plötzlich mitten auf der Straße auf einem hitzigen Renner wieder. Himmel Herrgott! War das ein Lärmen, Rasseln und Funkeln; auf beiden Seiten ragten vier Stockwerk hohe Mauern in die Höhe; das Stampfen der Pferdehufe und das Rollen der Wagenräder hallte donnernd aus allen vier Himmelsrichtungen wider; da schossen Häuser empor und schienen auf Schritt und Tritt der Erde zu entsteigen; Brücken bebten; Equipagen flogen dahin, Kutscher und Vorreiter brüllten; der Schnee pfiff unter den tausenden, von allen Seiten vorbeifliegenden Schlitten; die Fußgänger drückten sich ängstlich an die Häuser, die mit Lämpchen übersät waren; und ihre riesigen Schatten huschten über die Wände und reichten mit den Köpfen bis an die Dächer und Schornsteine.

Voller Staunen sah sich der Schmied nach allen Seiten um. Es schien ihm, als ob alle diese Häuser ihre zahllosen Feueraugen auf ihn richteten und ihn anschauten. Soviel feine Herren in ihren mit Tuch überzogenen Pelzen erblickte er, daß er nicht wußte, vor wem er zuerst die Mütze ziehen sollte. »O Gott, wieviel Herrschaften es hier gibt!« dachte der Schmied. »Ich glaube, hier ist jeder, der einem auf der Straße in einem Pelz begegnet, Assessor und wieder

Assessor! Und die, die in diesem wunderbaren Wagen mit Glasscheiben dahinfahren, sind, wenn nicht Bürgermeister, so doch sicherlich Kommissäre oder vielleicht sogar noch mehr.« Hier wurden seine Betrachtungen durch eine Frage des Teufels unterbrochen: »Soll ich geradeswegs zur Zarin?« – »Nein, ich habe Angst!« dachte der Schmied. »Ich weiß nicht, hier sind doch irgendwo die Saporoger Kosaken abgestiegen, die im Herbst durch Dikanka gekommen sind. Sie fuhren mit einem Schreiben zur Zarin; nicht übel wäre es, sie um Rat zu fragen. He, Satan! krieg mir in die Tasche und führe mich zu den Saporogern!«

Im Nu magerte der Teufel ab und wurde so klein, daß er ohne Müh zu ihm in die Tasche hineinhüpfen konnte. Noch bevor Wakula sich umzusehen vermochte, stand er schon vor einem riesigen Hause, und ohne selbst zu wissen wie, stieg er die Treppe empor, machte die Türe auf und prallte ein wenig zurück vor dem blendenden Glanze, als er das geschmückte Gemach erblickte; doch er faßte wieder etwas Mut, als er die Saporoger erkannte, die durch Dikanka gekommen waren, und die nun auf seidenen Sofas saßen: mit geteerten Stiefeln an den übereinandergeschlagenen Beinen, und den allerstärksten Tabak rauchten, jenen Tabak, den man gewöhnlich Wurzeltabak nennt.

»Grüß Gott, Herrschaften! Helf euch Gott! Wo wir uns wiedersehn!« sprach der Schmied, trat näher und verbeugte sich tief bis zur Erde.

»Was ist das für ein Mensch?« fragte der dem Schmied zunächst Sitzende einen andern, der etwas abseits saß.

»Habt ihr mich nicht wiedererkannt?« rief der Schmied. »Ich bins ja, der Schmied Wakula! Als ihr im Herbst durch Dikanka kamt, da wart ihr ja zwei Tage lang bei mir zu Gaste, Gott schenke euch Gesundheit und langes Leben. Ich hab' euch doch noch damals einen neuen Reifen ans Vorderrad eures Wagens geschlagen!«

»Ah!« rief da der Saporoger. »Das ist ja derselbe Schmied, der so großartig malt. Gott zum Gruß, Landsmann. Was führt dich hierher?«

»Ich wollte mich nur ein wenig umsehen... Man sagt ja...«

»Nun, Landsmann,« rief der Saporoger wichtig, und da er zeigen wollte, daß er nicht bloß seine Kosaken-Mundart, sondern auch reinstes Russisch sprechen konnte, sagte er: »Eine gewaltige Stadt, wie?«

Der Schmied wollte sich auch nicht bloßstellen und als Neuling zeigen, außerdem verstand er sich auch selbst auf die Schriftsprache, wie wir bereits oben zu bemerken Gelegenheit hatten, und so antwortete er ruhig: »Eine mächtige Goubernie! Hier gibt's unstreitig große Häuser, und meisterhafte Bilder hängen darin. Gar viele Häuser sind mit köstlichen Lettern aus Blattgold bemalt. Man muß zugeben, eine herrliche Proportion!«

Als die Saporoger den Schmied sich so frei ausdrücken hörten, bekamen sie die günstigste Meinung von ihm.

»Wir wollen uns später weiter unterhalten, Landsmann: Jetzt müssen wir gleich zur Zarin fahren.«

»Zur Zarin? Oh, seid so lieb, meine Herren, nehmt mich auch mit!«

»Dich?« rief der Saporoger in einem Ton, wie etwa ein Kinderwärter zu seinem vierjährigen Zögling redet, der bittet, ihn auf ein großes Pferd zu setzen. »Was willst du denn dort? Nein, das geht nicht.« Dabei nahm sein Gesicht eine wichtige Miene an. »Wir müssen mit der Zarin über unsere eigenen Angelegenheiten reden, Bruder!«

»Nehmt mich doch mit!« drängte der Schmied. »Bitte du sie!« flüsterte er dem Teufel leise zu, indem er mit der Faust auf seine Tasche schlug.

Kaum aber hatte er das gesagt, als ein anderer Saporoger ausrief: »Nehmen wir ihn doch wirklich mit, Brüder!«

»Uns ist's recht, nehmen wir ihn mit!« sprachen die anderen.

»So leg ein Kleid an, wie wir es tragen.«

Der Schmied beeilte sich, einen grünen Schupan anzuziehen, als auf einmal die Tür aufging und ein Mann mit Tressen am Rock eintrat und sagte, es sei die höchste Zeit, abzufahren.

Dem Schmied war es wieder wunderlich zumute, als er in der riesigen Kalesche dahinfuhr, die auf Sprungfedern hin und her schaukelte; und als die vierstöckigen Häuser auf beiden Seiten an ihm vorbeirannten und das Pflaster mit Gepolter wie von selbst unter den Füßen der Pferde dahinzurollen schien.

»O Gott, wie hell es ist!« dachte der Schmied bei sich. »Bei uns ist es nicht einmal am Tage so hell!«

Die Wagen hielten vor einem Palaste. Die Saporoger stiegen aus, traten auf den prächtigen Vorplatz und begannen die blendend beleuchtete Treppe hinaufzusteigen.

»Was für eine Treppe!« flüsterte der Schmied vor sich hin. »Es wäre doch schade, mit den Füßen drauf zu treten. Welch' ein Schmuck! Und da sage noch einer: die Märchen lügen! Wahrlich, die lügen nicht! O Gott, mein Gott, was für ein Geländer! Was für eine Arbeit! Da hat man allein fürs Eisen mindestens fünfzig Rubel ausgegeben!«

Oben angelangt, durchschritten die Saporoger den ersten Saal. Scheu folgte ihnen der Schmied, voller Angst, er könnte bei jedem Schritt auf dem Parkett ausgleiten. Drei Säle durchschritten sie und der Schmied war noch immer nicht aus seiner Verwunderung herausgekommen. Wie sie in den vierten Saal traten, ging er unwillkürlich an ein Gemälde heran, das an der Wand hing. Es war ein Bild der heiligen Jungfrau mit dem Sohne auf dem Arm.

»Was für ein Bild! Was für eine wunderbare Malerei!« dachte er und stellte seine Betrachtungen an. »Es sieht aus, als wollte es reden! Wie lebendig es ist! Und das Christkind! Wie es die Händchen faltet und lächelt, das Ärmste! Und diese Farben! O Gott! Welche Farben! Da hat man wohl auch nicht für eine Kopeke Ocker gebraucht, glaub' ich, sondern nichts als Karmin und Grünspan. Und wie das Blau leuchtet! Eine meisterhafte Arbeit. Der Grund ist wahrscheinlich mit dem kostbarsten Bleiweiß angelegt. Aber wenn diese Malerei wunderbar ist, so ist doch dieser Messinggriff noch mehr der Bewunderung würdig«, fuhr er fort, indem er an die Tür trat und das Schloß betastete. »Was für eine saubere Arbeit! Ich bin sicher, das alles ist von ausländischen Schmieden gemacht, und die haben sich sicherlich die höchsten Preise dafür zahlen lassen.«

Der Schmied wäre vielleicht noch lange in seinen Betrachtungen fortgefahren, wenn ihn nicht ein betreßter Lakai am Arm gepufft und ermahnt hätte, nicht hinter den anderen zurückzubleiben. Die Saporoger durchschritten noch zwei Säle und machten dann halt. Da hieß man sie warten. Im Saale standen einige Generale in goldbestickten Uniformen. Die Saporoger verbeugten sich nach allen Seiten und traten zu einer Gruppe zusammen.

Einen Augenblick später kam, begleitet von einem ganzen Gefolge, ein korpulenter Mann von majestätischer Statur in Hetmansuniform und mit seinen gelben Stiefeln herein. Sein Haar war wirr, das eine Auge schielte etwas, das Gesicht drückte Stolz und Erhabenheit aus, allen seinen Bewegungen merkte man die Gewohnheit, zu befehlen, an. Alle Generale, die in ihren goldenen Uniformen umherstolzierten, gerieten in Bewegung und schienen jedes seiner Worte, ja die leiseste Bewegung von ihm unter tiefen Verbeugungen auffangen zu wollen, um alles schleunigst auszuführen. Aber der Hetman achtete nicht einmal darauf, nickte kaum mit dem Kopfe und ging auf die Saporoger zu.

Sämtliche Saporoger verbeugten sich tief.

»Seid ihr alle hier?« fragte er gedehnt und mit etwas näselnder Stimme.

»Alle, alle miteinander, Väterchen!« antworteten die Saporoger und verbeugten sich von neuem.

»Vergeßt nicht, zu reden, wie ich's euch gelehrt habe!«

»Nein, Väterchen, wir werden's nicht vergessen!«

»Ist das der Zar?« fragte der Schmied den einen Saporoger.

»Der Zar? Warum nicht gar! Das ist doch Potjomkin in eigener Person!« antwortete jener.

Im Nebenzimmer wurden Stimmen laut, und der Schmied wußte nicht, wo er seine Augen lassen sollte, soviel Damen in Atlaskleidern mit langen Schleppen und Höflinge in goldgewirkten Kaftans und mit steifen Zöpfchen traten jetzt herein. Er sah nur ein Aufleuchten – sonst nichts.

Auf einmal fielen alle Saporoger zu Boden und schrien wie ein Mann: »Gnade, Mütterchen! Erbarmen!«

Der Schmied, der schon gar keine Ahnung mehr hatte, was da eigentlich vorging, streckte sich in seinem Eifer auch lang auf den Boden hin.

»Steht auf!« erklang über ihnen eine gebieterische, aber zugleich angenehme Stimme. Einige Höflinge gaben den Saporogern geschäftig ein paar Rippenstöße.

»Wir stehen nicht auf, Mütterchen! Wir wollen nicht aufstehen! Wir sterben lieber, als daß wir aufstehen!« schrien die Saporoger.

Potjomkin biß sich auf die Lippen; endlich trat er selbst zu ihnen und flüsterte dem einen Saporoger gebieterisch etwas zu. Die Saporoger erhoben sich sofort.

Da wagte es auch der Schmied, den Kopf zu erheben und erblickte eine – etwas beleibte – Frau von mittlerer Größe vor sich; sie war gepudert, hatte blaue Augen und jene erhaben lächelnde Miene, die es so gut verstand, sich alles untertan zu machen und die nur einem königlichen Weibe angehören konnte.

»Durchlaucht haben mir versprochen, mich heute mit meinem Volke bekanntzumachen, das ich bisher noch nicht gesehen habe«, sprach die Dame mit den blauen Augen, während sie die Saporoger neugierig musterte. »Seid ihr hier gut aufgehoben?« fuhr sie fort und trat näher.

»Danke, Mütterchen! Die Kost ist gut, obwohl die Hammel hier lange nicht so gut sind – wie bei uns daheim – aber es läßt sich leben!...«

Potjomkin runzelte die Stirn, als er sah, daß die Saporoger keineswegs sagten, was er sie gelehrt hatte...

Ein Saporoger gab sich nun ein Ansehen und trat vor: »Erbarmen, Mütterchen! Womit hat dein treues Volk dich erzürnt? Haben wir etwa dem heidnischen Tatarenvolke beigestanden, haben wir gemeinsame Sache mit den Türken gemacht, haben wir dir in Wort oder Tat die Treue gebrochen? Womit haben wir deine Ungnade verdient? Erst hörten wir, du ließest überall Festungen gegen uns bauen; nachher vernahmen wir, du wollest Scharfschützen aus uns machen; jetzt hören wir von neuem Unheil. Welche Schuld trifft das Heer der Saporoger? Ist's etwa die, daß sie deine Armee über den Perekop geführt und deinen Generalen geholfen haben, die Männer der Krim niederzuwerfen?...«

Potjomkin schwieg und putzte mit einem kleinen Bürstchen lässig die Brillanten, mit denen seine Hände besät waren.

»Was wünscht ihr also?« fragte Katharina freundlich.

Die Saporoger sahen einander vielsagend an.

»Jetzt ist's Zeit! Die Zarin fragt, was wir wünschen«, sagte der Schmied zu sich selbst, und auf einmal stürzte er zu ihren Füßen nieder.

»Eure kaiserliche Hoheit, straft mich nicht, sondern schenkt mir Eure Gnade! Mögen meine Worte Eure kaiserliche Hoheit nicht erzürnen: woraus sind die Schuhe gemacht, in denen Eure Füßchen stecken? Ich glaube, kein Schuster in der Welt vermag je wieder solche Schuhe zu machen. O Gott! Wenn mein Frauchen nur solche tragen könnte!«

Die Kaiserin brach in Lachen aus. Die Höflinge lachten ebenfalls. Potjomkin ärgerte sich, aber er lächelte gleichfalls. Die Saporoger glaubten, der Schmied sei verrückt geworden und begannen ihm Rippenstöße zu geben.

»Steh auf!« sagte die Kaiserin freundlich. »Du willst durchaus solche Schuhe haben? Nun wohl, das hat keine Schwierigkeiten. Bringt ihm sofort die kostbarsten, mit Gold bestickten Schuhe. Wahrlich, diese Einfalt gefällt mir sehr! Da habt Ihr,« fuhr die Kaiserin fort, indem sie ihre Augen auf einen abseits stehenden Herrn mit einem vollen, aber ein wenig bleichen Gesicht richtete, dessen bescheidener Kaftan mit den großen Perlmutterknöpfen erkennen ließ, daß er nicht zu den Höflingen gehörte, »da habt Ihr ein Sujet, das Eurer geistvollen Feder würdig ist!«

»Majestät sind allzu gnädig. Dazu bedürfte es mindestens eines Lafontaine!« erwiderte der Mann mit den Perlmutterknöpfen –, es war der Dichter von Wisin, indem er sich verneigte.

»Auf Ehre und Gewissen: ich muß sagen: ich bin jetzt noch von Eurem ›Brigadier‹ in hellem Entzücken. Ihr lest aber auch ganz wunderbar vor.« Dann wandte sich die Kaiserin wieder dem Saporoger zu. »Ich habe übrigens gehört, bei Euch in der Ssjetsch soll kein Kosak heiraten dürfen!«

»Was sagst du, Mütterchen! Du weißt doch selbst: kein Mensch kann ohne ein Frauchen leben«, antwortete der Saporoger, mit dem der Schmied gesprochen hatte, und der Schmied mußte staunen, als er hörte, daß dieser Saporoger, der die Schriftsprache so gut beherrschte, gerade, wie absichtlich, mit der Zarin in der gröbsten Mundart redete, jener Mundart, die man gewöhnlich die Bauernsprache nennt. »Schlaue Leutchen!« dachte er bei sich, »sicher tut er es nicht ohne Absicht.«

»Wir sind doch keine Mönche,« fuhr der Saporoger fort, »wir sind ja nur sündige Menschen. Wir sind, wie die ganze ehrliche Christenheit, der Fleischeslust verfallen. Es gibt nicht wenige unter uns, die Frauen haben, nur wohnen die Frauen nicht in der Ssjetsch. Es gibt auch solche, die ihre Frauen im Polenlande und in der Ukraine haben; es gibt aber auch solche, deren Frauen in der Türkei leben.«

Unterdessen hatte man dem Schmied die Schuhe gebracht.

»O Gott, was für eine Zier!« rief er freudig und ergriff die Schuhe. »Kaiserliche Hoheit! Wenn Ihr solche Schühchen anhabt und darin einhergeht, Euer Gnaden, oder gar noch übers Eis mit ihnen gleiten könnt – wie müssen da die Füßchen selbst sein? Ich glaub', wahr und wahrhaftig, sie sind von reinstem Zucker.«

Die Kaiserin, die in der Tat die zierlichsten und reizendsten Füßchen besaß, mußte lächeln, als sie ein solches Kompliment aus dem Munde eines einfältigen Schmiedes vernahm, der trotz seines braunen Gesichtes in seinem Saporogergewand für einen wirklich schönen Mann gelten konnte.

Hocherfreut über diese wohlwollende Aufmerksamkeit wollte der Schmied die Zarin schon über alles ordentlich ausfragen: ob's wahr sei, daß die Zaren nichts wie Honig und Speck äßen und ähnliches mehr. Da aber fühlte er, wie die Saporoger ihn in die Rippen pufften, und er beschloß zu verstummen. Und als die Zarin sich den alten Leuten zuwandte und sie über ihr Leben und Treiben in der Ssjetsch auszufragen begann, trat er zur Seite, neigte sich zu seiner Tasche hinab und sagte leise: »Bring mich schnell von hier weg!« Und auf einmal befand er sich wieder hinter dem Schlagbaum.

»Ertrunken! Bei Gott, er ist ertrunken! Ich will mich nicht mehr vom Fleck rühren, wenn er nicht ertrunken ist!« murmelte die dicke Webersfrau, die mitten auf der Straße in einem Haufen von Weibern stand.

»Was, ich bin also eine Lügnerin? Hab' ich etwa jemandem eine Kuh gestohlen? Oder hab' ich jemand böse angesehen, daß ihr mir nicht trauen wollt?« schrie eine Frau mit violetter Nase und in einem Kosakenkittel, indem sie mit ihren Armen hin und her fuchtelte. »Ich will nie wieder Wasser trinken, wenn die alte Perepertschicha nicht mit eigenen Augen gesehen hat, wie der Schmied sich erhängt hat!«

»Der Schmied hat sich erhängt? Eine schöne Bescherung!« rief der Amtmann, der eben aus dem Hause Tschubs kam; er blieb stehen und drängte sich unter die Keifenden.

»Sage lieber, du willst keinen Schnaps mehr trinken, du alte Sauftrine du!« erwiderte die Webersfrau. »Da müßte man ja gerad' so blöde sein wie du, um sich aufzuhängen! Er ist ertrunken, er ist im Eisloch ertrunken! Das weiß ich so gewiß, wie daß du soeben im Wirtshaus gewesen bist!«

»Was, du freches Frauenzimmer? Sieh mal einer an, was die mir vorwirft!« entgegnete wütend die Frau mit der violetten Nase. »Du hättest doch lieber das Maul halten sollen, du Weibsstück, du! Als ob ich nicht wüßte, daß der Küster jeden Abend zu dir kommt!«

Die Webersfrau geriet außer sich.

»Was tut der Küster? Zu wem kommt er? Was faselst du da?«

»Der Küster?« krähte die Frau des Küsters, sich in ihrem Hasenpelz, der mit blauem Nanking bezogen war, an die Streitenden herandrängend. »Ich will dir schon zeigen, was es heißt, so vom Küster zu reden! Wer sagt da was vom Küster?«

»Man weiß ja doch, wen der Küster besucht!« schrie die Frau mit der violetten Nase und zeigte auf die Weberin.

»Du also bist's, du Hündin,« rief die Frau des Küsters und ging auf die Webersfrau los, »du bist's, du Hexe, die ihn umnebelt und ihn mit Satanskräutern behext, daß er zu dir kommt?«

»Pack dich fort, du Satan!« sprach die Webersfrau zurückweichend.

»Sieh mal einer die verdammte Hexe an, du sollst's nicht mehr erleben, daß du deine Kinder jemals wiedersiehst! Du niederträchtiges Weib! Pfui!« Und dabei spuckte die Küsterin der Webersfrau gerade in die Augen.

Die Webersfrau wollte dasselbe tun, aber statt dessen spuckte sie dem Amtmann, der näher an die Streitenden herangekommen war, um alles besser zu hören, in seinen unrasierten Bart.

»Ah, du garstiges Weibsbild, du!« rief der Amtmann, wischte sich mit dem Rockschoß das Gesicht ab und schwenkte seine Knute.

Diese Bewegung veranlaßte alle, schimpfend nach allen Seiten auseinanderzustieben. »So was Ekelhaftes!« wiederholte der Amtmann und wischte sich wieder ab. »Der Schmied ist also ertrunken! O du meine Güte! Was war das für ein großartiger Maler! Was für starke Messer, Sensen und Pflüge konnte der schmieden! Und wie kräftig der war! Ja, ja,« fuhr er nachdenklich fort, »bei uns im Dorfe haben wir wenig solche Leute. Ich hab's ja gleich gemerkt, als ich noch in diesem verfluchten Sacke saß, daß der Ärmste ganz bedrückt und traurig war. Ja, da haben wir nun den Schmied! Einst war er, und nun ist er nicht mehr! Ich wollte doch gerade noch meine scheckige Stute beschlagen lassen!...« Und solcher christlicher Gedanken voll, trottete der Amtmann langsam seinem Hause zu.

Oxana war ganz bestürzt, als diese Gerüchte zu ihr drangen. Sie traute zwar den Augen der Perepertschicha und dem Weibergetratsch nur wenig, denn sie wußte, daß der Schmied fromm genug war, seine Seele nicht ins Verderben zu stürzen. Wie aber, wenn er in der Tat mit der Absicht davongegangen war, nie wieder ins Dorf zurückzukehren? Schwerlich konnte man wo anders einen so schmucken Burschen finden, wie der Schmied einer war. Und dann liebte er sie doch so sehr! Er ertrug auch ihre Launen länger als alle anderen...Die Schöne drehte sich die ganze Nacht hindurch unter ihrer Decke von der rechten Seite auf die linke, und von der linken auf die rechte, und konnte doch nicht einschlafen. Bald warf sie sich in ihrer berückenden Nacktheit, die das nächtliche Dunkel sogar vor ihr selbst verbarg, hin und her, und schalt laut auf sich, bald verstummte sie, faßte den Entschluß, an nichts mehr zu denken – und grübelte doch weiter und weiter. Sie lag da wie in lohendem Feuer, und gegen Morgen war sie bis über die Ohren in den Schmied verliebt.

Als Tschub den Tod Wakulas vernahm, ließ er weder Freude noch Trauer erkennen. Seine Gedanken waren nur mit einer Sache beschäftigt: er konnte Ssolochas Treubruch nicht vergessen und ließ sogar im Schlafe nicht davon ab, auf sie zu schimpfen.

Der Tag brach an. Die Kirche war schon vor Morgengrauen voll von Menschen. Die alten Frauen in ihren weißen Kopftüchern und Tuchkitteln standen ganz nahe am Eingang und bekreuzigten sich fromm. Vor ihnen standen die adligen Damen in grünen und gelben Jacken, ja manche sogar in blauen Überwürfen, die hinten mit Brokatschleifen versehen waren. Die Mädchen, die einen ganzen Laden von aufgewickelten Bändern auf dem Kopfe und ebensoviel Perlenbänder, Kreuze und Dukaten um den Hals trugen, suchten so nahe als möglich an den Altar heranzukommen. Ganz vorne aber standen die Edelleute und die einfachen Bauern mit Schnurrbärten, Haarschöpfen, mit dickem Hals und frisch rasiertem Kinn, die meisten in Mänteln, unter denen ein weißer, oder bei manchen auch ein blauer Kittel hervorguckte. Wohin man auch blicken mochte, auf allen Gesichtern spiegelte sich die Feiertagsstimmung wider. Der Amtmann leckte sich schon die Lippen, wenn er an die Wurst dachte, mit der er die Festtage beschließen würde; die Mädel dachten daran, wie sie mit den Burschen auf dem Eise schlittern würden, und die alten Frauen murmelten eifriger denn je ihre Gebete. Durch die ganze Kirche konnte man hören, wie der Kosak Swerbygus niederkniete. Nur Oxana stand wie abwesend da: sie betete und betete doch auch nicht. Ihr Herz bestürmten so viele und mannigfaltige Empfindungen, von denen eine immer peinlicher war als die andere, daß ihr Gesicht nichts wie eine starke Verwirrung ausdrückte, und in ihren Augen zitterten Tränen. Die Mädchen konnten natürlich den Grund davon nicht erkennen und ahnten nicht, daß der Schmied daran schuld war. Jedoch der Schmied beschäftigte nicht nur Oxana allein. Alle Bewohner des Dorfes fühlten, daß der Feiertag kein rechter Feiertag war und daß gewissermaßen etwas fehlte. Unglücklicherweise war auch der Küster nach seiner Reise im Sack vom Abend vorher noch heiser geworden und sang seine Lieder mit kaum hörbarer krächzender Stimme; wohl brachte der zugereiste Sänger ein paar prächtige Baßtöne hervor, aber wieviel besser wäre es gewesen, wenn man auch noch den Schmied dagehabt hätte, der jedesmal, wenn man das »Vaterunser« oder die »Himmlischen Heerscharen« sang, auf den Chor stieg und so schön sang, wie man es sonst nur in Poltawa hören konnte. Dazu kam noch, daß er ganz allein sich um das Amt des Kirchenvorstandes kümmerte. Schon war die Frühmesse zu Ende, und nach der Frühmesse war bald auch das Hochamt vorbei... In der Tat, wo war nun der Schmied geblieben.

Noch rascher fast flog der Teufel in den letzten Stunden der Nacht mit dem Schmied auf dem Rücken heimwärts, und im Nu befand sich Wakula vor seiner Hütte. In diesem Augenblick krähte der Hahn.

»Wohin?« rief der Schmied und ergriff den Teufel, der ausreißen wollte, am Schwanz. »Halt, Freundchen, das ist noch nicht alles: Ich hab' mich noch nicht bei dir bedankt.«

Und er ergriff eine Gerte und versetzte ihm drei mächtige Hiebe, daß der arme Teufel davonrannte wie ein Bauer, dem der Assessor eben tüchtig eingeheizt hat. Und so geschah's, daß der Erzfeind des Menschengeschlechts, statt andere Leute zu foppen, zu versuchen und zu narren, selbst genarrt wurde.

Hierauf trat Wakula in den Flur seines Hauses, warf sich auf ein Heubündel und schlief bis spät in den Mittag hinein. Als er erwachte, erschrak er heftig, denn er sah, daß die Sonne schon hoch am Himmel stand. »Ei, Herrje, ich habe ja die Frühmesse und das Hochamt verschlafen!« rief er aus.

Und der gottesfürchtige Schmied verfiel in eine tiefe Zerknirschung, denn er vermeinte, Gott habe zur Strafe für sein schlimmes Vorhaben und um seine Seele zu verderben, einen Schlaf auf ihn herabgeschickt, der ihn verhindert hätte, an einem so großen Feiertag die Kirche zu besuchen. Er beruhigte sich jedoch bald, nachdem er den Beschluß gefaßt hatte, in der künftigen Woche alles dem Popen zu beichten und von da ab ein ganzes Jahr lang täglich fünfzig Kniefälle zu machen. Er blickte in die Stube hinein: es war niemand da. Die Ssolocha war offenbar noch nicht zurückgekehrt.

Behutsam zog er die Schuhe aus dem Busen, staunte von neuem die kostbare Arbeit an und wunderte sich über die sonderbaren Ereignisse der vergangenen Nacht; er wusch sich, kleidete sich an, so gut er nur konnte, zog das Gewand an, das er von den Saporogern bekommen hatte, holte seine neue Lammfellmütze mit dem blauen Dach, die er, seit er sie seinerzeit in Poltawa gekauft, noch niemals aufgesetzt hatte, aus der Truhe; holte auch einen neuen vielfarbigen Gurt hervor, packte alles, zusammen mit einer Nagaika, in ein Tüchlein und begab sich geradeswegs zu Tschub.

Tschub machte große Augen, als der Schmied eintrat, und wußte nicht, worüber er mehr staunen sollte: darüber, daß der Schmied von den Toten auferstanden war, daß er es wagte, zu ihm zu kommen, oder darüber, daß er so stutzerhaft herausgeputzt und wie ein echter und rechter Saporoger angezogen war. Noch mehr aber staunte er, als Wakula das Tuch aufband, die funkelnagelneue Mütze nebst einem Gurt, wie man ihn noch niemals im Dorfe gesehen hatte, vor ihm auf den Tisch legte, ihm zu Füßen fiel und flehentlich ausrief: »Hab' Erbarmen, Väterchen! Zürne mir nicht! Da hast du eine Peitsche: schlag zu, soviel deine Seele verlangt. Ich gebe mich selbst in deine Hand, ich bereue ja alles; schlage mich, aber zürne mir nicht. Du warst ja vormals meinem seligen Vater wie ein Bruder, ihr habt doch zusammen gegessen und getrunken!«

Nicht ohne heimliche Freude sah Tschub, wie der Schmied, der sich den Teufel um jemand im Dorfe scherte und der Fünfkopekenstücke und Hufeisen mit der Hand zusammendrückte wie Buchweizenplinsen, wie dieser selbe Schmied jetzt zu seinen Füßen lag. Um sich nichts zu vergeben, ergriff Tschub die Peitsche und schlug ihn dreimal auf den Rücken. »Nun ist's aber genug, steh' auf! Hör' stets auf die Alten! Wir wollen alles vergessen, was zwischen uns vorgefallen ist. Und nun sag', was du möchtest!«

»Väterchen, gib mir Oxana zur Frau!«

Tschub überlegte einen Augenblick und sah sich die Mütze und den Gurt an: die Mütze war wunderbar und der Gurt nicht minder; dabei fiel ihm auch noch die treulose Ssolocha ein, und er rief entschlossen: »'s ist recht! Schicke deine Brautwerber her!«

»Ah!« schrie Oxana auf, die über die Schwelle getreten war und den Schmied erblickt hatte, und sie richtete freudig und ganz erstaunt ihre Blicke auf ihn.

»Schau mal, was ich dir für kleine Schuhe mitgebracht habe!« sagte Wakula. »Es sind dieselben, die die Zarin trägt.«

»Nein, nein! Ich brauche keine Schuhe!« rief sie, ihn mit den Händen abwehrend und ohne ihre Augen von ihm abzuwenden. »Ich bin auch ohne Schuhe...« Und sie sagte nichts weiter, sondern errötete nur.

Der Schmied kam näher heran, ergriff sie bei der Hand, und die Schöne schlug die Augen nieder. Noch nie hatte sie so wunderbar schön ausgesehen. Der Schmied küßte sie voller Entzücken auf die Lippen, ihr Antlitz verfärbte sich noch tiefer, und sie wurde nur noch schöner.

Der Bischof seligen Angedenkens kam einmal durch Dikanka, lobte die schöne Lage des Dorfes und hielt, als er die Straße herunterfuhr, vor einer der Hütten an.

»Wem gehört diese schön bemalte Hütte?« fragten Seine Hochwürden die hübsche Frau, die mit einem Kinde auf dem Arm vor der Türe stand.

»Dem Schmied Wakula!« antwortete ihm mit einer Verbeugung Oxana, denn sie war es.

»Großartig! Eine wundervolle Arbeit!« sprachen Seine Hochwürden, als sie sich Türen und Fenster ansahen. Die Fenster waren ringsherum mit roter Farbe gestrichen und auf den Türen waren überall Bildnisse von reitenden Kosaken mit Pfeifen in den Zähnen aufgemalt.

Noch mehr aber lobten Seine Hochwürden den Schmied Wakula, als sie erfuhren, daß er eine Kirchenbuße eingehalten, die er sich selbst auferlegt, und in der Kirche den ganzen linken Chor mit grüner Farbe gestrichen und mit roten Blumen bemalt habe.

Das ist jedoch noch nicht alles. An die Wand, die, wenn man die Kirche betritt, sich gleich zur Linken befindet, hatte Wakula einen in der Hölle sitzenden Teufel gemalt, und zwar einen so abscheulichen Teufel, daß jedermann, der vorbeiging, ausspeien mußte, und wenn einer Frau das Kind auf dem Arme zu weinen anfing, so trug sie es ans Bild und sprach: »Schau, schau, hu, hu, was da hingemalt ist!« Und das Kind verschluckte seine Tränen, schielte scheu nach dem Bilde und schmiegte sich enger an die Brust der Mutter.

Der Wij

Übersetzt von Lolly König

Der Wij ist eine ins Riesenhafte gehende Schöpfung der Volksphantasie. So heißt nämlich bei den Kleinrussen der Fürst der Gnomen, dessen Augenlider bis an die Erde reichen. Die ganze folgende Erzählung ist eine Volkssage. Ich wollte sie völlig unverändert lassen, und erzähle sie daher fast ebenso schlicht und einfach, wie ich sie gehört habe.

Sowie die helle Glocke ertönte, die an der Pforte des Bruderschaftsklosters zu Kiew hing, kamen die Schüler und Seminaristen von allen Enden der Stadt in dichten Scharen herbeigeeilt. Die Grammatiker, die Rhetoriker, die Philosophen und Theologen, sie alle strebten mit ihren Heften unter dem Arm der Schule zu. Die Grammatiker waren noch sehr klein; sie balgten sich unterwegs und schimpften sich mit ihren feinen Sopranstimmen. Fast immer hatten sie zerrissene, schmutzige Kleider an, und ihre Taschen waren stets mit allerlei Plunder wie Knöcheln, Federkielpfeifen und angebissenen Pasteten vollgestopft. Manchmal trugen sie sogar junge Spatzen in der Tasche, und mitunter begann wohl der eine oder der andere, wenn tiefe Stille in der Klasse herrschte, zu zwitschern, was seinem Besitzer ein paar tüchtige Schläge auf beide Hände, und ab und zu auch eine Tracht Prügel mit der Rute aus jungen Kirschbaumzweigen eintrug. Bei den Rhetorikern ging es schon solider zu; ihre Kleider waren oft noch vollkommen heil, aber dafür waren sie im Gesicht fast immer mit einer Trophäe in Form einer rhetorischen Trope geschmückt: Entweder versteckte sich ein Auge ganz unter der geschwollenen Stirn, oder man bemerkte statt der Lippen eine große Blase oder auch ein anderes charakteristisches Merkzeichen. Diese Rhetoriker sprachen und fluchten im Tenor, die Philosophen aber griffen eine ganze Oktave tiefer. Ihre Taschen enthielten nichts außer kräftigen Tabakblättern. Sie legten sich keine Vorräte an, denn alles, was ihnen unter die Finger kam, wurde sofort verzehrt. Sie rochen oft schon von weitem so stark nach Tabak und Schnaps, daß ein vorübergehender Handwerker stets stehenblieb und wie ein Jagdhund in der Luft herumschnüffelte.

Um diese Zeit begann der Marktplatz langsam zu erwachen. Die Händlerinnen breiteten ihre Brezeln, Semmeln, Wassermelonen und Mohnsamen mit Honig aus und zupften die Vorübergehenden, die Kleider aus feinem Tuch oder schmuckem Baumwollstoff trugen, an den Rockschößen.

»Junge Herren, junge Herren, hierher! hierher!« riefen sie von allen Seiten. »Sehen Sie nur, was für Mohnkuchen, was für schöne Brötchen und Brezeln – sie sind ganz ausgezeichnet, bei Gott! Von feinstem Honig – ich habe sie selbst gebacken!«

Eine andere hielt ein langes, gewundenes Gebäck aus Teig in die Höhe und schrie: »He, he, die schöne Honigstange! Junger Herr, kaufen Sie doch diese Honigstange!«

»Kaufen Sie ja nichts bei der: Sehen Sie doch diese widerliche Person an, die häßliche Nase, die unsauberen Hände ...«

Die Philosophen und Theologen aber ließen sie in Ruhe; denn diese liebten es nur, zu »probieren«, und zwar nahmen sie sich immer gleich eine ganze Hand voll.

Im Seminar angekommen, verteilte sich die ganze Schar sogleich in den Klassen, die sich in niedrigen, aber ziemlich geräumigen Zimmern, mit breiten Türen, kleinen Fenstern und schmutzigen Bänken befanden. Plötzlich erfüllte ein vielstimmiges Summen die Räume: Die älteren Schüler, die sogenannten Auditoren, hörten den jüngeren ihre Lektionen ab; hierbei war der helle Sopran der Grammatiker genau auf den Ton der kleinen Fensterscheibe abgestimmt, die ihn fast unverändert zurückwarf; in der Ecke brüllte ein Rhetor, dessen Mund und wulstige Lippen eigentlich mehr zu einem Philosophen paßten. Er rezitierte mit tiefer Baßstimme, und man vernahm von weitem nichts wie ein dumpfes Bu, bu, bu, bu ... Die Auditoren, die den jüngeren Schülern ihre Lektion überhörten, schielten mit einem Auge unter die Bank, wo gewöhnlich aus der Tasche des ihnen unterstellten Seminaristen ein Brot, ein Quarkkuchen oder Kürbissamen hervorblickten.

Traf es sich, daß sich die ganze gelehrte Schar etwas früher als nötig versammelt hatte, oder wenn es bekannt wurde, daß die Professoren später als sonst kommen würden, dann inszenierte man unter allgemeinem Beifall eine »Schlacht«, an der alle Schüler, sogar die Zensoren, teilnehmen mußten, die verpflichtet waren, die Ordnung aufrechtzuerhalten, und die die Moral des ganzen Schülerstandes zu beaufsichtigen hatten. Gewöhnlich entschieden zwei Theologen, wie die Schlacht vor sich gehen, ob jede Klasse für sich kämpfen, oder ob alle zusammen zwei Lager, nämlich die Burssa und das Seminar, bilden sollten. Auf alle Fälle machten die Grammatiker den Anfang, sobald sich dann die Rhetoriker hineinmengten, liefen sie fort und stellten sich an erhöhten Plätzen auf, um den Gang der Schlacht zu beobachten. Dann kamen die Philosophen mit ihren langen, schwarzen Schnurrbärten an die Reihe, und ganz zuletzt griffen die Theologen mit ihren gräßlichen Hosen und den furchtbaren dicken Hälsen in die Schlacht ein. Gewöhnlich endete der Kampf damit, daß die Theologie sämtliche Kämpfer besiegte, die Philosophie aber wurde in die Klasse zurückgedrängt, rieb sich die Lenden und setzte sich auf die Bänke, um sich zu erholen. Der Professor, der zu seiner Zeit auch an ähnlichen Kämpfen teilgenommen hatte, merkte beim Eintritt in die Klasse sofort an den Gesichtern seiner Zuhörer, daß es keine üble Schlacht gegeben hatte, und klopfte den Rhetorikern mit Ruten auf die Finger, während sein Kollege in der anderen Klasse die Hände der Philosophen mit einer Holzleiste bearbeitete. Mit den Theologen wurde ganz anders verfahren: ihnen wurde, nach dem Ausdruck des Theologieprofessors, ein Maß »grober Erbsen«, und zwar vermittels eines kurzen Lederriemens, zugemessen.

An Festen und an Feiertagen zogen die Seminaristen und Schüler mit einem Puppentheater von Haus zu Haus; manchmal spielten sie auch selbst Komödie; und dann zeichnete sich immer ein Theologe besonders aus: irgendein Riese, der nicht viel kleiner war als der Glockenturm von Kiew. Er spielte die Herodias oder Frau Potiphar, die Gemahlin des ägyptischen Kämmerers. Zur Belohnung erhielten sie ein Stück Leinwand, einen Sack Hirse, die Hälfte einer gebratenen Gans und dergleichen. All diesem gelehrten Volk, der Burssa wie dem Seminar – die eine ererbte Antipathie gegeneinander hegten – fehlte es meist an den notwendigen Subsistenzmitteln, dabei aber waren sie außerordentlich gefräßig; es wäre ein Ding der Unmöglichkeit gewesen, die Zahl der Klöße anzugeben, die jeder von ihnen beim Abendbrot herunterschlang; so reichten denn auch die freiwilligen Spenden der wohlhabenden Gutsbesitzer gewöhnlich nicht aus. Daher schickte mitunter der Senat, der nur aus Philosophen und Theologen bestand, die Grammatiker und Rhetoriker unter Führung eines Philosophen – zuweilen aber schloß er sich auch selbst *in corpore* an –, mit Säcken auf den Schultern, in die fremden Gemüsegarten; an solchen Tagen gab's in der Burssa Kürbisbrei. Die Senatoren schlugen sich den Magen so mit Melonen und Wassermelonen voll, daß die Auditoren am nächsten Tage statt eines Vortrages deren zwei zu hören bekamen: der eine drang aus dem Munde, der andere kam aus dem Magen des Senators. Die Zöglinge der Burssa wie auch die des Seminars trugen lange Röcke, die »bis dahin« reichten; ein technischer Ausdruck, der soviel besagt als: »bis an die Fersen«.

Das feierlichste Ereignis für das Seminar aber war der Anbruch der Ferien, die Zeit vom Monat Juni an, wenn die Burssa gewöhnlich nach Hause entlassen wurde. Dann war die Landstraße wie besät von Grammatikern, Rhetoren, Philosophen und Theologen. Wer kein eigenes Heim besaß, zog zu einem seiner Kameraden. Die Philosophen und Theologen gingen in »*Kondition*«, das heißt, sie unterrichteten oder bereiteten die Kinder wohlhabender Leute für die Schule vor. Dafür erhielten sie einmal im Jahr ein Paar neue Stiefel und manchmal auch etwas Geld zu einem neuen Rock. Diese ganze Gesellschaft zog geschlossen aus wie eine Zigeunerbande, kochte sich ihre Grütze und übernachtete im Freien. Jeder trug einen Sack, in dem sich ein Hemd und ein Paar Fußlappen befanden. Die Theologen waren besonders sparsam und peinlich: Um ihre Stiefel zu schonen, zogen sie sie aus, hängten sie auf ihre Stöcke und trugen sie auf ihren Schultern; das taten sie besonders, wenn es auf der Straße sehr schmutzig war. Sie krempelten ihre Hosen bis zu den Knien auf und patschten furchtlos mit den bloßen Füßen durch die Pfützen. Sowie sie irgendwo ein Gehöft erblickten, schwenkten sie von der Landstraße ab, näherten sich der stattlichsten Hütte, stellten sich vor den Fenstern in Reih und Glied auf und begannen aus voller Kehle einen Kantus anzustimmen. Der Hausherr, der gewöhnlich ein alter, ansässiger Kosak war, stützte den Kopf auf beide Hände und hörte ihnen lange zu, dann fing er bitterlich an zu weinen und wandte sich an seine Frau: »Frau, was die Scholaren da singen, das muß etwas sehr Gescheites sein. Bring' ihnen doch etwas Speck hinaus, und was sonst noch da ist.« Dann wurde eine ganze Schüssel voller Quarkkuchen in den Sack geschüttet, dazu ein gehöriges Stück Speck; auch einige Laib Brot verschwanden darin und manchmal sogar ein zusammengebundenes Huhn. Nachdem sie sich so einen tüchtigen Vorrat angelegt hatten, zogen die Grammatiker, Rhetoren, Philosophen und Theologen wieder ihres Weges. Je weiter sie jedoch kamen, um so kleiner wurde die Schar. Allmählich zerstreute sich alles und wanderte nach Haus, und es blieben nur die übrig, deren Elternhaus weiter entfernt war als das der anderen.

Einst bogen während einer solchen Reise drei Burschen von der Landstraße ab, um beim ersten besten Gehöft, auf das sie stießen, den schon längst geleerten Sack mit neuen Vorräten zu versorgen. Dies waren der Theologe Haljawa, der Philosoph Choma Brut und der Rhetor Tiberius Gorobetzj.

Der Theologe war ein großer, breitschultriger Bursche und hatte die äußerst merkwürdige Gewohnheit, alles zu stehlen, was in seine Nähe kam. Übrigens hatte er einen sehr finsteren Charakter; wenn er betrunken war, versteckte er sich im Gebüsch, und das Seminar hatte viel Mühe, ihn von dort hervorzuholen.

Der Philosoph, Choma Brut, war von heiterer Gemütsart, er liebte es sehr, auf der Bank zu liegen und seine Pfeife zu rauchen; wenn er trank, ließ er sogleich »Musikanten« kommen und tanzte einen Trepak.Ein russischer Nationaltanz. Anm. des Herausg.

Er hatte schon oft ein Maß »grober Erbsen« zu kosten bekommen, aber er ertrug es mit stoischem Gleichmut und sagte nur: Niemand entgeht seinem Schicksal.

Der Rhetor, Tiberius Gorobetzj, hatte noch nicht das Recht, einen Schnurrbart zu tragen, Schnaps zu trinken und zu rauchen. Er trug nur einen Haarschopf auf dem Scheitel, und sein Charakter war damals noch wenig entwickelt. Aber aus den großen Beulen auf der Stirn, mit denen er oft in die Klasse kam, ließ sich schließen, daß er einmal einen tüchtigen Soldaten abgeben würde. Der Theologe Haljawa und der Philosoph Choma zupften ihn oft zum Zeichen ihrer Gönnerschaft am Schopfe und gebrauchten ihn als Boten.

Es war schon Abend, als sie von der Landstraße abbogen; die Sonne war eben untergegangen, und noch spürte man in der Luft die Wärme des Tages. Der Theologe und der Philosoph marschierten schweigsam mit der Pfeife im Munde dahin, und der Rhetor, Tiberius Gorobetzj, schlug mit seinem Stab den am Wege wachsenden Disteln die Köpfe ab. Der Weg zog sich zwischen Gruppen von Eichen und Nußbäumen dahin, die die Wiesen beschatteten; dann und wann unterbrachen Hügel und kleine grüne Berge, die so rund waren wie Kuppeln, die Ebene. Verstreute Ackerfelder, mit reifendem Getreide bestellt, ließen erkennen, daß irgendwo ein Dorf in der Nähe sein müsse. Aber es war schon mehr als eine Stunde vergangen, seit sie an dem Ackerfelde vorbeigekommen waren, und noch immer war kein Gehöft zu sehen. Die Dämmerung hatte schon den ganzen Himmel eingehüllt: Nur fern im Westen schimmerte noch ein schmaler, blauer Streifen Abendrot.

»Weiß der Teufel,« sagte der Philosoph Choma Brut, »es sah doch ganz so aus, als müßten wir gleich auf ein Gehöft stoßen!«

Der Theologe schwieg und sah sich nach allen Seiten um, dann steckte er seine Pfeife wieder in den Mund, und alle drei trabten weiter.

»Bei Gott,« rief der Philosoph und blieb wieder stehen, »es ist rein gar nichts zu sehen. Hol's der Henker!«

»Vielleicht erreichen wir doch noch ein Gehöft«, sagte der Theologe, ohne seine Pfeife aus dem Munde zu nehmen.

Unterdessen war die Nacht hereingebrochen, eine finstere, trübe Nacht; die kleinen Wolken am Himmel verstärkten die Finsternis nur noch mehr, und allem Anscheine nach durfte man weder auf Mond noch Sterne rechnen. Die Burschen merkten, daß sie sich verirrt hatten und längst vom richtigen Wege abgekommen waren.

Der Philosoph tastete mit dem Fuß nach allen Seiten und rief endlich kurz aus: »Ja, wo ist denn der Weg?«

Der Theologe schwieg und murmelte nach einigem Nachdenken: »Ja, die Nacht ist dunkel...!«

Der Rhetor kniete nieder und versuchte den Weg mit den Händen zu befühlen, aber seine Hände gerieten fortwährend in einen Fuchsbau hinein. Ringsumher lag die öde Steppe: scheinbar war hier noch nie jemand vorbeigefahren.

Die Wanderer machten noch einen Versuch, weiterzugehen: aber überall stießen sie auf die gleiche Wildnis. Der Philosoph fing an zu rufen, jedoch seine Stimme verhallte ohne in der Umgegend das geringste Echo zu wecken. Nach einer Weile hörten sie ein schwaches Stöhnen, das einige Ähnlichkeit mit dem Heulen eines Wolfes hatte.

»Teufel, was ist hier zu machen?« sagte der Philosoph.

»Was? Wir bleiben hier und übernachten im Feld«, erwiderte der Theologe und griff in die Tasche, um sein Feuerzeug hervorzuholen und sich von neuem die Pfeife anzuzünden. Aber der Philosoph wollte nicht darauf eingehen. Er hatte die Gewohnheit, vor dem Schlafengehen noch einen halben Zentner Brot und vier Pfund Speck zu vertilgen und fühlte eine unerträgliche Leere im Magen; auch fürchtete er sich trotz seiner heiteren Gemütsart ein wenig vor den Wölfen.

»Nein, Haljawa, das geht nicht«, sagte er. »Wollen wir uns etwa ohne jede Stärkung hinlegen und einschlafen wie die Hunde? Versuchen wir's doch noch einmal, vielleicht stoßen wir noch auf irgendein Haus, und vielleicht glückt es uns wenigstens, vor dem Schlafengehen noch ein Gläschen Schnaps herunterzugießen.«

Bei dem Worte »Schnaps« spuckte der Theologe aus und murmelte: »Natürlich, wozu sollten wir auch im Freien übernachten?«

Die Burschen gingen weiter und glaubten bald zu ihrer großen Freude in der Ferne etwas wie Hundegebell zu vernehmen. Sie horchten, von welcher Seite das Gebell herkam, und schritten fröhlich vorwärts. Nach einer Weile erblickten sie ein Licht.

»Ein Gehöft, bei Gott, ein Gehöft«, rief der Philosoph.

Seine Vermutung hatte ihn nicht betrogen. Nach einiger Zeit bemerkten sie eine Ansiedlung, die nur aus zwei Hütten und einem Hof bestand. In den Fenstern schimmerte Licht; ein Dutzend Pflaumenbäume ragte über den Zaun. Als die Burschen durch die Spalten zwischen den Brettern des Tores blickten, gewahrten sie einen Hof, der voller großer Lastwagen stand. Jetzt erglänzten auch einige Sterne am Himmel.

»Hallo, Brüder, jetzt heißt es energisch sein! Koste es, was es wolle, wir müssen uns ein Nachtlager erobern!«

Die drei Bildungsbeflissenen klopften einmütig an das Tor und riefen: »Macht auf!«

Die Tür der einen Hütte knarrte, und einen Augenblick darauf sahen die Burschen ein altes Weib in einem Pelzrock vor sich.

»Wer ist da?« rief sie, und hustete dumpf.

»Mütterchen, laß uns hier übernachten; wir haben uns verirrt, im Freien ist es ebenso schlimm wie in einem leeren Magen.«

»Was seid ihr für Volk?«

»Harmlose Leute: der Theologe Haljawa, der Philosoph Brut und der Rhetor Gorobetzj.«

»Es geht nicht,« knurrte die Alte, »mein Hof ist voll, jeder Winkel ist besetzt. Wo soll ich hin mit euch? Mit solchen großen, gesunden Burschen! Meine Hütte wird noch einstürzen, wenn ich solche Riesen in ihr unterbringe. Diese Theologen und Philosophen kenne ich: Wenn man sich erst einmal mit solchen Trunkenbolden einläßt, ist man bald ohne Haus und Hof. Macht, daß ihr weiter kommt, hier ist kein Platz für euresgleichen!«

»Erbarme dich, Mütterchen! Das geht doch nicht, daß ein Christenmensch so um nichts und wieder nichts umkommen soll. Steck uns, wohin du willst – wenn wir nur das geringste anstellen, dann mögen uns die Hände verdorren, dann mag uns doch...Hörst du?«

Wie es schien, ließ sich die Alte ein wenig erweichen. »Gut,« sagte sie nach kurzem Bedenken, »ich will euch hereinlassen, aber ich werde jedem von euch einen anderen Ort anweisen; ich habe keine Ruhe, wenn ihr zusammenbleibt.«

»Wie du willst, wir fügen uns in alles«, antworteten die Burschen. Die Pforte knarrte, und sie traten in den Hof.

»Nun, wie steht's, Mütterchen,« sagte der Philosoph, während er der Alten folgte, »wenn du, sozusagen…Bei Gott, mir ist's als ob mir jemand auf einem Wagen im Magen herumfährt. Seit heute morgen habe ich keinen Bissen im Munde gehabt!«

»Sieh einer an, was der für Gelüste hat,« sagte die Alte, »nein, ich habe nichts, und der Ofen ist heute auch gar nicht geheizt worden.«

»Wir würden ja morgen alles gehörig bezahlen,« fuhr der Philosoph fort, »wahrhaftig – bar bezahlen.« Und er setzte leise hinzu: »Hol dir's doch vom Teufel.«

»Vorwärts, vorwärts, seid zufrieden mit dem, was man euch gibt. Daß mir der Teufel auch solch feine Herren zuführen mußte!«

Bei diesen Worten wurde es dem Philosophen Choma ganz wehmütig ums Herz, plötzlich aber witterte seine Nase den Geruch von getrockneten Fischen. Er warf einen Blick auf die Hosen des Theologen, der neben ihm her ging, und sah, daß ihm ein riesiger Fischschwanz aus der Tasche ragte.

Der Theologe hatte nämlich schon Zeit gefunden, eine ganze Karausche aus der Fuhre wegzustibitzen. Da dies aber nicht aus Habgier, sondern mehr aus Gewohnheit geschehen war, hatte er seine Karausche längst vergessen und spähte schon wieder nach allen Seiten, was er nun noch erwischen könnte: selbst ein zerbrochenes Rad war nicht sicher vor ihm. Der Philosoph Choma steckte daher seine Hand in Haljawas Tasche, als sei's seine eigene, und holte die Karausche hervor.

Die Alte hatte die Burschen bald untergebracht: Der Rhetor kam in die Hütte, der Theologe in eine leere Kammer, und den Philosophen führte sie in einen Schafstall.

Als der Philosoph allein war, verspeiste er sofort die Karausche, untersuchte die geflochtenen Wände des Stalles, versetzte einem neugierigen Schwein, das den Rüssel aus dem anstoßenden Kober hineinsteckte, einen Stoß mit dem Fuß, und legte sich auf die rechte Seite, um sofort einzuschlafen wie ein Toter. Da öffnete sich plötzlich die niedrige Tür, und die Alte trat gebückt in den Stall.

»Ah, Mütterchen! Was willst du?« sagte der Philosoph.

Aber die Alte ging mit ausgebreiteten Armen gerade auf ihn zu.

»Ach so«, dachte der Philosoph. »Nein, mein Täubchen, du bist mir zu alt.«

Er rückte etwas ab, aber die Alte kam unbekümmert näher.

»Höre, Mütterchen, jetzt ist's Fastenzeit, und ich gehöre zu den Menschen, die die Fasten auch für tausend Goldstücke nicht verletzen«, sagte der Philosoph.

Aber die Alte sprach kein Wort; sie breitete ihre Arme aus und suchte ihn zu fangen.

Dem Philosophen wurde ganz unheimlich zumute, besonders als er merkte, daß ihre Augen in ungewöhnlichem Glanze aufleuchteten. »Mütterchen, was ist mit dir? Geh' mit Gott!« schrie er.

Aber die Alte sagte noch immer nichts und griff mit beiden Händen nach ihm.

Er sprang auf, um fortzulaufen, doch die Alte stellte sich in die Tür, sah ihn mit funkelnden Augen an und ging von neuem auf ihn los.

Der Philosoph wollte sie mit den Händen fortstoßen, aber er fühlte zu seinem Erstaunen, daß er die Arme nicht bewegen konnte. Seine Füße rührten sich nicht vom Fleck, er empfand mit Schrecken, daß ihm selbst die Stimme den Dienst versagte; er wollte etwas sagen, aber seine Lippen bewegten sich nur, ohne einen Laut hervorzubringen. Er hörte nur, wie sein Herz schlug, und sah, wie die Alte dicht an ihn herantrat, ihm die Hände zusammenlegte, ihm den Kopf hinabbog und mit katzenartiger Geschwindigkeit auf seinen Rücken sprang. Sie gab ihm mit dem Besen einen Schlag auf die Lenden, und er galoppierte wie ein Reitpferd davon und trug sie auf den Schultern fort. Dies alles geschah so schnell, daß der Philosoph gar nicht zur

Besinnung kam; er griff mit beiden Händen nach seinen Knien und wollte die Beine festhalten; aber zu seiner größten Bestürzung bewegten sie sich gegen seinen Willen und machten Sprünge wie der beste Tscherkessen-Renner. Erst als sie aus dem Gehöft heraus waren, und sich die weite Schlucht und der kohlschwarze Wald zu ihrer Rechten ausbreitete, da sagte er zu sich selbst: »Aha, das ist eine Hexe.«

Die ihm zugewandte Mondsichel leuchtete hell am Himmel, der schüchterne, nächtliche Glanz breitete sich gleich einer durchsichtigen Decke über die Erde und wogte wie eine zarte Rauchwolke hin und her; Wald, Wiesen, Himmel und Täler, alles schien mit offenen Augen zu schlafen; es war ganz windstill, nirgends schien sich ein Lüftlein zu regen. Etwas Feuchtes und Laues lag in der mitternächtlichen Kühle; die Schatten der Bäume und Sträucher fielen gleich Kometenschweifen spitz und kantig auf die abschüssige Ebene. In solcher Nacht jagte der Philosoph Choma Brut, mit seinem seltsamen Reiter auf dem Rücken, dahin. Ein wunderbar quälendes, unheimlich süßes Gefühl erfüllte sein Herz. Er senkte den Kopf und sah, daß das Gras, das seine Füße noch kurz zuvor berührt hatten, jetzt tief, tief unter ihm lag, und darüberhin floß ein durchsichtiges Gewässer, kristallhell wie das einer Gebirgsquelle; das Gras schien den Boden eines hellen, durchsichtigen, bis zum Grunde klaren Meeres zu bilden, wenigstens sah er deutlich, daß er sich mit der auf seinem Rücken hockenden Alten darin spiegelte. Er sah dort unten statt des Mondes eine Sonne aufleuchten, er hörte die blauen Glockenblumen mit gesenkten Köpfchen läuten, und er bemerkte, wie eine Nixe aus dem Riedgras hervorschwamm – ihr Rücken und ihre vollen, prallen Lenden bebten und leuchteten, sie schien ganz aus Licht und Glanz gewebt. Sie wandte sich ihm zu, und er blickte ihr in ihr Antlitz mit den klaren, hellen, strahlenden Augen – sie kam näher, ihrem Munde entströmte ein Gesang, der ihm bis in die Tiefen der Seele drang – jetzt schwamm sie auf der Oberfläche, stimmte ein silberhelles Lachen an und entfernte sich wieder. Doch nun warf sie sich auf den Rücken. Ihre Brüste, die mit dem sanften Glanze des Porzellans, dem der Schmelz fehlt, wie durch eine Wolkenhülle hindurchschimmerten, leuchteten aus ihrer weißen, schwellenden, zarten Umgebung hervor; das Wasser rann wie ein Perlenregen in kleinen Tröpfchen auf sie herab, und sie zittert und bebt und lacht hell aus der Flut hervor. –

Sieht er es oder sieht er es nicht? Träumt er oder ist er wach? Und was soll das bedeuten? Ist das vielleicht der Wind, oder ist es Musik? Es klingt und klingt, steigt auf und kommt näher und dringt ihm in die Seele wie ein unerträglicher, jubelnder Triller.

»Was ist das«, dachte der Philosoph Choma Brut, während er hinunterblickte, und raste weiter. Der Schweiß floß ihm in Strömen von der Stirn; er hatte ein dämonisch-süßes Gefühl; eine durchbohrende, quälende, schreckliche Wonne rieselte durch seinen Körper. Manchmal glaubte er, daß er kein Herz mehr habe, und er griff erschrocken mit der Hand danach. Erschöpft und verwirrt begann er alle ihm bekannten Gebete vor sich hinzumurmeln; er wiederholte alle Geisterbeschwörungen und fühlte plötzlich etwas wie eine Erleichterung; er merkte, wie sein Schritt sich verlangsamte, die Hexe klammerte sich weniger fest an seinen Rücken, er berührte das dichte Gras, das für ihn alles Außergewöhnliche verloren hatte, wieder mit den Füßen. Die Mondsichel leuchtete hell am Himmel.

»Vortrefflich«, dachte der Philosoph Choma und begann seine Beschwörungen fast laut herzusagen. Endlich sprang er mit blitzartiger Geschwindigkeit unter der Alten fort, und setzte sich nun seinerseits auf ihren Rücken. Die Alte lief mit kurzen, kleinen Schritten vorwärts, aber so schnell, daß dem Reiter fast der Atem ausging. Er konnte die Erde kaum noch erkennen; alles war deutlich sichtbar, obgleich es nicht einmal Vollmond war. Die Täler waren flach, aber die große Schnelligkeit, mit der sie vorüberrasten, ließ dem Auge alles unklar und trügerisch erscheinen. Choma ergriff ein am Boden liegendes Holzscheit, und begann die Alte aus Leibeskräften zu prügeln. Sie stöhnte anfangs wütend und drohend auf, dann aber schwächer, angenehmer, immer reiner und leiser, und zuletzt klang es wie Silberglockengeläut, und drang ihm tief in die Seele. Unwillkürlich kam ihm der Gedanke: Ist das wirklich noch die Alte? »Ach, ich kann nicht mehr!« flüsterte sie ganz erschöpft und fiel zu Boden.

Er sprang auf und sah ihr in die Augen. Die Morgenröte stieg empor, in der Ferne erstrahlten die Kirchen von Kiew. Vor ihm lag ein wunderbar schönes Mädchen, mit einem herrlichen, zerzausten Zopf, und schweren, seidenweichen Wimpern, die so lang waren wie ein Pfeil. Sie breitete ohnmächtig ihre nackten, weißen Arme aus, richtete die tränenerfüllten Augen nach oben und stöhnte.

Choma zitterte am ganzen Körper wie ein Espenblatt. Etwas wie Mitleid, eine seltsame Aufregung, und eine ihm bis dahin ganz fremde Schüchternheit erfaßten ihn. Er sprang auf und lief so schnell er konnte. Sein Herz klopfte unruhig; er vermochte sich das neue Gefühl, das ihn gepackt hatte, gar nicht zu erklären. In das Gehöft zurückzukehren – dazu verspürte er keine Lust; so lief er denn nach Kiew, und dachte den ganzen Weg lang über das unerklärliche Abenteuer nach.

Es war kaum noch ein Seminarist in der Stadt. Alle waren auf den Dörfern »in Kondition«, oder einfach ohne Stellung, da man auf den kleinrussischen Gütern Käse, saure Gurken und Quarkkuchen, die so groß sind wie ein Hut, essen darf, ohne einen Heller dafür zu bezahlen. Die große baufällige Hütte, in der die Burssa einquartiert war, stand ganz leer, und soviel der Philosoph auch in allen Ecken herumsuchen mochte – er ließ selbst die Löcher und Spalten im Dach nicht unbeachtet –, nirgends fand er ein Stück Speck, ja, nicht einmal eine alte Brezel, die die Seminaristen an solchen Stellen zu verstecken pflegten.

Übrigens fand der Philosoph bald ein Mittel, um dies Übel abzustellen. Er ging auf den Markt, spazierte hier drei-bis viermal pfeifend auf und ab, winkte einer am anderen Ende sitzenden jungen Witwe mit einem gelben Kopftuch zu, die mit Bändern, Schrot und Rädern handelte, und wurde noch am selben Tage mit Quarkkuchen aus Weizenmehl, Hühnerbraten usw. versorgt – es ist unmöglich, aufzuzählen, was da alles auf dem Tische stand, der in einem kleinen Lehmhäuschen inmitten eines Kirschgartens gedeckt wurde. Am Abend sah man den Philosophen in der Schenke; er lag auf der Bank, rauchte wie gewöhnlich seine Pfeife und warf dem jüdischen Wirt vor allen Leuten ein kleines Goldstück hin. Vor ihm stand ein Krug mit Schnaps, er betrachtete die Kommenden und Gehenden mit gleichgültigen, zufriedenen Blicken und dachte nicht im geringsten mehr an sein seltsames Abenteuer.

Inzwischen aber verbreitete sich überall das Gerücht, die Tochter eines der reichsten Hauptleute – der ungefähr 50 Werst von Kiew eine Besitzung hatte – sei eines Morgens ganz zerschlagen von einem Spaziergang zurückgekommen. Sie hätte kaum noch die Kraft gehabt, das väterliche Haus zu erreichen, läge im Sterben, und hätte den Wunsch geäußert, der Seminarist Choma Brut aus Kiew solle nach ihrem Tode während dreier Nächte die Totenmesse bei ihr lesen. Der Philosoph erfuhr das alles durch den Rektor selbst, der ihn zu sich ins Zimmer beschied und ihn beauftragte, sich unverzüglich auf den Weg zu machen, da der berühmte Hauptmann zu diesem Zweck ein paar Leute und seinen Wagen hergeschickt hätte. Der Philosoph zitterte; ein unerklärliches Gefühl überkam ihn. Er konnte sich selbst keine Rechenschaft über den Grund geben, aber eine dunkle Ahnung sagte ihm, daß ihm nichts Gutes bevorstände. Ohne selbst zu wissen warum, erklärte er geradeheraus, daß er nicht hinfahren werde.

»Hör' mal, Domine Choma,« sagte der Rektor (es gab Fälle, wo er sehr höflich mit seinen Untergebenen umging), »kein Teufel fragt danach, ob du fahren willst oder nicht. Ich sage dir nur eins: Wenn du hier den Störrischen spielst und räsonierst, so lasse ich dir den Rücken und anliegende Körperteile so mit jungen Birkenruten durchbläuen, daß du dir den Gang ins Bad ersparen kannst.« Der Philosoph kratzte sich ein wenig hinter dem Ohr, ging wortlos hinaus, und setzte seine ganze Hoffnung auf seine Beine, von denen er bei der ersten günstigen Gelegenheit Gebrauch machen wollte. Ganz in Gedanken versunken stieg er die steile Treppe hinab, die in den pappelumstandenen Hof führte und blieb einen Moment stehen; er hörte den Rektor mit deutlicher Stimme dem Verwalter und noch jemandem, – wahrscheinlich einem Boten des Hauptmanns, der nach ihm gekommen war, – Befehle erteilen und sagen:

»Danke deinem Herrn für die Grütze und die Eier und sage ihm, sobald die Bücher, von denen er schreibt, fertig sind, würde ich sie ihm zusenden; ich habe sie dem Schreiber schon zur Abschrift übergeben. Und noch was, mein Lieber, vergiß deinen Herrn nicht daran zu erinnern, daß ihr auf eurem Gut so herrliche Fische habt, besonders einen ganz ausgezeichneten Stör: er könnte mir bei Gelegenheit etwas davon schicken; bei uns auf den Jahrmärkten ist er nicht gut und zu teuer. Und du, Jawtuch, gib den Leuten einen Becher Schnaps; den Philosophen aber bindet mir fest, sonst läuft er euch noch davon.«

»Sieh doch den Teufelskerl!« dachte der Philosoph. »Er hat es schon herausgeschnüffelt! So'n Schlammbeißer!«

Er ging hinunter und erblickte einen Wagen, den er zuerst für einen Getreideschuppen auf vier Rädern hielt; und wahrhaftig, er war so tief wie ein Ofen, in dem man Ziegel brennt. Dies war ein gewöhnlicher Krakauer Wagen, in dem an die fünfzig Juden samt ihrer Ware in allen Städten umherzufahren pflegten, wo sie nur einen Jahrmarkt wittern. Sechs gesunde, kräftige, ältere Kosaken erwarteten ihn. Die kurzen, mit Troddeln verzierten Röcke aus feinem Tuch bewiesen, daß die Kosaken einem reichen und angesehenen Herrn dienten. Die kleinen Narben auf der Stirn ließen erkennen, daß sie im Kriege gewesen und nicht ganz ruhmlos gekämpft hatten.

»Was bleibt mir übrig! Kein Mensch kann seinem Schicksal entgehen«, dachte der Philosoph, wandte sich an die Kosaken und rief mit lauter Stimme: »Grüß Gott, Kameraden!«

»Grüß Gott, Herr Philosoph«, erwiderten einige von den Kosaken.

»Ich soll also mit euch zusammen fahren? Der Wagen kann sich schon sehen lassen!« fuhr er fort und stieg ein. »Schade, daß keine Musikanten dabei sind, hier ließe sich's gut tanzen!«

»Ja es ist ein geräumiger Wagen«, sagte der eine Kosak und stieg mit dem Kutscher auf den Bock. Dieser hatte statt der Mütze; die er in der Schenke gelassen, ein Tuch um den Kopf gebunden. Die übrigen fünf krochen mit dem Philosophen in die Versenkung und setzten sich dort auf Säcke, die mit allerlei Waren, die die Kosaken in der Stadt gekauft hatten, angefüllt waren.

»Es wäre interessant, zu wissen,« begann der Philosoph, »wieviel Pferde nötig wären, um den Wagen von der Stelle zu bringen, wenn man ihn mit allerhand Waren, etwa mit Salz oder Eisenschienen, beladen würde.«

»Ja,« sagte nach einigem Schweigen der Kosak, der auf dem Bocke saß, »da wäre wohl eine große Menge dazu nötig.«

Mit dieser befriedigenden Antwort glaubte der Kosak sich das Recht erworben zu haben, den Rest des Weges über zu schweigen.

Der Philosoph hätte gern Genaueres über den Hauptmann erfahren: über seinen Charakter, was man über seine Tochter wußte, die unter so merkwürdigen Umständen nach Hause gekommen war und jetzt im Sterben lag, und deren Geschick nun mit seinem eigenen verknüpft wurde; wie sie leben und was sie zu Hause treiben. Er suchte seine Begleiter auszufragen, aber wahrscheinlich waren die Kosaken auch Philosophen, denn statt zu antworten, schwiegen sie still und rauchten, auf den Säcken hingestreckt, weiter.

Nur der eine wandte sich mit dem kurzen Befehl an den Kameraden auf dem Kutschbock: »Paß auf, Owerko, alter Maulaffe; wenn du bei der Schenke an der Straße nach Tschuchrailow vorbeikommst, so vergiß nicht anzuhalten und uns zu wecken, falls einer von uns einschlafen sollte.«

Hierauf schlummerte er ziemlich geräuschvoll ein. Übrigens war diese Ermahnung ganz überflüssig, denn kaum näherte sich das Riesengefährt der Schenke an der Straße nach Tschuchrailow, als alle wie aus einem Munde losschrien: »Halt!« Auch waren Owerkos Gäule schon so abgerichtet, daß sie von selbst vor jeder Schenke still standen. Trotz des heißen Julitages krochen alle aus dem Wagen und gingen in die niedrige, schmutzige Stube, wo der jüdische Schankwirt seine alten Bekannten voller Freude begrüßte. Der Jude holte sofort ein paar Würste aus Schweinefleisch herbei, die er unter seinen Rockschößen versteckt hielt, und legte sie auf den Tisch, um sich schleunigst von diesem vom Talmud verbotenen Gericht abzuwenden. Alle setzten sich um den Tisch herum, und bald hatte jeder Gast einen Tonkrug vor sich stehen. Auch der Philosoph, Choma Brut, mußte an dem gemeinsamen Mahle teilnehmen. Und da die Kleinrussen sofort anfangen, sich zu küssen oder zu heulen, wenn sie ein wenig angetrunken sind, so hallte die Hütte bald von schallenden Küssen wider. »Laß uns anstoßen, Spirid! Komm her, Dorosch, ich will dich küssen!« Einer der Kosaken, der etwas älter war als die anderen, und dessen Schnurrbart schon grau zu werden begann, stützte seinen Kopf auf die Hand und fing bitterlich an zu weinen. Er jammerte, daß er weder Vater noch Mutter habe und ganz allein auf der Welt dastehe. Ein anderer, der ein großer Schwätzer war, tröstete ihn fortwährend, und sagte: »Weine doch nicht, bei Gott, weine nicht, was ist denn dabei... Gott weiß schon, warum es so ist.«

Ein anderer, namens Dorosch, wurde plötzlich sehr neugierig, wandte sich an den Philosophen Choma und fragte ihn in einem fort: »Ich möchte gern wissen, was man euch in der Burssa eigentlich beibringt. Das, was der Vorsänger in der Kirche vorliest, oder etwas anderes?«

»Frag' doch nicht,« sagte der Räsoneur gedehnt, »laß es doch gehen wie es geht. Gott weiß schon, wie es am besten ist, Gott weiß alles!«

»Nein, ich will wissen, was in den Büchern steht,« sagte Dorosch, »vielleicht ist es etwas ganz anderes, als was der Vorsänger sagt!«

»Mein Gott, mein Gott,« sagte der würdige Moralist, »wie kann man nur so sprechen? Gott hat es nun einmal so angeordnet: Und was Gott gemacht hat, das läßt sich nicht ändern.«

»Ich will aber alles wissen, was in den Büchern steht; ich will in die Burssa eintreten, bei Gott, ich werde dort eintreten! Was? Was denkst du? Ich werde nichts lernen? Alles werde ich lernen, alles!«

»Mein Gott, mein Gott«, sagte der Tröster, und legte seinen Kopf auf den Tisch, er war wirklich nicht mehr imstande, ihn noch länger auf den Schultern zu halten. Die übrigen Kosaken sprachen von ihren Herrschaften und darüber, warum wohl der Mond am Himmel leuchte.

Als der Philosoph Choma merkte, wie es in ihren Köpfen aussah, beschloß er, den Moment auszunutzen und sich aus dem Staube zu machen. Zuerst wandte er sich an den graubärtigen Kosaken, der sich um Vater und Mutter grämte. »Was weinst du, Onkelchen?« fragte er. »Sieh, ich bin auch eine Waise. Freunde, laßt mich laufen! Gebt mir die Freiheit! Wozu braucht ihr mich?«

»Lassen wir ihn laufen,« sagten einige, »er ist ja eine Waise. Lassen wir ihn gehen, wohin er will.«

»O mein Gott, mein Gott,« stöhnte der Moralist, langsam seinen Kopf erhebend, »laßt ihn laufen! Mag er gehen, wohin er will!«

Und die Kosaken waren schon im Begriff, ihn selbst ins Freie zu führen, aber der, der so viel Wißbegierde gezeigt hatte, hielt sie zurück und sagte: »Rührt ihn nicht an; ich will mit ihm über die Burssa reden, ich werde selbst in die Burssa eintreten!«

Übrigens wäre ihm die Flucht kaum gelungen, denn als der Philosoph sich vom Tisch zu erheben suchte, fühlte er, daß seine Beine wie aus Holz waren, und er glaubte, im Zimmer so viel Türen zu erblicken, daß er kaum die rechte gefunden hätte.

Erst gegen Abend fiel es der Gesellschaft ein, daß sie sich wieder auf den Weg machen müßte. Sie machten sich's im Wagen bequem, und brachen auf, indem sie die Pferde antrieben und ein Lied anstimmten, dessen Sinn und Wortlaut wohl niemand enträtselt hätte. Nachdem sie die größere Hälfte der Nacht gefahren waren, wobei sie beständig vom Wege abkamen, obwohl sie ihn fast auswendig kannten, rollten sie endlich einen steilen Berg ins Tal hinab; der Philosoph erblickte zu beiden Seiten des Weges Lattenzäune, Hecken und Dächer, die hier und da zwischen den niedrigen Bäumen hervorschauten. Es war ein großes Dorf, das dem Hauptmann gehörte. Die Mitternacht war längst vorüber; der Himmel war dunkel, nur hier und da sah man einen einsamen Stern blinken, und in keiner Hütte war ein Licht zu entdecken. Sie fuhren, von Hundegebell begleitet, in das Dorf ein. Auf beiden Seiten standen Scheunen und kleine Häuser mit Strohdächern; das eine, das gerade in der Mitte und dem Tor gegenüber lag, war größer als die übrigen und schien dem Hauptmann als Wohnung zu dienen. Das Gefährt hielt vor einem kleinen Wagenschuppen, und unsere Reisenden legten sich nieder, um zu schlafen. Der Philosoph verspürte jedoch den Drang, sich die herrschaftlichen Wohnräume wenigstens von außen anzusehen, aber wie sehr er auch seine Augen anstrengte, er konnte nichts klar unterscheiden: Statt des Hauses erblickte er einen Bären, und der Schornstein schien ihm dem Rektor zu gleichen. – Der Philosoph gab daher seine Bemühungen auf und ging schlafen.

Als er wieder erwachte, war der ganze Hof schon in Bewegung: Die Tochter des Hauses war in der Nacht gestorben. Die Diener liefen atemlos hin und her; ein paar alte Weiber heulten, eine Menge Neugieriger versuchte es, durch die Ritzen im Zaune zu erspähen, was auf dem herrschaftlichen Hof vorging. Der Philosoph begann, in aller Ruhe die Stätte zu betrachten, die er in der Nacht nicht hatte erkennen können. Das herrschaftliche Haus war ein kleines, niedriges Gebäude, wie man solche in alten Zeiten in Kleinrußland zu bauen pflegte, und hatte ein Strohdach. Die kleine, spitz zulaufende, hohe Giebelwand mit dem einen Fenster, das wie ein nach oben gerichtetes Auge aussah, war ganz mit blauen und gelben Blumen und roten Halbmonden bemalt. Sie ruhte auf Eichenpfosten, die oben rund und kunstvoll gedrechselt und unten sechseckig waren. Unter der Giebelwand befand sich eine kleine Treppe, und rechts und links standen Bänke. An den Seiten des Hauses gab es Schutzdächer auf ähnlichen, hier und da gewundenen Säulen. Davor stand ein hoher Birnbaum mit pyramidenförmiger Krone in der grünen Pracht seiner leichtbewegten Blätter. In der Mitte des Hofes befanden sich mehrere, in zwei Reihen geordnete Speicher, wodurch gleichsam eine breite Straße gebildet wurde, die direkt zum Herrenhause führte. Hinter den Speichern, dicht am Tor, standen zwei dreieckige Kellergebäude, die einander gerade gegenüberlagen und gleichfalls mit Stroh gedeckt waren. Ihre dreieckigen Vorderwände hatten eine niedrige Tür und waren mit allerhand Bildern bemalt. Auf der einen war ein Kosak dargestellt, der auf einem Faß saß und einen Krug mit der Inschrift: Ich trinke Rest! in die Höhe hob. Die andere hatte der Künstler mit runden und flachen Flaschen bemalt, und zu beiden Seiten erblickte man, was wohl besonders schön sein sollte, je ein Pferd, das sich emporbäumte, und ferner mehrere Pfeifen und Schellen, worunter zu lesen war: »Der Wein ist des Kosaken Wonne!« Durch das riesige Bodenfenster guckten eine Trommel und ein paar kupferne Trompeten hervor. Am Tor standen zwei Kanonen. Dies alles ließ vermuten, daß der Hausherr sich zu amüsieren liebte, und daß der Hof oft von lustigen Gelagen widerhalle. Hinter dem Tor standen zwei Windmühlen. An der Rückseite des Hauses befanden sich Gärten, und zwischen den Wipfeln der Bäume sah man nichts als dunkle Kappen von den Schornsteinen der im dichten Grün verborgenen Hütten. Das ganze Dorf lag auf dem breiten und ebenen Vorsprung eines Berges. Im Norden wurde dies alles von dem steil aufsteigenden Felsen abgeschlossen, der mit seinem Fuß bis dicht an den Hof heranreichte. Von unten gesehen schien er noch steiler zu sein, und auf seinem Gipfel hoben sich die zerstreut stehenden Stengel des dürren Steppengrases schwarz vom Himmel ab. Die nackte Lehmerde war ganz von Wasserrinnen und Regenlöchern zerrissen und verbreitete eine seltsame Schwermut. Auf dem abschüssigen Abhang sah man an zwei Stellen je eine Hütte stehen, deren eine von einem Apfelbaum beschattet wurde, der an der Wurzel durch kleine Pflöcke gestützt, mit herangefahrener Erde bedeckt war, und dessen Äpfel, die der Wind herunterwarf, bis in den herrschaftlichen Hof rollten. Vom Gipfel führte ein Weg über den ganzen Berg am Hofe vorbei bis ins Dorf hinunter. Als der Philosoph den furchtbaren Abhang des Berges betrachtete und sich der gestrigen Fahrt erinnerte, sagte er sich, der Hausherr müsse fabelhaft kluge Pferde, oder die Kosaken enorm widerstandsfähige Köpfe haben, wenn sie nicht einmal im Rausche mitsamt dem riesigen Gefährt und dem Gepäck Hals über Kopf in den Hof hinabgerollt waren. Der Philosoph stand auf dem höchsten Punkte des Hofes: als er sich umwandte und auf die entgegengesetzte Seite blickte, bot sich ihm ein ganz anderes Bild dar. Das Dorf zog sich längs des Abhangs bis in die Ebene hin. Unabsehbare Wiesen erstreckten sich im Umkreis bis an den Horizont, deren helles Grün wurde in der Ferne immer dunkler. Im Hintergrunde sah man eine ganze Reihe von Gehöften im blauen Dämmerlichte daliegen, obgleich sie wohl zwanzig und mehr Werst weit entfernt sein mochten. Rechts von diesen Wiesen zog sich eine Hügelkette hin, und ganz hinten glühte ein dunkler Streifen des Dnjepr auf.

»Welch herrliches Stück Erde,« sagte der Philosoph, »wie schön ließe sich's hier leben; im Dnjepr und in den Teichen könnte man Fische fangen, und mit Gewehr und Netz nach Schnepfen und Zwergtrappen jagen; übrigens wird es in diesen Wiesen auch andere Trappen geben. Man könnte in Hülle und Fülle Früchte trocknen und sie in der Stadt verkaufen, oder noch besser Schnäpse daraus machen, denn Fruchtschnaps geht doch noch über Branntwein. – Herrgott, ich muß mich doch umsehen, wie ich am besten ausreißen könnte.«

Hinter dem Zaun bemerkte er einen kleinen Fußweg, der ganz mit Steppengras bewachsen war; mechanisch setzte er den Fuß darauf; er wollte anfangs nur ein wenig spazieren gehen, und dann still zwischen den Hütten hindurchschlendern und sich ins freie Feld schlagen. Da fühlte er plötzlich eine kräftige Hand auf seiner Schulter.

Hinter ihm stand der alte Kosak, der gestern über den Verlust von Vater und Mutter und über seine Einsamkeit geklagt hatte.

»Du hoffst vergeblich, aus diesem Hofe zu entfliehen, Herr Philosoph,« sagte er, »das ist kein Haus, wo man davonlaufen kann; – übrigens sind auch die Wege sehr schlecht und beschwerlich für Fußgänger – geh lieber zum Herrn, er erwartet dich schon längst in seinem Zimmer.«

»Gut denn, gehen wir, warum auch nicht – ich habe nichts dagegen«, antwortete der Philosoph und folgte dem Kosaken.

Der Hauptmann war schon alt. Er hatte einen grauen Schnurrbart und saß, den Kopf auf beide Hände gestützt, mit einem Ausdruck dumpfer Trauer am Tisch. Er mochte fünfzig Jahre alt sein; aber der tiefe Gram in seinen Zügen und die bleiche, schlechte Farbe bewiesen, daß sein Herz ganz plötzlich gebrochen und vernichtet, und daß seine ganze frühere Fröhlichkeit und das laute sorglose Leben für immer zerstört waren. Als Choma mit dem alten Kosaken in das Zimmer trat, nahm der Hauptmann die eine Hand vom Gesicht und nickte unmerklich mit dem Kopfe; Choma und der Kosak verbeugten sich tief vor ihm und blieben ehrfurchtsvoll an der Türe stehen.

»Wer bist du und wo kommst du her, mein Lieber? Was ist dein Beruf?« fragte der Hauptmann nicht eben freundlich, aber auch nicht schroff.

»Ich bin ein Seminarist und heiße Choma Brut, der Philosoph.«

»Und wer war dein Vater?«

»Ich weiß es nicht, gnädiger Herr.«

»Und deine Mutter?«

»Meine Mutter habe ich auch nicht gekannt. Bei richtiger Überlegung muß ich natürlich eine Mutter gehabt haben, aber wer sie war, woher sie stammte und wo sie gelebt hat, das weiß ich bei Gott nicht, gnädiger Herr!«

Der Alte schwieg und schien einen Augenblick in Grübeleien versunken.

»Wie hast du denn meine Tochter kennengelernt?«

»Ich habe sie gar nicht kennengelernt, gnädiger Herr, bei Gott, ich habe sie nie kennengelernt. Solange ich auf der Welt bin, habe ich noch nie mit einem Fräulein zu tun gehabt. Gott bewahre mich davor, um nichts Unschicklicheres zu sagen.«

»Warum hat sie denn aber gerade dich und keinen anderen dazu bestimmt, an ihrem Sarge zu beten.«

Der Philosoph zuckte die Achseln. »Mein Gott, wie soll ich das erklären? Es ist ja bekannt, daß die vornehmen Herrschaften manchmal auf Dinge kommen, die auch der gelehrteste Mensch nicht zu erklären vermag. ›Wenn der Herr will – muß der Knecht springen‹, sagt das Sprichwort.«

»Lügst du auch nicht, Herr Philosoph?«

»So wahr ich hier stehe, der Blitz soll mich treffen, wenn ich lüge!«

»Wenn sie nur noch einen Augenblick länger gelebt hätte,« sagte der Hauptmann traurig, »dann hätte ich gewiß alles erfahren. ›Laß niemand für mich beten, Vater, schicke gleich in das Kiewer Seminar und laß den Seminaristen Choma Brut kommen. Er soll drei Nächte lang für meine sündige Seele beten. Er weiß alles…‹ was er aber wissen sollte, das bekam ich nicht mehr zu hören. Nur dies konnte mein Liebling noch sagen, dann starb sie. Du bist sicherlich durch deinen reinen Lebenswandel und durch deine Gottesfurcht berühmt, mein Lieber, und sie hat vielleicht von dir gehört.«

»Wer? Ich?« sagte der Seminarist und trat vor Erstaunen einen Schritt zurück. »Ich, wegen meines gottesfürchtigen Lebens berühmt?« Er sah den Hauptmann gerade in die Augen. »Gott segne Sie! Herr, was sagen Sie da! Ich…ich…ich schäme mich fast, davon zu reden…aber ich bin am Abend vor Gründonnerstag noch zur Bäckerin gegangen!«

»Nun, nun…sie wird schon ihren Grund gehabt haben, als sie diese Bestimmung traf! Du mußt gleich heute beginnen.«

»Euer Gnaden, gestatten Sie mir, darauf zu erwidern…natürlich, jeder Mensch, der die Heilige Schrift kennt, kann ja – je nach den Verhältnissen…aber hier wäre ein Diakonus oder wenigstens ein Vorsänger mehr am Platz. Das sind doch verständige Leute, die da wissen, wie alles gemacht werden muß…ich dagegen…ich habe ja nicht einmal die Stimme, die dazu nötig ist, ich bin…weiß der Teufel, was ich bin! Ich sehe ja auch nach nichts aus!«

»Mach, was du willst, aber ich will alles erfüllen, was mein Liebling bestimmt hat, und nichts soll mich gereuen. Wenn du von heute an die üblichen drei Nächte bei ihr wachen und beten willst, sollst du reichlich belohnt werden. Wenn du dich dagegen weigerst – ich möchte selbst dem Teufel nicht raten, mich zu reizen!«

Der Hauptmann sprach diese letzten Worte mit solch einer Energie aus, daß der Philosoph ihren Sinn vollkommen begriff.

»Folge mir«, sagte der Hauptmann.

Sie traten in den Flur. Der Hauptmann öffnete die Tür des gegenüberliegenden Zimmers. Der Philosoph blieb einen Augenblick im Flur stehen, um sich die Nase zu putzen, und trat dann mit einem unwillkürlichen Schauder über die Schwelle.

Der ganze Boden war mit rotem chinesischen Tuch bedeckt. In der Ecke, unter den Heiligenbildern war die Tote auf einem hohen Tisch aufgebahrt. Sie lag auf einer blausamtenen Decke, die mit goldenen Fransen und Quasten geschmückt war. Am Kopf- und Fußende standen hohe mit Schneeballenblüten umwundene Wachskerzen, die ein mattes Licht verbreiteten, das in der Helle des Tages verblich. Vor der Leiche saß der untröstliche Vater; er hatte der Tür den Rücken zugekehrt und verdeckte das Antlitz der Entschlafenen, so daß Choma es nicht sehen konnte. Der Philosoph war aufs höchste erstaunt über die Worte, die er bei seinem Eintritt ins Zimmer vernahm.

»Ich weine nicht deshalb, liebes Töchterlein, weil du mir zum Kummer und Herzeleid, in der Blüte der Jahre die Erde verläßt, ohne das Alter erreicht zu haben, das dem Menschen vergönnt ist; ich klage darüber, daß ich nicht weiß, welcher grimme Feind deinen Tod verursacht hat. Wüßte ich, wer es gewagt hat, dich zu beleidigen, oder nur ein böses Wort über dich zu sagen – bei Gott, wenn er ein alter Mann ist wie ich, er sollte seine Kinder nicht wiedersehen; – und wenn er noch jung ist, sollte er nie wieder zu Vater und Mutter zurückkehren. Seine Leiche sollte den Vögeln und wilden Tieren der Steppe zum Fraße dienen! Weh' mir, du Blume des Feldes, meine kleine Wachtel, du Licht meiner Augen – ich muß den Rest meiner Tage freudlos und traurig verbringen und mit dem Saum meines Rockes die kargen Tränen trocknen, die aus meinen alten Augen tropfen, während meine Feinde sich des Lebens freuen, und sich in der Stille über den schwachen Greis lustig machen werden!«

Er schwieg, ein heftiger Schmerz erschütterte ihn und machte sich in einem Tränenstrom Luft.

Der Philosoph war tief gerührt von diesem namenlosen Kummer. Er hustete ein wenig, stieß einen dumpfen krächzenden Ton aus und räusperte sich.

Der Hauptmann wandte sich um und wies ihm einen Platz am kleinen Lesepult zu Häupten der Toten an. Auf dem Pult lagen mehrere Bücher.

»Ich will die drei Nächte schon irgendwie hinbringen und mein Pensum absolvieren,« dachte der Philosoph, »dafür wird mir der Herr auch beide Taschen mit neuen glänzenden Goldstücken anfüllen.«

Er ging näher, räusperte sich noch einmal und begann zu lesen, ohne sich umzusehen, denn er hatte nicht den Mut, der Toten ins Gesicht zu blicken. Eine tiefe Stille umfing ihn: er merkte, daß der Hauptmann hinausgegangen war. Langsam wandte er den Kopf um, um die Tote anzusehen und…

Ein Zittern lief durch seine Glieder: vor ihm lag das schönste Mädchen, das je auf Erden gelebt hatte. Wohl nie noch war in der Form der Gesichtszüge strenge Schönheit so mit Harmonie vereinigt gewesen wie hier. Sie lag da wie eine Lebende; die herrliche, zarte, schnee-und silberweiße Stirn schien auf eine intensive Gedankenarbeit hinzudeuten, die feinen edlen Brauen, die wie ein nächtliches Dunkel die sonnige Helle des Tages durchbrachen – schwangen sich stolz über die geschlossenen Augen; lange Wimpern senkten sich wie eine Schar spitzer Pfeile auf die vom Feuer geheimer Wünsche glühenden Wangen; die rubinroten Lippen schienen zu einem seligen Lächeln und zu Ausbrüchen des Glücks und der Freude bereit... Und doch glaubte er in diesen Zügen etwas Schauerliches zu entdecken, das sich tief in seine Seele bohrte. Choma fühlte einen quälenden Schmerz in seinem Herzen; es war, wie wenn mitten im Wirbel ausgelassener Fröhlichkeit und einer sich im wilden Taumel drehenden Menge jemand einen Choral angestimmt hätte. Die Rubinlippen leuchteten so rot wie Herzblut. Plötzlich glaubte er in ihrem Gesicht etwas furchtbar Vertrautes zu erkennen; mit völlig veränderter Stimme schrie er auf: »Es ist die Hexe...«, erblaßte, wandte die Augen ab und begann von neuem die Gebete herunterzulesen. Es war dieselbe Hexe, die er getötet hatte.

Als die Sonne herabzusinken begann, wurde die Verstorbene in die Kirche getragen. Der Philosoph stützte den schwarzen Sarg mit seiner Schulter, und Eiseskälte durchrieselte ihn. Der Hauptmann ging selbst voran und hielt die rechte Seite des engen Totengehäuses mit der Hand fest.

Die verwitterte hölzerne Kirche mit ihren drei kegelförmigen Kuppeln stand trübselig und moosbewachsen am Ende des Dorfes: man spürte, daß hier lange kein Gottesdienst abgehalten worden war. Fast vor jedem Heiligenbilde brannten Kerzen. Der Sarg wurde in der Mitte der Kirche, gegenüber dem Altare aufgestellt. Der alte Hauptmann küßte die Tote noch einmal, warf sich nieder, berührte den Fußboden mit der Stirn und verließ mit den Trägern die Kirche, nachdem er den Befehl gegeben hatte, dem Philosophen gut zu essen zu geben und ihn abends wieder in die Kirche zu führen. Als sie in die Küche traten, legten alle, die den Sarg getragen hatten, einer nach dem anderen die Hand an den Ofen, was die Kleinrussen stets zu tun pflegen, wenn sie eine Leiche gesehen haben. Der Hunger, den der Philosoph um diese Zeit zu spüren begann, ließ ihn auf einige Augenblicke die Tote vollständig vergessen. Allmählich versammelte sich hier das ganze Gesinde, denn die Küche des Hauptmanns war eine Art Klub oder Versammlungsort, und hier strömte alles zusammen, was im Hofe lebte, selbst die Hunde, die schweifwedelnd vor der Tür erschienen, um sich einen Knochen und andere Abfälle zu holen. Jeder, der irgendeinen Auftrag erhalten hatte, oder irgendwohin geschickt worden war, kam immer erst in die Küche, um sich einen Augenblick auf die Bank zu legen, auszuruhen und eine Pfeife zu rauchen. Alle Junggesellen, die im Hause lebten und in eleganten Kosakenröcken umherliefen, lagen fast den ganzen Tag lang auf dem Ofen, oder auf und unter den Bänken – mit einem Wort überall, wo sich ein bequemes Ruheplätzchen fand. Außerdem hatte immer jemand etwas in der Küche vergessen: seine Mütze, die Peitsche, die für die fremden Hunde bestimmt war, oder etwas Ähnliches. Aber die zahlreichste Gesellschaft fand sich doch erst zum Abendbrot zusammen, dann kamen auch der Pferdehirt, der seine Pferde in die Hürden getrieben, und der Viehhirt, der die Kühe zur Tränke geführt hatte, und alle die, die am Tage nicht zu sehen gewesen waren. Beim Abendbrot wurde auch die schweigsamste Zunge redselig. Hier wurde gewöhnlich alles besprochen: Wer sich neue Hosen genäht hatte, was sich im Innern der Erde befindet, und wer einen Wolf gesehen hatte. Hier kamen auch die Witzbolde zu ihrem Recht, an denen unter den Kleinrussen ja kein Mangel ist.

Der Philosoph setzte sich im Freien, mit vielen anderen in einem großen Kreis, dicht an der Küchenschwelle nieder. Bald erschien eine Frau mit einem roten Kopftuch an der Tür; sie trug eine Schüssel mit heißen Klößen in den Händen und stellte sie in die Mitte vor die Hungrigen hin, die sich zum Abendessen anschickten. Jeder holte seinen Holzlöffel und, in Ermangelung eines Besseren, ein hölzernes Stäbchen aus der Tasche. Als die Kinnbacken sich langsamer zu bewegen anfingen und der Wolfshunger der ganzen Gesellschaft ein wenig gestillt war, begannen mehrere von den Anwesenden sich zu unterhalten. Das Gespräch wandte sich natürlich der Verstorbenen zu.

»Ist es wahr,« fragte ein junger Schafhirt, der an seinem Pfeifenriemen soviel Knöpfe und Messingplatten angebracht hatte, daß er dem Kramladen einer kleinen Händlerin glich, »ist es wahr, daß das Fräulein – ohne daß ich ihr deswegen etwas Böses nachsagen wollte – es mit dem Gottseibeiuns zu tun gehabt hat?«

»Wer? Unser Fräulein?« sagte Dorosch, der unserem Philosophen schon von früher bekannt war, »ja, das war eine richtige Hexe. Ich will jeden Schwur darauf ablegen daß sie eine Hexe war.«

»Hör auf, Dorosch, hör auf,« sagte der andere, der schon während der Fahrt eine große Neigung gezeigt hatte, alle Gegensätze zu mildern, »das geht uns nichts an, Gott mit ihr! Wozu sollen wir darüber sprechen.« Aber Dorosch hatte gar keine Lust zu schweigen; er war erst eben mit dem Kellermeister in einer wichtigen Angelegenheit in den Keller gegangen, war, nachdem er sich ein paarmal über zwei oder drei Fässer gebeugt hatte, sehr aufgeräumt von dort zurückgekehrt und redete nun in einem fort.

»Was willst du? Daß ich schweigen soll?« sagte er, »ja, sie ist doch aber auf mir selbst herumgeritten! Bei Gott, sie ist auf mir herumgeritten!«

»Onkelchen,« rief der junge Schafhirt mit den vielen Knöpfen, »gibt es ein Zeichen, an dem man eine Hexe erkennen kann?«

»Nein,« antwortete Dorosch, »die kann kein Mensch erkennen; du kannst den ganzen Psalter durchlesen, und erkennst sie doch nicht!«

»Sag' das nicht, Dorosch, man kann sie wohl erkennen,« fiel ihm der Moralist von gestern ins Wort, »Gott hat nicht umsonst einem jeden sein besonderes Abzeichen gegeben: die Gelehrten sagen, daß die Hexen hinten ein kleines Schwänzchen haben.«

»Wenn sie alt wird, ist jedes Weib eine Hexe«, sagte der alte Kosak kaltblütig.

»Oh, oh, ihr seid mir die Rechten,« rief die Alte, die eben frische Klöße in die Schüssel schüttete, »ihr seid mir rechte Wildschweine!«

Der alte Kosak, der Jawtuch hieß, aber den Spitznamen Kowtun erhalten hatte, schmunzelte vergnügt, als er sah, daß die Alte sich von seinen Worten getroffen fühlte, der Viehhirt aber brach in ein so wüstes Gelächter aus, als hätten zwei Ochsen sich gegenübergestellt und zu gleicher Zeit losgebrüllt.

Das begonnene Gespräch hatte die Neugierde und den dringenden Wunsch des Philosophen geweckt, Genaueres über die Tochter des Hauptmanns zu erfahren, und er fragte daher, um wieder auf das alte Thema zurückzukommen, seinen Nachbar:

»Ich möchte doch wissen, warum halten alle, die hier beim Abendbrot sitzen, die Tochter des Herrn für eine Hexe? Hat sie denn jemand etwas Böses zugefügt? Oder ihn gar behext?«

»Es ist alles schon dagewesen«, sagte einer der Zunächstsitzenden, der ein ganz glattes Gesicht hatte, so eben wie eine Schaufel.

»Wer erinnert sich nicht noch des Jägers Mikita, oder des...«

»Und was ist mit dem Jäger Mikita geschehen?« fragte der Philosoph.

»Halt! Ich will die Geschichte vom Jäger Mikita erzählen«, rief Dorosch.

»Nein, ich will die Geschichte vom Mikita erzählen,« schrie der Pferdehirt, »es war doch mein Gevatter!«

»Nein, ich will die Geschichte vom Jäger Mikita erzählen«, sagte Spirid.

»Laßt ihn erzählen, laßt Spirid erzählen!« riefen alle.

Spirid begann. »Du hast Mikita nicht gekannt, Herr Philosoph. Ja, das war ein seltener Mensch. Jeden Hund kannte er wie seinen leiblichen Vater. Der jetzige Hundeaufseher, Mikola, der dritte dort in der Reihe, reicht lange nicht an ihn heran, obgleich er seine Sache auch gut versteht, aber gegen Mikita ist er nichts wie Dreck und Jauche.«

»Du erzählst ausgezeichnet, ganz ausgezeichnet«, warf Dorosch ein und nickte zufrieden mit dem Kopfe.

Spirid fuhr fort: »Noch ehe du dir den Tabak aus der Nase wischst, hat der den Hasen gesehen. Es kam vor, daß er den Hunden zurief: ›Auf, Räuber, auf, Schneller‹, und saß selbst schon auf dem Gaul und sauste mit Windeseile davon. Es war unmöglich, vorauszusagen, ob er – die Hunde, oder die Hunde – ihn überholen würden. Der goß euch ein Viertel Branntwein hinunter, wie wenn nichts passiert wäre. Ein herrlicher Jäger! Aber plötzlich fing er an, sich in einemfort nach dem Fräulein umzusehen. War er in sie verschossen, oder hatte sie ihn schon behext, kurz, der Mann war verloren und ein richtiger Weiberknecht geworden. Weiß der Teufel, was aus dem geworden war. Pfui– man schämt sich, es auszusprechen.«

»Ausgezeichnet«, sagte Dorosch.

»Das Fräulein brauchte ihn nur anzusehen, und die Zügel glitten ihm aus den Händen. Den ›Räuber‹ nannte er ›Brauner‹, er stotterte fortwährend und trieb weiß Gott was für einen Unsinn. Einmal kam das Fräulein in den Stall, wo er die Pferde putzte. ›Erlaub' mal, Mikita,‹ sagte sie, ›daß ich meinen Fuß auf dich setze.‹ Und der Esel – freut sich noch und sagt: ›Nicht bloß deinen Fuß, setz' dich ganz auf mich.‹ Das Fräulein hob den Fuß in die Höhe, und wie er ihr nacktes, volles, weißes Bein sieht, da hat mich der Zauber völlig betäubt, sagte er. Der Esel bückte sich, faßte ihre beiden nackten Beine mit seinen Händen und begann zu galoppieren wie ein Pferd, immer die Felder entlang und immer weiter; wohin sie eigentlich geritten waren, das wußte er nie zu sagen. Jedenfalls kam er halbtot zurück, und wurde von da ab dürr und mager wie ein Kienspan; als man einmal in den Pferdestall kam, lag an der Stelle, wo er sonst zu schlafen pflegte, nur ein Haufen Asche und ein leerer Eimer; er war verbrannt, ganz von selbst verbrannt. Und war doch ein Jäger gewesen, wie man auf der ganzen Welt keinen zweiten findet!«

Als Spirid seine Erzählung beendet hatte, begann man sich allerseits der Vorzüge des früheren Jägers zu erinnern.

»Hast du auch nichts von der Scheptschicha gehört?« wandte sich Dorosch an Choma.

»Nein.«

»He! Sieh' an! Man scheint euch in der Burssa nicht viel Gescheites beizubringen. Nun paß' mal auf. Wir haben im Dorf einen Kosaken, Scheptun, einen feinen Kosaken, sag' ich dir. Er liebt es zwar, hin und wieder was zu stibitzen und einen ohne Grund anzulügen – aber er ist doch ein feiner Kosak. Seine Hütte liegt nicht weit von hier. Einst setzten sich also Scheptun und seine Frau zum Abendbrot, es war so um dieselbe Zeit wie jetzt; nach dem Abendessen legten sie sich nieder, und weil das Wetter schön war, legte sich die Frau auf den Hof, während sich Scheptun in der Hütte auf einer Bank ausstreckte, oder nein: die Frau lag in der Hütte auf der Bank und Scheptun auf dem Hof...«

»Die Frau legte sich auch nicht auf die Bank, sondern auf den Fußboden«, rief eine Alte dazwischen, die auf der Schwelle stand und, den Kopf in die Hand gestützt, zuhörte.

Dorosch sah sie an, schlug die Augen nieder, sah sie dann noch einmal an und sagte nach einer Weile: »Wenn ich dir öffentlich deinen Unterrock aufstreife, wird dir das sicher nicht angenehm sein.«

Die Warnung verfehlte ihre Wirkung nicht; die Alte schwieg und hütete sich, ihn noch einmal zu unterbrechen.

Dorosch fuhr fort: »In der Wiege, die mitten in der Hütte hing, lag ein einjähriges Kind, ich weiß es nicht mehr, ob es ein Knabe oder ein Mädchen war. Die Frau des Scheptun lag eine Weile da, da hört sie plötzlich, wie der Hund vor der Hütte scharrt und heult und heult, – es war um davonzulaufen. Die Frau erschrickt – die Weiber sind ja so ein dummes Volk, steckt ihnen abends die Zunge durch die Türspalte, so verlieren sie den Kopf vor lauter Angst – sie denkt aber doch: ich werde dem verdammten Hund eins auf die Schnauze geben, dann wird er wohl mit seinem Geheul aufhören. Sie nimmt also die Ofenzange und will die Tür öffnen, kaum aber hat sie sie ein wenig aufgetan, da springt der Hund zwischen ihren Beinen hindurch und stürzt auf die Wiege des Kindes los. Jetzt sah die Scheptschicha erst, daß es gar kein Hund war, sondern das Fräulein – ja wenn es noch das Fräulein gewesen wäre, wie sie es sonst gesehen hatte – das wäre noch nicht so schlimm gewesen; aber die Sache war eben die, es kam noch eins hinzu: sie war ganz dunkelblau, und ihre Augen glühten wie feurige Kohlen. Sie ergriff das Kind, biß ihm die Gurgel entzwei und fing an, ihm das Blut auszusaugen. Die Frau schrie bloß ach und weh und stürzte aus der Hütte. Als sie sah, daß die Tür im Flur verschlossen war, kroch sie auf den Dachboden: da sitzt nun das dumme Weib und zittert, aber plötzlich sieht sie, wie das Fräulein ihr auf den Boden nachklettert – und hier wirft sich das Fräulein über das dumme Weib und fängt an, sie zu beißen. Am nächsten Morgen holt Scheptun seine Frau ganz blau und zerbissen vom Boden herunter – und am folgenden Tage starb das dumme Weib. Was es nicht für Dinge und Vorfälle gibt! Ja, ja, wenn sie auch von vornehmer Herkunft ist – eine Hexe bleibt sie doch!«

Nach dieser Erzählung blickte sich Dorosch zufrieden im Kreise um und bohrte seine Finger tief in die Pfeife, um sie von neuem zu stopfen. Das Hexenthema war unerschöpflich, ein jeder brannte darauf, etwas zu erzählen. Zu dem einen war die Hexe in Gestalt eines Heuschobers bis dicht an die Tür gekommen; einem anderen hatte sie die Mütze oder die Pfeife gestohlen; vielen Mädchen im Dorfe hatte sie die Zöpfe abgeschnitten, und anderen das Blut eimerweis ausgesogen.

Endlich merkte die ganze Gesellschaft, daß sie sich erheblich verplaudert hatte, denn es war auf dem Hofe stockfinster geworden. Alle suchten ihr Lager auf, das sich teils in der Küche, teils auf dem Speicher oder im Hofe befand. »Nun, Herr Choma! Für uns ist es jetzt Zeit, zu der Toten zu gehen«, sagte der alte Kosak, indem er sich an den Philosophen wandte; sie gingen also zu viert zur Kirche – Spirid und Dorosch kamen auch mit – und wehrten mit ihren Peitschen die Hunde ab, die in Massen auf der Dorfstraße herumlungerten, bellten und sich wütend in die Peitschengriffe verbissen. Je mehr sie sich der erleuchteten Kirche näherten, um so lebhafter war die Angst, die der Philosoph im geheimen in seinem Herzen aufsteigen fühlte, obschon er sich durch einen tüchtigen Krug Schnaps gestärkt hatte. Die Geschichten und Abenteuer, die er soeben gehört hatte, hatten seine Phantasie noch mehr erregt. Die Dunkelheit, die in der Nähe des Lattenzaunes und unter den Bäumen herrschte, erhellte sich ein wenig, die Gegend wurde freier. Endlich traten sie in die alte Umfriedung vor der Kirche ein: da gab es keinen Baum, nur ödes Feld, und dahinter lagen in nächtliches Dunkel gehüllte Wiesen. Die drei Kosaken stiegen mit Choma die steilen Stufen der Treppe bis zum Flur hinauf und betraten die Kirche. Hier wünschten sie dem Philosophen eine glückliche Vollendung seiner Aufgabe und gingen fort, nachdem sie auf Befehl ihres Herrn die Tür hinter ihm geschlossen hatten.

Der Philosoph war allein. Erst gähnte er ein paarmal, dann streckte er sich, blies sich in beide Hände und sah sich endlich in der Kirche um. In der Mitte stand der schwarze Sarg. Vor den dunklen Heiligenbildern brannten Kerzen, aber das Licht erleuchtete nur den Altar und warf einen schwachen Schimmer bis in die Mitte der Kirche. Der hohe altertümliche Altar machte einen recht gebrechlichen Eindruck; das durchbrochene und vergoldete Schnitzwerk hatte nur noch an ganz vereinzelten Stellen seinen Glanz bewahrt, die Vergoldung war stellenweise abgebröckelt oder nachgedunkelt. Die Gesichter der Heiligen waren ganz schwarz und blickten sehr düster und ernst aus den Rahmen. Der Philosoph sah sich noch einmal um. »Nun,« sagte er, »wovor hätte ich mich hier zu fürchten? Kein Mensch kann herein, und gegen Tote und Gespenster aus der andern Welt habe ich meine Gebete; wenn ich die hersage, wird kein Geist es wagen, mich auch nur mit einem Finger zu berühren. Ach was,« fügte er resigniert hinzu, »also fangen wir an zu lesen.« Als er in die Nähe des Chors kam, erblickte er einige Bündel Kerzen. »Das ist ausgezeichnet,« dachte der Philosoph, »ich werde die ganze Kirche taghell erleuchten! Schade nur, daß man hier im Gotteshause keine Pfeife rauchen darf!«

Und er fing an, jedes Gesims, jedes Lesepult und jedes Heiligenbild mit Kerzen zu versehen; er sparte nicht mit ihnen, und bald war die ganze Kirche von Licht erfüllt. Nur oben schien die Dunkelheit noch größer geworden zu sein, und die düsteren Heiligen schauten noch finsterer aus ihren altmodischen, geschnitzten Rahmen, deren Vergoldung hier und da aufblitzte. Er näherte sich dem Sarge und blickte verstohlen der Toten ins Antlitz – ein leichtes Frösteln durchlief seine Glieder. Er mußte die Augen schließen vor dieser dämonisch strahlenden Schönheit!

Er wandte sich ab und wollte gehen; aber infolge einer seltsamen Neugierde, die den Menschen besonders in Augenblicken der Angst zu quälen pflegt, konnte er es nicht unterlassen, im Fortgehen noch einen Blick auf die Tote zu werfen, und als derselbe Schauder ihn durchrieselte, sie noch einmal anzusehen. Und in der Tat, die außergewöhnliche, auffallende Schönheit der

Verstorbenen erschien ihm schrecklich. Vielleicht hätte sie diese lähmende Furcht nicht hervorgerufen, wenn sie weniger schön gewesen wäre. In den Zügen war nichts Schlaffes, Trübes, Erstarrtes; es war dem Philosophen, als wenn ihn die Tote trotz ihrer geschlossenen Augen ansähe. Es schien ihm, als ob eine Träne zwischen den Wimpern ihres rechten Auges hervorquelle, und als sie über die Wange rollte, sah er deutlich, daß es ein Blutstropfen war.

Er betrat schnell den Chor, schlug das Buch auf und begann, um sich Mut zu machen, so laut als möglich zu lesen. Seine Stimme schlug gegen die langst verstummten, tauben Holzwände, aber sein voller Baß fand in der Totenstille kein Echo und erschien dem Leser rauh und fremd. »Wovor soll ich mich fürchten,« dachte er sich, »sie wird doch nicht aus dem Sarge aufstehen! Sie wird doch Furcht vor dem Wort Gottes haben! Sie soll ruhig liegenbleiben! Was wäre ich für ein Kosak, wenn ich Furcht hätte? Sicher, ich habe ein wenig zu viel getrunken, daher ist mir's so unheimlich. Ich will jetzt eine Prise nehmen. Hm, ein feiner Tabak! Ein herrlicher Tabak!« Allein, während er die Seiten umblätterte, schielte er immer wieder nach dem Sarge, und ein unabweisbares Gefühl flüsterte ihm ins Ohr: »Jetzt wird sie gleich aufstehen. Da – jetzt erhebt sie sich. Jetzt sieht sie hierher!«

Aber nichts störte die Totenstille, der Sarg stand unbeweglich da, und die Kerzen strömten ein ganzes Meer von Licht aus. Wie schrecklich ist doch eine hellerleuchtete Kirche – nachts, wenn sie einen Leichnam beherbergt und keine Menschenseele in ihr ist!

Er erhob seine Stimme und begann in den verschiedensten Tonarten zu singen, um den Rest von Angst in seiner Seele zu betäuben. Aber immer wieder wanderten seine Augen zum Sarge, wie wenn sie unwillkürlich fragen wollten: »Und was wird geschehen, wenn sie sich plötzlich erhebt und aus dem Sarge steigt?«

Allein der Sarg rührte sich nicht. Wenn auch nur das kleinste Geräusch zu hören gewesen wäre! Wenn nur ein lebendes Wesen einen Laut von sich gegeben hätte! Aber nicht einmal ein Heimchen machte sich im Winkel bemerkbar. Nur dann und wann hörte man das schwache Knistern einer entfernten Kerze, oder den leicht aufklopfenden Ton eines zu Boden fallenden Wachströpfchens.

»Wie, wenn sie aufstünde!«

Sie erhob den Kopf...

Er schaute wild um sich und rieb sich die Augen. Wahrhaftig, sie lag nicht mehr, sie saß aufrecht im Sarge. Er wandte den Blick ab, aber im nächsten Moment sah er wieder mit Schrecken nach dem Sarge. Sie war aufgestanden – und ging mit geschlossenen Augen durch die Kirche... immer wieder breitete sie die Arme aus, als wolle sie jemand umschlingen!

Jetzt kam sie direkt auf ihn zu. In seiner Todesangst beschrieb er einen Kreis um sich und betete aus Leibeskräften. Er sagte alle Beschwörungen her, die ihn ein Mönch gelehrt, der sein ganzes Leben lang mit Hexen und bösen Geistern zu tun gehabt hatte.

Dicht vor dem Kreise blieb sie stehen. Man sah, sie hatte nicht die Macht, ihn zu überschreiten und wurde ganz blau wie ein Mensch, der schon vor mehreren Tagen gestorben ist. Choma hatte nicht den Mut, sie anzusehen, sie war zu schrecklich. Ihre Zähne schlugen aufeinander, und sie öffnete ihre toten Augen, aber sie vermochte nichts zu sehen. Voller Wut – die sich deutlich in ihrem verzerrten Gesichte widerspiegelte – wandte sie sich nach der anderen Seite, und umschlang mit ihren ausgebreiteten Armen jeden Pfeiler, und betastete jede Ecke: sie wollte Choma fangen. Endlich blieb sie stehen, drohte mit dem Finger und legte sich wieder in ihren Sarg.

Der Philosoph konnte nicht gleich wieder zu sich kommen und blickte voller Furcht auf die enge Behausung der Hexe. Da aber riß sich der Sarg plötzlich mit einem Rucke los und begann mit furchtbarem Pfeifen durch die Kirche zu fliegen, wobei er den Raum nach allen Richtungen durchkreuzte. Der Philosoph sah ihn einen Augenblick dicht über seinem Kopf, aber er bemerkte wohl, daß er den von ihm beschriebenen Kreis nicht zu berühren vermochte, und verstärkte seine Beschwörungen. Der Sarg stürzte mitten in der Kirche wieder herab und blieb unbeweglich liegen. Wieder erhob sich der Leichnam, der jetzt ganz blau und grün aussah.

Da ertönte der ferne Ruf eines Hahnes: der Leichnam sank in den Sarg zurück, und der Deckel fiel krachend zu.

Dem Philosophen klopfte das Herz zum Zerspringen. Er war ganz in Schweiß gebadet, aber durch den Hahnenschrei ermutigt, fing er an, schneller zu lesen, bis er sein Pensum Seite für Seite vollendet hatte. Beim ersten Frührot lösten ihn der Vorsänger und der alte Jawtuch, der damals das Amt eines Kirchenvorstehers bekleidete, ab.

Nachdem der Philosoph sein fernes Lager erreicht hatte, konnte er noch lange nicht einschlafen. Endlich aber siegte die Müdigkeit, und er schlummerte bis zum Mittag. Als er erwachte, glaubte er das ganze nächtliche Abenteuer geträumt zu haben. Man gab ihm einen Quart Schnaps zur Stärkung. Beim Essen ermunterte er sich vollkommen, flocht ein paar Bemerkungen in die Unterhaltung ein und aß beinahe allein ein ziemlich ausgewachsenes Ferkel auf. Aber ein unerklärliches Gefühl hielt ihn ab, von den Ereignissen in der Kirche zu sprechen, und er antwortete auf alle neugierigen Fragen: »Ja, es gab dort mancherlei Wunderbares.« Der Philosoph gehörte zu den Menschen, die sehr leutselig werden, wenn man ihnen gut zu essen gibt. Er lag mit der Pfeife zwischen den Zähnen auf der Bank, sah alle mit freundlichen Blicken an und spuckte unaufhörlich aus.

Nach dem Essen befand sich der Philosoph in der besten Laune. Er fand Zeit, durch das ganze Dorf zu spazieren und schloß fast mit allen Bekanntschaft; aus zwei Hütten wurde er sogar hinausgeworfen, und eine hübsche junge Frau versetzte ihm einen Schlag mit der Schaufel, als er in seiner Neugierde nachprüfen wollte, aus was für einem Stoff ihr Hemd und ihr Rock genäht wären. Aber je näher der Abend heranrückte, um so nachdenklicher wurde der Philosoph. Eine Stunde vor dem Abendbrot versammelte sich fast das ganze Gesinde, um »Grütze« oder »Klötzchen« zu spielen, eine Art Kegelspiel, bei dem man statt der Kugeln lange Stöcke benutzt, und wo der Gewinner dann das Recht hat, auf dem Rücken seines Partners herumzureiten. Dieses Spiel hatte für den Zuschauer etwas äußerst Interessantes: oft stieg der Pferdehirt, ein breitschulteriger Kerl, der aufgeschwemmt war wie ein Pfannkuchen, auf den Rücken des Schweinehirten, eines elenden, ganz runzligen Männchens. Ein anderes Mal mußte der Pferdeknecht seinen Rücken darbieten, und Dorosch sagte jedesmal, wenn er ihn bestieg: »Das ist ein kräftiger Stier.« Die solideren Leute saßen an der Küchenschwelle, rauchten ihre Pfeifen und blieben immer ernst, auch wenn die Jungen sich über einen Witz des Pferdeknechts oder Spirids vor Lachen ausschütten wollten. Choma machte vergeblich den Versuch, am Spiele teilzunehmen; ein finsterer Gedanke saß ihm wie ein Nagel im Kopf. Beim Abendbrot gab er sich die größte Mühe, munter zu sein, aber seine Angst stieg in dem Maße, als die nächtliche Dämmerung den Himmel überzog.

»Nun wird es auch Zeit für uns, Herr Seminarist«, sagte der uns bekannte alte Kosak, indem er zugleich mit Dorosch aufstand. »Komm, gehen wir an die Arbeit!«

Man führte Choma wie am vorigen Abend in die Kirche und wieder ließ man ihn allein; da stieg die Angst aufs neue in ihm auf. Wieder sah er die düstern Heiligenbilder, die glänzenden Rahmen und den bekannten schwarzen Sarg, der in drohender Stille unbeweglich in der Mitte der Kirche stand.

»Nun, all diese Zaubereien sind mir ja jetzt nichts Neues mehr,« sagte er, »das ist nur zum erstenmal so schrecklich. Ja, das erstemal ist es etwas peinlich – aber später ist es schon nicht mehr so schlimm, dann ist es gar nicht mehr schrecklich.«

Eilig betrat er den Chor, beschrieb einen Kreis um sich, sagte einige Beschwörungen her und begann laut zu lesen, fest entschlossen, die Augen nicht vom Buche zu erheben und auf nichts zu achten. Er mochte etwa eine Stunde gelesen haben und begann schon müde zu werden, und dann und wann zu husten; er nahm daher seine Tabaksdose aus der Tasche; ehe er jedoch eine Prise nahm, schielte er scheu nach dem Sarge. Sein Herz erstarrte.

Die Tote stand vor ihm, dicht vor dem Kreise und bohrte ihre erloschenen grünen Augen in die seinen. Der Seminarist erbebte, Eiseskälte durchrieselte seinen ganzen Körper. Er heftete seine Augen auf das Buch und begann seine Gebete und Beschwörungen lauter herzusagen; hierbei hörte er, wie die Tote mit den Zähnen klapperte, und fühlte, wie sie ihre Arme ausbreitete, um ihn zu umschlingen. Er schielte mit einem Auge nach der Toten hin, und sah, daß diese nicht dahin griff, wo er stand – es war also klar, daß sie ihn nicht sehen konnte. Sie begann dumpf zu murren und sprach mit erstorbenen Lippen drohende Worte, die heiß aufzischten wie das Brodeln kochenden Peches. Er hätte nicht sagen können, was diese Worte zu bedeuten hatten, aber sie mußten etwas ganz Schreckliches enthalten. In seiner Todesangst begriff jedoch der Philosoph, daß es Beschwörungen waren. Nach ihren Worten erhob sich ein Sturm in der Kirche, ein Lärm wie von unzähligen Flügeln, die durch die Luft rauschten. Er hörte, wie die Flügel gegen die Fensterscheiben und eisernen Fensterrahmen der Kirche schlugen, er hörte es winseln und an dem Eisen kratzen, eine ungeheuere Kraft stieß donnernd gegen die Tür und wollte sie aufbrechen. Sein Herz schlug fortwährend zum Zerspringen, mit geschlossenen Augen las er seine Gebete und Beschwörungen – endlich ertönte von weitem etwas zu ihm herüber: es war ein ferner Hahnenschrei. Der gepeinigte Philosoph hielt inne und wurde ruhiger.

Als die Ablösung kam, fand man ihn halbtot an die Wand gelehnt, und er stierte die hereintretenden Kosaken mit blöden Augen an. Fast mit Gewalt führten sie ihn hinaus und mußten ihn unterwegs die ganze Zeit über stützen. Als sie im Herrenhof ankamen, ermannte er sich jedoch und verlangte einen Quart Branntwein. Nachdem er ihn ausgetrunken hatte, strich er über sein Haar und sagte: »Es gibt viel Lumpenzeug auf der Welt. Und so viel Schreckliches…« Hierbei fuhr seine Hand durch die Luft.

Die Umstehenden ließen bei diesen Worten die Köpfe hängen. Selbst ein kleiner Junge, den alle im Hof schieben und stoßen zu können glaubten, wenn es den Stall zu reinigen oder Wasser zu tragen galt – selbst dieser arme Junge sperrte das Maul auf.

In diesem Augenblicke ging eine nicht mehr ganz junge Frau vorüber, deren enganliegendes Oberkleid ihre vollen drallen Hüften sehen ließ; sie war die Gehilfin der alten Köchin und ein furchtbar kokettes Frauenzimmer, dessen Kopftuch immer mit allerhand schönen Dingen aufgeputzt war: einem Endchen Band, einer Nelke, ja sogar, wenn gar nichts Besseres zur Hand war, mit einem Stückchen Papier.

»Guten Morgen, Choma«, sagte sie, als sie den Philosophen erblickte. »Hallo, was ist denn mit dir los?« schrie sie auf und schlug die Hände zusammen.

»Ja, was denn, du dummes Weib?«

»Mein Gott, du bist ja ganz grau!«

»Hergott, Hergott! Sie hat wirklich recht!« sagte Spirid und sah ihn genauer an. »Du bist wirklich ganz grau geworden, wie unser alter Jawtuch!« Als der Philosoph dies hörte, lief er schnell in die Küche, wo er ein kleines, dreieckiges und ganz von Fliegen beschmutztes Stückchen von einem Spiegel an der Wand gesehen hatte; es war mit Vergißmeinnicht, Nelken und sogar mit einer Girlande geschmückt, was darauf hindeutete, daß es einer putzsüchtigen Kokette bei der Toilette diente. Mit Schrecken sah Choma, daß sie die Wahrheit gesprochen hatte, die Hälfte seines Kopfes war wirklich ganz weiß!

Choma Brut ließ den Kopf hängen und überließ sich seinen Gedanken. »Ich will zu dem Herrn gehen,« sagte er endlich, »ich will ihm alles erzählen und ihm erklären, daß ich die Gebete nicht mehr lesen will. Er soll mich gleich nach Kiew zurückschicken.«

Mit diesem Entschluß ging er auf die Freitreppe des Herrschaftshauses zu. Der Hauptmann saß fast regungslos in seinem Zimmer. Der trostlose Gram, den Choma schon früher auf seinem Gesichte bemerkt hatte, verdüsterte noch immer seine Züge, und seine Wangen waren vielleicht noch etwas hohler geworden. Man sah, daß er nur wenig oder gar keine Nahrung zu sich nahm. Die ungewöhnliche Blässe gab seinem Gesicht eine geradezu steinerne Unbeweglichkeit.

»Guten Morgen, du Ärmster« sagte er, als er Choma erblickte, der mit der Mütze in der Hand in der Tür stehen blieb. »Nun, wie geht's? Ist alles in Ordnung?«

»In Ordnung? Jawohl, das ist eine schöne Ordnung! Das ist ja der reinste Hexensabbat, daß man am liebsten seine Mütze nehmen und davonlaufen möchte, soweit einen die Füße tragen!«

»Wieso?«

»Ja, Herr, Eure Tochter… Wenn man sich's ordentlich überlegt… sie ist ja von vornehmer Abkunft, das wird niemand leugnen… aber nehmt es mir nicht übel, Gott gebe ihrer Seele Ruhe…«

»Was ist denn mit meiner Tochter?«

»Sie hat sich dem Teufel verschrieben. Es geschehen solche furchtbaren Dinge– da hilft kein Lesen und kein Beten...«

»Lies nur, lies. Sie hat dich nicht umsonst hierher gerufen, sie war um ihr Seelenheil besorgt, das liebe Kind, und wollte alle Versuchungen durch Gebete zuschanden machen...«

»Ich stehe in Ihrer Macht, Herr, aber, bei Gott, ich kann nicht mehr!«

»Lies, lies nur weiter,« fuhr der Hauptmann in dem gleichen mahnenden Tone fort, »es ist doch nur noch eine Nacht übriggeblieben, und du tust ein christliches Werk. Ich werde dich gut belohnen.«

»Und wenn die Belohnung noch so groß wäre, Herr! Nein, wie Ihr wollt, ich lese nicht mehr«, sagte Choma entschlossen.

»Hör mal, Philosoph,« sagte der Hauptmann, und seine Stimme wurde stark und drohend, »ich liebe solche Scherze nicht. So etwas magst du in deiner Burssa machen, aber nicht bei mir. Wenn ich dich durchprügeln lasse, dann sieht das etwas anders aus als bei eurem Rektor. – Weißt du, was ein guter lederner Riemen ist?«

»Wie sollte ich nicht?« sagte der Philosoph und ließ die Stimme sinken. »Ein jeder weiß, was lederne Riemen sind – eine größere Portion davon – das kann niemand aushalten.«

»Ja. Aber du weißt wohl noch nicht, wie meine Leute sich aufs Prügeln verstehen«, sagte der Hauptmann drohend und erhob sich; seine Züge nahmen eine gebieterische und grausame Miene an, in der sich die ganze Zügellosigkeit seines Charakters spiegelte, die eben nur durch den Kummer ein wenig eingeschläfert war. »Bei mir wird erst geprügelt, dann Branntwein darauf gegossen, und dann geht's von neuem los. Geh, vollende deine Arbeit. Tust du es nicht – so stehst du nie wieder auf; gehorchst du mir dagegen – so gibt's tausend Goldstücke.

»Herrgott, das ist ja ein Teufelskerl«, dachte der Philosoph, als er hinausging. »Mit dem darf man nicht spaßen. Paß auf, Freundchen, ich werde Fersengeld geben, daß du mich mit all deinen Hunden nicht einholen sollst.«

Choma Brut war fest entschlossen, auszureißen. Er wartete nur noch die Zeit bis nach dem Mittagessen ab, wo das Gesinde sich in den Speichern ins Heu zu legen pflegte, um mit offenem Munde in ein so schreckliches Pfeifen und Schnarchen auszubrechen, daß sich der Herrenhof in eine Fabrik zu verwandeln schien.

Endlich war es soweit. Selbst Jawtuch streckte sich in der Sonne aus und schloß die Augen. Zitternd und zagend schlich sich der Philosoph in den herrschaftlichen Garten, von wo er leicht und unbemerkt ins freie Feld zu gelangen hoffte. Der Garten war, wie das gewöhnlich der Fall ist, unglaublich verwildert und schien daher für allerlei geheime Unternehmungen besonders geeignet. Mit Ausnahme eines kleinen Fußpfades (der zu wirtschaftlichen Zwecken ausgetreten war) waren alle Wege dicht mit Kirschbäumen, Holundersträuchern und Kletten zugewachsen, die ihre langen Stengel mit den klebrigen, rosafarbenen Blüten hoch hinaufstreckten. Die Spitzen dieses bunten Gemischs von Bäumen und Sträuchern waren wie mit einem Netze von Hopfenranken überzogen. Sie bildeten gewissermaßen ein Schutzdach, das auf dem geflochtenen Zaune ruhte und sich in mit wilden Glockenblumen durchwachsenen grünen Schlangenwindungen zur Erde hinabließ. Hinter dem Zaun, der den Garten begrenzte, zog sich ein förmlicher Wald von Steppengras hin: Hier schien noch kein neugieriger Blick hineingeschaut zu haben, und die Sense, die mit ihrer Klinge diese dicken, holzharten Stengel zu schneiden versucht hätte, wäre sicher in Stücke zersprungen.

Als der Philosoph über den Zaun steigen wollte, klapperten seine Zähne, und sein Herz pochte so heftig, daß er selbst erschrak. Die Schöße seines langen Rockes schienen an der Erde festzukleben, als hätte sie jemand dort angenagelt. Als er über den Zaun stieg, klang plötzlich ein betäubender Pfiff an sein Ohr, und eine Stimme schrie: »Wohin, wohin?« Der Philosoph tauchte im Steppengras unter und begann zu laufen, wobei er in einem fort über alte Wurzeln stolperte und Maulwürfe zertrat. Er sah nun, daß er nach dem Heidegras noch ein Stück Feld zu passieren hatte, hinter dem sich eine dichte Dornenhecke hinzog: Dort glaubte er sich gerettet, da er jenseits der Hecke einen direkten Weg nach Kiew zu finden meinte. Mit einer geradezu unglaublichen Geschwindigkeit durchmaß er das Feld und befand sich plötzlich vor einer dichten Dornbuschhecke. Er kroch durch die Hecke, wobei er an jedem spitzen Dorn einen Fetzen seines Gewandes als Tribut zurückließ. Endlich gelangte er zu einem kleinen Hohlwege, wo eine Weide stand, die mit ihren weit ausgebreiteten Zweigen ab und zu die Erde berührte, und wo eine schmale, kristallklare Quelle wie lauteres Silber erglänzte. Das erste, was der Philosoph tat, war, daß er niederkniete und zu trinken begann – denn er verspürte einen geradezu unerträglichen Durst. »Ein herrliches Wasser,« sagte er, indem er sich die Lippen abtrocknete, »hier könnte man fein ausruhen!«

»Nein, es ist doch besser, wir laufen weiter, vielleicht sind uns die Verfolger schon auf den Fersen!«

Diese Worte ertönten dicht neben seinem Ohr. Er sah sich um – Jawtuch stand vor ihm.

»So ein Teufel, dieser Jawtuch,« dachte der Philosoph, »ich würde dich mit Vergnügen bei beiden Beinen packen und deine verdammte Fratze samt allen übrigen Körperteilen mit einem Eichenknüppel bearbeiten!«

»Wozu hast du so einen großen Umweg gemacht?« fuhr Jawtuch fort. »Es wäre klüger gewesen, du hättest den Weg gewählt, den ich gegangen bin: er führt dicht beim Stall vorbei. Dein Anzug tut mir leid. Solch ausgezeichnetes Tuch. Was hast du für die Elle bezahlt? – Doch jetzt sind wir genug spazieren gegangen: es ist Zeit, nach Hause zu gehen.«

Der Philosoph kratzte sich den Hinterkopf und folgte Jawtuch langsam nach. »Jetzt wird mir die verdammte Hexe erst recht die Hölle heiß machen«, dachte er. »Aber was soll denn das? Wovor habe ich Angst? Bin ich ein Kosak oder nicht? Ich habe doch zwei Nächte hintereinander gelesen, so werde ich denn mit Gottes Hilfe auch wohl noch die dritte überstehen. Die verfluchte Hexe hat sicherlich viel auf dem Gewissen, daß der Böse so für sie eintritt.«

Mit diesen Gedanken beschäftigt, betrat er den Gutshof. Nachdem er sich durch solche und ähnliche Erwägungen Mut gemacht hatte, bat er Dorosch, der durch die Protektion des Kellermeisters manchmal Zutritt zum herrschaftlichen Keller hatte, ihm eine Flasche gewöhnlichen Branntweins zu verschaffen. Dann setzten sich beide Kameraden am Speicher nieder und leerten fast einen halben Eimer, so daß der Philosoph plötzlich aufsprang und schrie: »Musikanten her! Musikanten!«, und ohne zu warten, bis die Musikanten erschienen, auf einem freien Platz mitten auf dem Hofe einen Trepak zu tanzen begann. Er tanzte unaufhörlich bis zum Nachmittag. Das Gesinde, das, wie es in solchen Fällen üblich ist, einen Kreis um ihn gebildet hatte, spuckte zuletzt aus und zog sich zurück. Kopfschüttelnd meinten sie: »Wie kann ein Mensch nur so lange tanzen!« Endlich sank der Philosoph auf derselben Stelle nieder und schlief ein; erst ein Kübel frischen Wassers vermochte ihn zu wecken, als man sich zum Abendbrot versammelte. Beim Essen redete er viel davon, was ein rechter Kosak sei, und behauptete, daß ein Kosak sich vor nichts fürchten dürfe.

»Es ist Zeit,« sagte Jawtuch, »komm, laß uns gehn.«

»Einen Feuerbrand auf deine Zunge, verfluchtes Schwein!« dachte der Philosoph, erhob sich jedoch und sagte: »Komm!«

Auf dem Wege zur Kirche sah sich der Philosoph fortwährend um und sprach ein paar Worte mit seinen Begleitern. Aber Jawtuch schwieg, und selbst Dorosch blieb stumm.

Es war eine höllische Nacht. Scharen von Wölfen heulten in der Ferne, selbst das Gebell der Hunde klang unheimlich.

»Es hört sich fast an, als wären das, was dort heult, gar keine Wölfe«, sagte Dorosch. Jawtuch schwieg. Auch der Philosoph wußte nichts zu erwidern.

Sie näherten sich der Kirche und betraten den wackligen Holzboden, der deutlich verriet, wie wenig sich der Gutsherr um Gott und um sein eigenes Seelenheil kümmerte. Jawtuch und Dorosch entfernten sich wie gewöhnlich, der Philosoph blieb allein.

Alles war, wie am Tage zuvor. Alles hatte das gleiche, bekannte und drohende Aussehen. Choma blieb einen Augenblick stehen. Unbeweglich, wie immer, stand der Sarg der greulichen Hexe in der Mitte des Gotteshauses. »Ich fürchte mich nicht, bei Gott, ich fürchte mich nicht«, sagte Choma, beschrieb, wie vormals, einen Kreis um sich und rief sich alle Beschwörungen ins Gedächtnis. Die lautlose Stille war schrecklich: die Kerzen flackerten und erfüllten die Kirche mit ihrem hellen Licht. Der Philosoph schlug eine Seite um, dann die zweite und dritte: da bemerkte er plötzlich, daß er gar nicht das las, was im Buch stand. Vor Schreck bekreuzigte er sich und begann zu singen. Das beruhigte ihn ein wenig; das Lesen ging jetzt wieder besser, er schlug eine Seite nach der andern um.

Da sprang plötzlich – inmitten der Stille – der eiserne Sargdeckel auf. Die Tote lichtete sich empor. Sie war noch furchtbarer anzusehen als das erstemal. Die Zähne schlugen gräßlich aufeinander, die Lippen verzerrten sich krampfhaft und stießen heulende, schreckliche Verwünschungen hervor. Ein Sturm fegte durch die Kirche. Die Heiligenbilder stürzten zur Erde nieder und die zerbrochenen Fenstergläser fielen klirrend auf den Fußboden. Die Tür wurde aus ihren Angeln gerissen, und eine Unzahl fürchterlicher Ungeheuer stürzte in das Gotteshaus. Sie schlugen mit ohrenbetäubendem Lärm ihre Flügel zusammen, kratzten mit ihren Krallen und erfüllten die Kirche mit einem schrecklichen Getöse. Alles flog und flatterte hin und her und spähte überall nach dem Philosophen.

Der letzte Rest seines Rausches war verschwunden. Choma schlug ein Kreuz ums andere und las alle möglichen Gebete, die er kannte, durcheinander. Unterdessen aber hörte er, wie die Dämonen um ihn herumtobten, sie streiften ihn fast mit ihren Flügeln und berührten ihn mit ihren widerlichen Schwänzen. Er hatte nicht den Mut, sie sich genauer anzusehen. Er bemerkte nur, daß ein riesiges Ungeheuer, das so lang wie die Wand war, vor ihm stand: ein dichter Wald von greulichen, durcheinandergewirrten Haaren hüllte es ein, durch das Geflecht der Haare aber blickten zwei grausige Augen hervor, deren Brauen ein wenig hochgezogen waren. Über ihm in der Luft schwebte eine Art Riesenblase, aus deren Zentrum sich Tausende von Zangen und Skorpionstacheln hinausstreckten, an deren Enden große Klumpen schwarzer Erde hingen. Alle blickten den Philosophen an, spähten nach ihm und konnten ihn doch nicht sehen, denn er war von dem heiligen Kreise umgeben. »Führt den Wij her, führt den Wij her!« schrie plötzlich die Stimme der Toten.

Mit einem Male trat in der Kirche eine tiefe Stille ein. Aus der Ferne vernahm man das Heulen der Wölfe, und gleich darauf erdröhnten schwere Schritte, die im Gotteshause laut widerhallten. Choma warf einen scheuen Blick auf die Tür und sah, wie ein untersetztes, stämmiges, täppisches Menschenwesen hereingeführt wurde. Es war ganz in schwarze Erde gehüllt. Seine gleichfalls mit Erde bedeckten Hände und Füße streckten sich wie zähe, knorrige Wurzeln empor, es stieß polternd mit den Füßen auf den Boden und stolperte beständig. Die großen Augenlider hingen ihm bis zur Erde herab, und voller Grauen gewahrte Choma, daß sein Antlitz von Eisen war. Die Geister führten das Ungetüm an der Hand und brachten es bis an die Stelle, wo Choma stand.

»Hebt mir die Lider empor, ich sehe nicht«, stöhnte Wij mit unterirdischer Stimme – und die ganze Dämonenschar stürzte auf ihn zu, um ihm die Lider emporzuheben.

Eine innere Stimme flüsterte dem Philosophen zu: Sieh nicht hin. Aber er hielt es nicht aus und blickte hin.

»Da ist er!« schrie Wij und deutete mit seinem eisernen Finger auf ihn, und alle Geister fielen über den Philosophen her. Atemlos stürzte er zu Boden und gab schreckerfüllt seinen Geist auf.

Da krähte der Hahn. Es war schon der zweite Schrei. Die Geister hatten den ersten überhört. Die geängstigten Dämonen zerstreuten sich nach allen Seiten: durch die Tür und durch die Fenster, nur um recht schnell zu entfliehen. Aber es war schon zu spät, sie blieben zwischen Türen und Fenstern hängen. Als der Geistliche die Kirche betrat, blieb er beim Anblick einer solchen Schändung des Allerheiligsten auf der Schwelle stehen und wagte es nicht mehr, hier eine Messe abzuhalten. So blieb denn die Kirche mit den in den Fenstern und Türen festgebannten Ungeheuern in alle Ewigkeit leer. Wald, Wurzeln, Steppengras und wilde Dornhecken überwucherten sie, – und niemand wird je wieder den Weg zu ihr finden.

Als das Gerücht von diesen Begebenheiten bis nach Kiew drang und der Theologe Haljawa von dem Schicksal des Philosophen Choma hörte, versank er eine Stunde lang in tiefes Nachdenken. Seitdem war eine große Veränderung mit ihm vorgegangen. Das Glück war ihm hold gewesen: Nach Beendigung des Kursus war er zum Glöckner des allerhöchsten Glockenturmes ernannt worden, und nun erschien er nie anders, als mit einer zerschlagenen Nase, da die Treppe im Turm sehr schlecht gebaut war.

»Hast du schon gehört, wie es Choma ergangen ist?« fragte ihn Tiberius Gorobetzj, als er ihm einmal begegnete, er war jetzt Philosoph und trug schon einen Schnurrbart.

»Es war Gottes Wille,« sagte der Glöckner, »komm in die Schenke, wir wollen seiner bei einem Glase gedenken.«

Der junge Philosoph, der begeistert von seinen neuen Rechten Gebrauch machte – seine Hosen, sein Rock, ja selbst seine Mütze rochen stark nach Alkohol und Tabak –, drückte sofort seine Bereitwilligkeit aus.

»Choma war doch ein herrlicher Mensch,« sagte der Glöckner, als der lahme Wirt den dritten Krug vor ihm hinstellte, »ein famoser Kerl, und ist so um nichts und wieder nichts umgekommen!«

»Ich weiß, warum er umgekommen ist! Weil er Angst bekommen hat; hätte er sich nicht gefürchtet, so hätte die Hexe ihm nichts anhaben können. Man muß nur das Kreuz schlagen und ihr auf den Schwanz spucken – dann kann einem nichts geschehen! Ich kenne das ganz genau. Bei uns in Kiew sind doch alle Marktweiber Hexen.«

Hier nickte der Glöckner zum Zeichen seines Einverständnisses mit dem Kopf. Aber als er merkte, daß seine Zunge sich nicht mehr bewegen und keine Laute mehr hervorbringen konnte, erhob er sich vorsichtig und ging taumelnd davon, um sich irgendwo abseits im Steppengras auszustrecken. Hierbei vergaß er es jedoch aus alter Gewohnheit nicht, eine alte Stiefelsohle einzustecken, die auf einer Bank lag.

Wie Iwan Iwanowitsch und Iwan Nikiforowitsch sich entzweiten

I. Iwan Iwanowitsch und Iwan Nikiforowitsch

Was für eine herrliche Pekesche Iwan Iwanowitsch doch hat! Diese Pelzverbrämung-Teufel auch – diese Pelzverbrämung! Bläulichgrau, mit einem weißlichen Schimmer! Bei Gott – ich will ein Schuft sein, wenn es noch einen zweiten solchen Pelzrock gibt. Ich bitte Sie, sehen Sie sich das einmal an – besonders, wenn Iwan Iwanowitsch mit jemand spricht – betrachten Sie ihn nur im Profil: was ist das für eine Pracht! Es ist ganz unbeschreiblich: das leuchtet wie Samt und Silber und Feuer! Bei Gott, heiliger Wundertäter Nikolaus, frommer Knecht Gottes, ich bitte dich: Warum habe ich nicht solch eine Pekesche! Er hat sie sich schon damals machen lassen, als Agafja Fedossejewna noch nicht so oft nach Kiew reiste. (Sie kennen doch Agafja Fedossejewna? Dieselbe, die dem Assessor das Ohr abgebissen hat.)

Und was für ein Prachtmensch Iwan Iwanowitsch ist! Wie stattlich ist sein Haus in Mirgorod! Rundherum hat es ein Schutzdach auf eichenen Pfosten, und darunter stehen überall Bänke. Wenn es zu heiß wird, zieht er Pelzrock und Hose aus, legt sich im bloßen Hemd unter das Schutzdach und beobachtet, was im Hofe und auf der Straße vorgeht. Und was für herrliche Apfel-und Birnbäume vor dem Fenster stehen! Bitte, öffnen Sie nur die Fenster, sofort stecken sie ihre Zweige bis ins Fenster; aber das ist bloß vor dem Hause. Sehen Sie sich mal erst den Garten an! Was gibt es da nicht alles! Pflaumen, Kirschen, Weichsel, allerlei Gemüse, Sonnenblumen, Gurken, Melonen, Erbsen – sogar eine Tenne und eine Schmiede gibt es da.

Was für ein Prachtmensch Iwan Iwanowitsch ist! Besonders gern ißt er Melonen, das ist sein Lieblingsgericht. Gleich nach dem Mittagessen begibt er sich im Hemd unter das Schutzdach und befiehlt Gapka, zwei Melonen aufzutragen, die er eigenhändig zerlegt. Dann nimmt er die Kerne heraus, wickelt sie in ein Papier und macht sich daran, die Melonen zu verzehren; Gapka muß ihm das Tintenfaß bringen, und er schreibt eigenhändig auf das Päckchen mit dem Samen: »Diese Melone wurde an dem und dem Tage gegessen.« War irgendein Gast dabei, so wird hinzugefügt: Der und der hat teilgenommen.

Der verstorbene Richter von Mirgorod freute sich immer von Herzen beim Anblick von Iwan Iwanowitschs Haus. Ja – das Haus kann sich auch sehen lassen! Vor allem gefallen mir die vielen Balkone und Erkerchen, die von allen Seiten angebaut sind; wenn man es von ferne erblickt, so sieht man die Dächer, die übereinanderliegen – das erinnert mich immer an einen Teller voll Pfannkuchen, oder besser an Pilze, die an-und übereinander um einen herum wachsen. Übrigens sind die Dächer mit Binsen gedeckt, über die eine Weide, eine Eiche und zwei Apfelbäume ihre üppigen Zweige ausbreiten. Durch das Geäst aber gucken die kleinen Fensterchen mit ihren geschnitzten, weißen Läden munter auf die Straße hinaus.

Was für ein Prachtmensch ist doch Iwan Iwanowitsch! Der Herr Kommissar aus Poltawa ist sein guter Bekannter. Dorosch Tarassowitsch Puchiwotschka besucht ihn stets, wenn er aus Chorol hierherkommt, und Vater Peter, der in Koliberda wohnt, pflegt, wenn einmal fünf Mann hoch bei ihm zu Gaste sind, stets zu erwähnen, daß er niemand kennt, der seine Christenpflicht so gut erfüllt und so zu leben versteht wie Iwan Iwanowitsch.

Mein Gott, wie doch die Zeit vorbeieilt. Damals waren schon zehn Jahre verflossen, seit er Witwer geworden war. Er hatte keine Kinder. Dafür hat Gapka, die Magd, welche, die im Hofe spielen. Iwan Iwanowitsch gibt gewöhnlich jedem Kinde eine Brezel, ein Stückchen Melone oder eine Birne. Gapka hat auch die Schlüssel zu den Kammern und Kellern: Nur der Schlüssel zu dem großen Kasten, der in seinem Schlafzimmer steht, und der zu der mittleren Vorratskammer befindet sich bei ihm; denn Iwan Iwanowitsch liebt es nicht, jemand dort hineinzulassen. Gapka ist ein kräftiges Mädel, mit einer großen Schürze, drallen Waden und roten Backen.

Und was für ein gottesfürchtiger Mensch Iwan Iwanowitsch ist! Jeden Sonntag zieht er seine Pekesche an und geht in die Kirche. Nachdem er sich nach allen Seiten verneigt hat, nimmt er gewöhnlich auf dem Chor Platz und unterstützt den Baß auf das schönste. Ist der Gottesdienst zu Ende, so unterläßt es Iwan Iwanowitsch nie, der Reihe nach an allen Bettlern vorbeizugehen. Vielleicht hat er oft gar keine Lust, sich mit so langweiligen Sachen abzugeben, aber seine natürliche Gutmütigkeit läßt ihm keine Ruhe.

Gewöhnlich sucht er sich das allerarmseligste Weib, in einem zerfetzten, aus Lumpen zusammengeflickten Kleide aus und wendet sich teilnahmsvoll an sie: »Nun, wie geht es. Ärmste? Woher kommst du; Mütterchen?«

»Ich komme vom Dorf, Herr, seit drei Tagen habe ich weder gegessen noch getrunken. Meine eigenen Kinder haben mich fortgejagt.«

»Du arme Seele! Und warum bist du hierher gekommen?«

»Ach, Herr, ich stehe hier und bitte um ein Almosen, vielleicht gibt mir jemand etwas Geld, damit ich mir Brot kaufen kann.«

»Hm. So. Du möchtest also Brot haben?« fragt Iwan Iwanowitsch gewöhnlich.

»Wie sollte ich nicht? Ich bin hungrig wie ein Hund.«

»Hm, hm«, sagt Iwan Iwanowitsch gewöhnlich weiter. »Vielleicht möchtest du auch Fleisch haben?«

»Ja, alles, was Euer Gnaden mir geben wollen, ich bin mit allem zufrieden.«

»Hm, hm – ist denn Fleisch besser als Brot?«

»Ein Hungriger ist nicht wählerisch, Herr. Wir sind mit allem zufrieden, was Sie geben.« Hierbei streckt sie ihm gewöhnlich die Hand entgegen.

»Nun, Gott mit dir«, sagt Iwan Iwanowitsch. – »Ja, was stehst du denn noch da? Ich schlage dich doch nicht!« Und in gleicher Weise wendet er sich an den zweiten und dritten Bettler, und geht endlich nach Hause, zu seinem Nachbar, Iwan Nikiforowitsch, oder auch zum Polizeimeister, um einen Schnaps mit ihnen zu trinken.

Iwan Iwanowitsch liebt es auch sehr, daß man ihm Geschenke macht oder ihm Leckerbissen bringt. Das letztere hat er besonders gern.

Auch Iwan Nikiforowitsch ist ein ganz prächtiger Mensch. Sein Hof grenzt an den Iwan Iwanowitschs. Zwei solche Freunde wie diese beiden hat die Welt sicher noch nicht gesehen. Anton Prokofjewitsch Pupopus, der bis zum heutigen Tage noch einen braunen Rock mit hellblauen Ärmeln trägt und des Sonntags beim Richter zu Tisch geladen ist, pflegte gewöhnlich zu sagen: Der Teufel habe in höchsteigener Person Iwan Iwanowitsch und Iwan Nikiforowitsch mit einem Schnürchen zusammengebunden: wo der eine erscheint, da folgt der andere auf dem Fuße.

Iwan Nikiforowitsch war nie verheiratet. Man hat wohl davon gesprochen, er wäre einmal verheiratet gewesen, doch das ist eine gemeine Lüge. Ich kenne Iwan Nikiforowitsch sehr genau und kann beschwören, daß er niemals auch nur die Absicht gehabt hat, sich zu verheiraten. Wie solch ein Klatsch nur entsteht! Einmal hieß es, Iwan Nikiforowitsch sei hinten mit einem Schwanz auf die Welt gekommen. Aber dies ist eine Erfindung, die so dumm und dabei so abscheulich und unanständig ist, daß ich es nicht einmal für nötig halte, sie vor meinen aufgeklärten Lesern zu widerlegen, denen es sicher bekannt ist, daß nur die Hexen, und auch die nur, sofern sie weiblichen Geschlechts sind (aber selbst diese bloß in Ausnahmefällen), hinten einen Schwanz haben. Übrigens gehören ja die Hexen überhaupt mehr dem weiblichen als dem männlichen Geschlecht an. Trotz der gegenseitigen Zuneigung waren diese beiden Freunde doch von der Natur recht verschieden bedacht. Am besten lernt man ihren Charakter durch eine Nebeneinanderstellung kennen. Iwan Iwanowitsch besitzt die seltene Gabe, sehr angenehm zu sprechen. Herr Gott, wie kann er sprechen! Wenn Sie ihm zuhören, haben Sie eine Empfindung – nein, die läßt sich nur mit dem Gefühl vergleichen, wenn man Ihnen den Kopf kraut, oder mit dem Finger leise, ganz leise über die Fersen streicht. Man lauscht und lauscht... der Kopf sinkt einem herab... so angenehm, so ungeheuer angenehm ist das!... Wie ein Schläfchen nach einem Bade. Iwan Nikiforowitsch hingegen ist das gerade Gegenteil. Er liebt es, zu schweigen – aber wenn er einmal ein Wörtchen sagt, dann heißt es: Feststehen – das sitzt, das schneidet schärfer wie das feinste Rasiermesser! Iwan Iwanowitsch ist mager und von hoher Statur; Iwan Nikiforowitsch ist kleiner und geht mehr in die Breite. Iwan Iwanowitschs Kopf gleicht einem

Rettich mit dem Schwänzchen nach oben. Iwan Nikiforowitsch dagegen einem Rettich mit dem Schwänzchen nach unten. Iwan Iwanowitsch liegt nur nach dem Mittagessen im bloßen Hemde unter dem Schutzdach, – abends zieht er seine Pekesche an und geht irgendwohin, entweder in das Stadtmagazin, an das er Mehl liefert, oder ins Feld, um Wachteln zu fangen. Iwan Nikiforowitsch liegt den *ganzen Tag* im Flur; wenn es nicht gar zu heiß ist, legt er sich mit dem bloßen Rücken in die Sonne und will sich gar nicht vom Fleck rühren. Wenn es ihm gerade einfällt, macht er morgens eine Runde durch den Hof, sieht sich alles an und legt sich dann nieder. Früher ging er wohl auch einmal zu Iwan Iwanowitsch hinüber. Iwan Iwanowitsch ist ein sehr feiner Herr, nie gebraucht er ein schmutziges Wort, auch nicht im gewöhnlichsten Gespräch, und daher ist er auch sofort verletzt, wenn er ein solches hört. Iwan Nikiforowitsch aber läßt sich mitunter etwas gehen. Gewöhnlich steht dann Iwan Iwanowitsch auf und sagt: »Genug, genug, Iwan Nikiforowitsch, legen Sie sich doch lieber schnell wieder in die Sonne, statt solche gottlose Reden zu führen!« Iwan Iwanowitsch wird sehr böse, wenn er eine Fliege in der Suppe findet – er gerät außer sich, wirft den Teller hin, und der Wirt bekommt etwas zu hören. Iwan Nikiforowitsch badet ungemein gern, und wenn er bis zum Halse im Wasser sitzt, liebt er es sehr, sich ein Tischchen mit der Teemaschine ins Wasser stellen zu lassen und in der kühlen Flut Tee zu trinken. Iwan Iwanowitsch rasiert sich zweimal wöchentlich, Iwan Nikiforowitsch nur einmal. Iwan Iwanowitsch ist sehr neugierig, Gott bewahre einen jeden davor, ihm etwas zu erzählen und nicht bis zum Schluß zu kommen. Ist er unzufrieden, so sieht man es ihm sogleich an. Äußerlich ist es Iwan Nikiforowitsch sehr schwer anzusehen, ob er zufrieden oder ärgerlich ist – selbst wenn er sich über etwas freut, so läßt er es sich nicht merken. Iwan Iwanowitsch hat einen etwas ängstlichen Charakter – ganz anders als Iwan Nikiforowitsch, der so faltenreiche Pluderhosen trägt, daß sie, wenn man sie aufblasen wollte, den Hof mit allen Scheuern und Wirtschaftsgebäuden in sich fassen würden. Iwan Iwanowitsch hat große, ausdrucksvolle, tabakfarbene Augen und sein Mund hat die Form des Buchstabens V. Iwan Nikiforowitsch hat kleine, gelbliche Augen, die ganz zwischen den dicken Backen und den buschigen Brauen verschwinden, und seine Nase gleicht einer reifen Pflaume. Wenn Ihnen Iwan Iwanowitsch eine Prise anbietet, leckt er erst den Deckel der Tabaksdose ab, klopft mit dem Finger auf sie, reicht sie Ihnen hin und sagt, wenn Sie gut mit ihm bekannt sind: »Mein Herr, darf ich Sie bitten, sich zu bedienen!« Sind Sie ihm dagegen fremd, so spricht er: »Mein Herr, ich habe nicht die Ehre, Ihren Rang und Namen zu kennen, darf ich Sie bitten, sich zu bedienen!« Iwan Nikiforowitsch dagegen gibt Ihnen einfach die Dose in die Hand und sagt ganz kurz: »Bedienen Sie sich!« Beide – Iwan Iwanowitsch sowohl wie Iwan Nikiforowitsch – mögen die Flöhe nicht leiden, und lassen daher nie einen Handelsjuden vorübergehen, ohne ihm ein Elixier oder ein Pulver gegen diese Insekten abzukaufen – natürlich erst, nachdem sie ihn gehörig wegen seines Glaubens ausgescholten haben.

Übrigens sind beide, sowohl Iwan Iwanowitsch als auch Iwan Nikiforowitsch, abgesehen von einigen Verschiedenheiten, ganz prächtige Menschen.

II. Aus dem man erfahren kann, was Iwan Iwanowitsch sich wünschte, worüber Iwan Iwanowitsch und Iwan Nikiforowitsch miteinander sprachen, und wie das Gespräch endete.

Eines Morgens – es war im Juli – lag Iwan Iwanowitsch unter seinem Schutzdach. Der Tag war heiß, und die Luft war trocken und flutete in seinen Strömen auf und ab. Iwan Iwanowitsch war schon außerhalb der Stadt und im Dorf bei den Schnittern gewesen und hatte schon alle Bauern und Bäuerinnen, die ihm begegneten, nach dem Woher, Wohin und Warum ausgefragt; dabei hatte er sich müde gelaufen und wollte nun ausruhen. Im Liegen betrachtete er lange den Hof, die Vorratskammern und die im Hofe herumlaufenden Hühner und dachte sich: »Herr Gott, was bin ich doch für ein guter Wirt! Was habe ich nicht alles! Speicher, Gebäude, Vögel, alles was das Herz begehrt, Schnäpse und Liköre, einen Garten mit Birnen und Pflaumen, Mohn, Kohl und Erbsen... was fehlt mir noch? Wirklich, ich möchte wissen, was mir fehlt?«

Mit dieser tiefsinnigen Frage beschäftigt, versank Iwan Iwanowitsch in tiefes Nachdenken, unterdessen aber suchten seine Augen nach neuen Gegenständen, schweiften über den Zaun nach Iwan Nikiforowitschs Haus und wurden unwillkürlich von einem merkwürdigen Schauspiel gefesselt.

Ein altes hageres Weib trug verschlissene Kleidungsstücke auf den Hof, um sie eins nach dem andern zum Auslüften auf eine ausgespannte Leine zu hängen. Bald streckte ein alter Waffenrock mit abgeschabten Aufschlägen seine Ärmel in die Luft und umarmte ein Jackett aus Brokatstoff; neben ihm kam eine Livree mit Wappenknöpfen und einem von den Motten zerfressenen Kragen zum Vorschein; ferner ein Paar fleckige weiße Kaschmir-Beinkleider, die einst Iwan Nikiforowitschs Beine umspannt hatten, jetzt aber bestenfalls für seine Finger reichen würden; dann wieder hing ein anderes Paar in Form eines A da, dann ein blauer Kosakenrock, den sich Iwan Nikiforowitsch vor 20 Jahren hatte machen lassen, als er in die Miliz einzutreten gedachte und sich sogar einen Schnurrbart wachsen ließ. Zuletzt kam zu all diesen schönen Sachen auch noch ein Degen hinzu, der einer Turmspitze glich, die in die Luft starrt – dann wieder flatterten die Rockschöße eines graugrünen Kaftans mit talergroßen kupfernen Knöpfen im Winde, und zwischen den Schößen lugte eine mit Goldborte verzierte, stark ausgeschnittene Weste hervor. Aber bald wurde die Weste durch einen alten Unterrock der Großmutter verdeckt, in dessen großen Taschen man ruhig je eine Melone hätte verstecken können. Dies ganze Durcheinander gewährte Iwan Iwanowitsch einen höchst unterhaltenden Anblick. Die Strahlen der Sonne beleuchteten bald einen dunkelblauen oder grünen Ärmel, einen roten Aufschlag und einen Teil des Goldbrokats oder sie spielten plötzlich um die Degenspitze und gaben ihr ein ganz ungewöhnliches Aussehen. Dieses bunte Allerlei weckte Erinnerungen an die Weihnachtskrippe, die umherziehende Tagediebe in den Dörfern aufstellen: Die herandrängende Volksmenge betrachtet den Kaiser Herodes mit der goldenen Krone, oder den Antonius, der eine Ziege mit sich führt; hinter der Krippe quietscht eine Geige, ein Zigeuner ahmt mit seinen Lippen eine Trommel nach, die Sonne geht allmählich unter und die angenehme Kühle der südlichen Nacht schmiegt sich verstohlen um die frischen Schultern und hochatmenden Busen der drallen Bäuerinnen.

Nach einiger Zeit kam die Alte wieder stöhnend aus der Vorratskammer und trug keuchend einen altmodischen Sattel mit abgerissenen Steigbügeln, abgeschabten ledernen Pistolentaschen und einer Schabracke auf dem Rücken heraus, die einst purpurrot gewesen und mit Goldstickereien und Blechplatten verziert war.

»So ein dummes Weib,« dachte Iwan Iwanowitsch, »bald wird sie auch noch Iwan Nikiforowitsch in eigener Person herausschleppen und auslüften.«

Und in der Tat, Iwan Iwanowitschs Vermutung war nicht so ganz unrichtig. Nach kaum fünf Minuten erschienen Iwan Nikiforowitschs Pumphosen, die fast die ganze Hälfte des Hofes einnahmen. Dann schleppte sie noch seine Mütze und eine Flinte heran.

»Was soll das bedeuten«, dachte Iwan Iwanowitsch. »Ich habe früher nie eine Flinte bei ihm gesehen! Ja, was fällt ihm ein! Er schießt doch gar nicht, und hält sich doch eine Flinte! Was will er mit ihr? Es ist übrigens ein gutes Gewehr!...ich wollte mir schon lange ein solches anschaffen. Ich wünschte sehr, so eine Flinte zu haben...ich spiele zu gern mit so einem Flintchen...He, Alte, Alte!« schrie Iwan Iwanowitsch und winkte mit dem Finger.

Die Alte kam an den Zaun.

»Was hast du da, gute Alte?«

»Sie sehen doch selbst, eine Flinte.«

»Was für eine Flinte?«

»Was weiß ich. Wenn sie mir gehörte, würde ich vielleicht wissen, woraus sie gemacht ist, aber sie gehört doch dem Herrn.«

Iwan Iwanowitsch stand auf, besah sich die Flinte von allen Seiten, und vergaß ganz, die Alte deswegen auszuschelten, daß sie auch Degen und Flinte zum Lüften herausgebracht hatte.

»Wahrscheinlich ist sie aus Eisen«, meinte die Alte.

»Hm, hm, aus Eisen. Warum sollte sie gerade aus Eisen sein?« murmelte Iwan Iwanowitsch. »Hat dein Herr sie schon lange?«

»Vielleicht – es ist möglich, daß er sie schon lange hat.«

»Ein vortreffliches Gewehr«, fuhr Iwan Iwanowitsch fort. »Ich werde es mir von ihm ausbitten. Wozu braucht er eine Flinte? Oder ich tausche sie gegen etwas anderes ein. Sag mal. Alte, ist dein Herr zu Hause?«

»Freilich.«

»Er hat sich wohl hingelegt?«

»Jawohl.«

»Gut. Ich werde zu ihm gehen.«

Iwan Iwanowitsch zog sich an und nahm einen Knotenstock mit sich, den er als Waffe gegen die Hunde brauchte; denn in Mirgorod begegnet man auf der Straße mehr Hunden als Menschen. Dann machte er sich auf den Weg.

Obwohl die Höfe Iwan Iwanowitschs und Iwan Nikiforowitschs aneinander grenzten und man aus dem einen in den anderen hinübersteigen konnte, ging Iwan Iwanowitsch doch über die Straße. Nach dieser Straße mußte er eine kleine Gasse passieren, die ganz ungewöhnlich schmal war; wenn es geschah, daß zwei Einspänner sich hier begegneten, so konnten sie nicht aneinander vorbei und mußten so lange stillstehen, bis sie jemand an den Hinterrädern packte und in die Straße zurückzog. Der Fußgänger aber kam wie mit Blumen geschmückt aus dieser Gasse heraus, da zu beiden Seiten des Zaunes die Kletten aufs schönste gediehen. An diese Gasse stieß sowohl die Scheune Iwan Iwanowitschs als auch ein Kornspeicher Iwan Nikiforowitschs, und ebenso sein Tor und sein Taubenschlag. Iwan Iwanowitsch trat ans Tor und drückte lärmend die Türklinke herunter. Aus dem Innern erscholl Hundegebell, als aber die buntscheckige Gesellschaft sah, daß ein guter Bekannter den Hof betrat, zog sie sich schweifwedelnd zurück. Iwan Iwanowitsch durchschritt den Hof, auf dem ein buntes Durcheinander herrschte: Indische Tauben, die der Besitzer eigenhändig zu füttern pflegte, Melonen-und Wassermelonenschalen, verstreutes Gemüse, ein zerbrochenes Rad, ein Faßreifen, dazwischen ein kleiner Junge in einem schmutzigen Hemdchen – mit einem Wort, ein Anblick, wie die Maler ihn lieben! Die ausgehängten Kleider hüllten den ganzen Hof in ihren Schatten ein und verliehen ihm eine gewisse Kühle. Die Alte begrüßte Iwan Iwanowitsch mit einer Verbeugung, rührte sich aber nicht vom Flecke und gähnte. Vor dem Hause befand sich eine zierliche Treppe mit einem Schutzdach, das von zwei Eichenpfosten gestützt wurde: übrigens ein sehr unzureichendes Mittel gegen die Sonne, denn Frau Sonne liebt um diese Zeit in Kleinrußland nicht zu spaßen, und badet den Spaziergänger von Kopf bis zu Fuß in Schweiß. Dies zeigt übrigens, wie groß das Verlangen Iwan Iwanowitschs nach dem so unentbehrlichen Dinge war, da er sich um diese Zeit hinausgewagt hatte und somit seiner Gewohnheit, das Haus erst des Abends zu einem Spaziergang zu verlassen, untreu geworden war.

Das Zimmer, das Iwan Iwanowitsch betrat, war ganz dunkel, und die Läden waren geschlossen. Nur durch das Guckloch im Laden fielen ein paar Sonnenstrahlen, spielten in Regenbogenfarben und malten eine bunte Landschaft an die gegenüberliegende Wand: da sah man binsengedeckte Dächer, Bäume, die ausgehängten Kleidungsstücke usw. – alles natürlich auf den Kopf gestellt, und das Zimmer wurde in ein wundersames, Helles Dämmerlicht gehüllt.

»Gott helf«, sagte Iwan Iwanowitsch.

»Guten Tag, Iwan Iwanowitsch«, antwortete eine Stimme aus der Zimmerecke. Erst jetzt bemerkte Iwan Iwanowitsch Iwan Nikiforowitsch, der auf einem ausgebreiteten Teppich am Boden lag.

»Entschuldigen Sie bitte, daß ich mich Ihnen im Adamskostüm präsentiere.«

Iwan Nikiforowitsch lag ganz nackt und ohne Hemd da.

»Bitte, bitte. Haben Sie gut geschlafen, Iwan Nikiforowitsch?«

»Ausgezeichnet. Und Sie, Iwan Iwanowitsch?«

»Ich habe auch gut geschlafen.«

»Sie sind wohl erst eben aufgestanden?«

»Was? Ich soll erst eben aufgestanden sein? Gottbehüte, Iwan Nikiforowitsch, wie kann man so lange schlafen. Ich komme eben aus dem Dorf zurück – überall wo man hinkommt – gibt's herrliches Getreide, großartig sag' ich Ihnen! Auch das Gras ist lang, weich und saftig.«

»Gorpina,« schrie Iwan Nikiforowitsch, »bring' Iwan Iwanowitsch einen Schnaps und ein paar Rahmkuchen.«

»Ein herrliches Wetter heut.«

»Ach loben Sie es doch nicht, Iwan Iwanowitsch. Hol's der Teufel – man kommt ja um vor Hitze.«

»Ist es denn durchaus nötig, den Teufel anzurufen? Ach, Iwan Nikiforowitsch, Sie werden noch an mich denken, wenn es zu spät sein wird. Jawohl, Sie werden im Jenseits für Ihre gottlosen Reden büßen müssen.«

»Womit habe ich Sie denn beleidigt, Iwan Iwanowitsch? Ich habe doch weder Ihren Vater noch Ihre Mutter beschimpft. Ich verstehe nicht, wodurch ich Sie gekränkt haben könnte.«

»Lassen wir das, Iwan Nikiforowitsch, lassen wir das.«

»Bei Gott, ich wollte Sie nicht kränken, Iwan Iwanowitsch.« »Merkwürdig, daß die Wachteln noch immer nicht ins Rohr gehen.«

»Wie Sie wollen, Iwan Iwanowitsch, denken Sie, was Sie wollen – ich hatte wirklich nicht die Absicht, Sie zu kränken.«

»Ich begreife nicht, warum sie nicht hineingehen«, sagte Iwan Iwanowitsch, als habe er die Worte gar nicht gehört. »Vielleicht ist die Zeit dazu noch nicht gekommen, aber mir scheint, es wäre jetzt die rechte Zeit.«

»Sie sagen, daß das Getreide gut steht?«

»Herrlich, ganz herrlich!«

Nun folgte eine lange Pause.

»Iwan Nikiforowitsch, warum lassen Sie denn plötzlich alle Ihre Kleider heraushängen«, fragte endlich Iwan Iwanowitsch.

»Ach, die verfluchte Alte hat meine guten und fast neuen Kleidungsstücke verschimmeln lassen, jetzt lasse ich alles auslüften; das Tuch ist noch fein, es ist noch ganz ausgezeichnet, einiges braucht man nur wenden zu lassen, dann kann man es wieder tragen.«

»Etwas hat mir besonders gefallen, Iwan Nikiforowitsch.«

»Was denn?«

»Sagen Sie bitte, wozu brauchen Sie diese Flinte? Da ist doch eine Flinte mit herausgehängt!« Bei diesen Worten reichte Iwan Iwanowitsch seinem Freunde eine Prise. »Darf ich Sie bitten, sich zu bedienen?«

»Bitte bedienen Sie sich selbst, ich nehme von meinem eigenen«, dabei tastete Iwan Nikiforowitsch, mit den Händen umher und fand endlich seine Dose. »So ein dummes Weib! Sie will die Flinte also auch auslüften? Der Jude in Sforotschintzy stellt einen ausgezeichneten Tabak her. Ich weiß nicht, was er hineintut – es ist so etwas Aromatisches, und erinnert ein wenig an Krauseminze. Aber bedienen Sie sich doch.«

»Hm, sagen Sie doch, Iwan Nikiforowitsch, um wieder auf die Flinte zurückzukommen, was wollen Sie mit ihr anfangen? Sie brauchen sie doch nicht?«

»Ich brauche sie nicht? Ja, und wenn ich nun einmal schießen will?«

»Gott behüte Sie, Iwan Nikiforowitsch, wann wollen Sie denn schießen? Vielleicht beim Jüngsten Gericht? Soviel ich weiß und von anderen erfahren konnte, haben Sie noch nie eine Ente getötet, ja, Gott der Herr hat Ihnen auch gar nicht die Natur dazu gegeben, daß Sie schießen sollten. Sie haben eine stattliche Figur, ein elegantes Auftreten: wie wollen Sie in den Sümpfen umherwaten, wenn das Kleidungsstück, das ich aus Anstandsrücksichten nicht nennen möchte, schon jetzt ausgelüftet werden muß? Was wird erst dann sein? Was Sie brauchen, ist Ruhe, Erholung.« (Wir haben schon oben erwähnt, daß Iwan Iwanowitsch ungewöhnlich schön sprechen konnte, wenn es galt, jemand zu überzeugen. Nein, wie er redete, Herrgott, wie er redete!) »Ja, ja, Ihnen stehen nur edle Handlungen an. Was meinen Sie, wie wär's, wenn Sie mir die Flinte geben würden?«

»Wie könnte ich! So eine teure Flinte! So eine ist für kein Geld mehr zu haben. Die stammt noch aus der Zeit, als ich in die Miliz eintreten wollte. Da habe ich sie von einem Tataren erstanden, und jetzt sollte ich sie so mir nichts dir nichts weggeben? Ich bitte Sie, das ist doch ein unentbehrliches Instrument.«

»Unentbehrlich? Wozu?«

»Wozu – wozu? Und wenn nun Räuber mein Haus überfallen! Ausgezeichnet! Nicht unentbehrlich!...Gottlob, jetzt bin ich ruhig und fürchte mich vor nichts; denn ich weiß, in meiner Kammer steht eine Flinte!«

»Eine nette Flinte, Iwan Nikiforowitsch, der Hahn ist ja total verdorben!«

»Was macht denn das? Und wenn der Hahn nun wirklich verdorben wäre! Man kann ihn doch reparieren lassen! Man muß ihn nur ein bißchen mit Hanföl einschmieren, damit er nicht rostet!«

»Nach Ihren Worten könnte man vermuten, daß Sie nicht die geringste Freundschaft für mich hegen, Iwan Nikiforowitsch. Sie wollen mir durchaus kein Zeichen Ihrer Sympathie geben?«

»Iwan Iwanowitsch, wie können Sie sagen, daß ich Ihnen kein Zeichen meiner Sympathie gebe. Schämen Sie sich! Ihre Ochsen weiden auf meiner Wiese, und ich habe sie noch nie zum Pflügen benutzt. Jedesmal, wenn Sie nach Poltawa fahren, bitten Sie mich um meinen Wagen, und habe ich es Ihnen je abgeschlagen? Ihre Kinder klettern über den Zaun, springen in meinen Garten und spielen mit meinen Hunden – und ich sage nichts; mögen sie doch spielen, solange sie nur nichts anrühren; mögen sie doch spielen...«

»Nun, wenn Sie mir Ihre Flinte durchaus nicht verehren wollen – so wollen wir tauschen.«

»Und was würden Sie mir dafür geben?« Bei diesen Worten stützte sich Iwan Nikiforowitsch auf seinen Arm und sah Iwan Iwanowitsch ins Gesicht.

»Ich würde Ihnen das braune Schwein dafür geben, das ich in meinem Stall gemästet habe. Eine großartige Sau! Passen Sie auf – im nächsten Jahre wirft sie Ihnen schon Ferkel.«

»Ich verstehe nicht, Iwan Iwanowitsch, wie Sie so sprechen können. Was soll ich mit Ihrem Schwein? Soll ich etwa dem Teufel ein Fest geben?«

»Schon wieder! Sie können nicht reden, ohne den Teufel anzurufen. Es ist eine Sünde, Iwan Nikiforowitsch, bei Gott, es ist eine Sünde!«

»Sie sind mir der Rechte, Iwan Iwanowitsch! Für eine Flinte bieten Sie mir weiß der Teufel was – eine Sau!«

»Warum ist eine Sau ›weiß der Teufel was‹, Iwan Nikiforowitsch?«

»Warum? Bitte urteilen Sie doch selbst: Eine Flinte – da weiß doch jeder, was das für ein Gegenstand ist – und Sie bieten mir weiß der Teufel was – eine Sau! Wären Sie es nicht, der mir diesen Vorschlag machte, ich könnte es wahrhaftig für eine Beleidigung halten.«

»Was finden Sie denn so Schlimmes an einem Schwein?«

»Ja, für was halten Sie mich denn eigentlich, daß ich ein Schwein...«

»Bitte setzen Sie sich, setzen Sie sich, ich rede nicht mehr davon. Behalten Sie Ihre Flinte; möge sie in irgendeinem Winkel Ihrer Kammer verrosten und verderben – ich rede kein Wort mehr davon.«

Hier trat eine lange Pause ein.

»Man spricht davon,« begann endlich Iwan Iwanowitsch, »daß drei Könige unserm Kaiser den Krieg erklärt haben.«

»Ja, Peter Fjodorowitsch erzählte mir davon. Was ist das für ein Krieg? Warum führt man ihn?«

»Das kann ich nicht genau sagen, Iwan Nikiforowitsch,« antwortete Iwan Iwanowitsch, »ich glaube, die Könige verlangen von uns, daß wir alle den türkischen Glauben annehmen sollen.«

»Sieh einer an, was die Narren ausgeheckt haben«, sagte Iwan Nikiforowitsch und hob den Kopf in die Höhe.

»Verstehen Sie? Der Kaiser aber hat ihnen den Krieg erklärt. Nehmt mal lieber selber den christlichen Glauben an! sagte er.«

»Was meinen Sie, Iwan Iwanowitsch, die Unsern werden sie doch besiegen?«

»Ganz sicher, Iwan Nikiforowitsch! Sie wollen mir also Ihre Flinte nicht eintauschen?«

»Ich bin wirklich erstaunt, Iwan Iwanowitsch, ich glaubte immer, Sie seien ein Mann von einer gewissen Bildung, und heute reden Sie wie ein Kind. Bin ich denn ein Narr?«

»Bleiben Sie sitzen, bleiben Sie sitzen, Gott mit ihr, mag sie verrosten, ich sage kein Wort mehr.«

In diesem Augenblick wurde der Imbiß aufgetragen.

Iwan Iwanowitsch nahm einen Schnaps und aß einen Rahmkuchen dazu. »Hören Sie, Iwan Nikiforowitsch, ich gebe Ihnen außer dem Schwein noch zwei Säcke Hafer; Sie haben ja keinen gesät. Sie müssen also dieses Jahr sowieso welchen kaufen.«

»Bei Gott, Iwan Iwanowitsch, um mit Ihnen zu reden – muß man Erbsen gefressen haben.« (Das war noch gar nichts, Iwan Nikiforowitsch konnte noch ganz andere Sachen vom Stapel lassen.) »Wo in aller Welt ist es erhört, daß man eine Flinte für zwei Säcke Hafer eingetauscht hätte? Ihre Pekesche werden Sie mir wohl nicht anbieten, da bin ich sicher.«

»Sie vergessen, Iwan Nikiforowitsch, daß Sie noch das Schwein dazu bekommen.«

»Was, zwei Säcke Hafer und ein Schwein für eine Flinte?«

»Ist das vielleicht zu wenig?«

»Für eine Flinte?«

»Jawohl, für eine Flinte!«

»Zwei Säcke für eine Flinte?«

»Die Säcke sind doch nicht leer, sondern voll Hafer. Und das Schwein – das Schwein haben Sie vergessen?«

»Geben Sie doch Ihrem Schwein einen Kuß, oder wenn's Ihnen besser paßt: dem Teufel.«

»Weh dem, der mit Ihnen anbindet! Warten Sie ab, für solche gottlose Reden wird man Ihnen in jener Welt die Zunge mit glühenden Nadeln spicken! Wenn man mit Ihnen gesprochen hat, muß man sich wahrhaftig Kopf und Hände waschen und den ganzen Körper ausräuchern!«

»Gestatten Sie, Iwan Iwanowitsch, eine Flinte ist ein nobler Gegenstand, mit dem man sich aufs schönste unterhalten kann, und zugleich der angenehmste Zimmerschmuck…«

»Iwan Nikiforowitsch, Sie sprechen von Ihrer Flinte grad wie der Narr von seinem Futtersack«, sagte Iwan Iwanowitsch, der allmählich anfing, ärgerlich zu werden.

»Und Sie, Iwan Iwanowitsch, Sie sind ein rechter Gänserich!«

Hätte Iwan Nikiforowitsch nur gerade dies Wort nicht gebraucht, die beiden Freunde hätten sich gestritten und wären dann wie immer in aller Freundschaft geschieden; jetzt aber passierte etwas ganz anderes. Iwan Iwanowitsch wurde feuerrot. »Was haben Sie da gesagt, Iwan Nikiforowitsch?« fragte er mit erhobener Stimme.

»Ich sage, daß Sie einem Gänserich gleichen, Iwan Iwanowitsch.«

»Was wagen Sie, mein Herr! Sie vergessen allen Anstand, Sie vergessen alle Achtung, die Sie meinem Stande und meiner Familie schuldig sind! Wie können Sie es wagen, einen Menschen mit einem so schimpflichen Namen zu belegen?«

»Was ist denn Schimpfliches daran? Und was fuchteln Sie so mit den Händen, Iwan Iwanowitsch?«

»Ich wiederhole. Wie konnten Sie es wagen, den Anstand so gröblich zu verletzen und mich einen Gänserich zu nennen?«

»Ich huste Ihnen was, Iwan Iwanowitsch! Was gackern Sie denn so?«

Jetzt konnte sich Iwan Iwanowitsch nicht länger beherrschen. Seine Lippen zitterten, sein Mund verlor die gewöhnliche Form (aus dem V wurde ein 0), er blinzelte so mit den Augenwimpern, daß einem angst und bange werden konnte. Das passierte Iwan Iwanowitsch äußerst selten, er mußte schon außerordentlich erzürnt sein. »So erkläre ich Ihnen hiermit,« rief Iwan Iwanowitsch, »von heute ab kenne ich Sie nicht mehr!«

»Großes Unglück! Bei Gott, das soll mir keine Träne auspressen«, antwortete Iwan Nikiforowitsch. – Aber er log, bei Gott, er log. Es tat ihm schrecklich leid.

»Ich werde nie wieder die Schwelle Ihres Hauses betreten!«

»Aha!« rief Iwan Nikiforowitsch; er wußte vor Verdruß nicht, was er tun sollte – und sprang ganz gegen seine Gewohnheit auf.

»Hallo, Alte.«

In der Tür erschienen das alte dürre Weib und ein kleiner Junge, der in einem großen langen Rock steckte und sich beständig darin verwickelte.

»Nehmen Sie Iwan Iwanowitsch bei der Hand und führen Sie ihn hinaus!«

»Was? Mich? Einen Edelmann?« rief Iwan Iwanowitsch voller Würde und Entrüstung. »Wagt es nur, in meine Nähe zu kommen. Ich vernichte euch samt eurem dummen Herrn. Und keine Krähe soll euer Grab finden!« (Iwan Iwanowitsch konnte sehr wuchtig sprechen, wenn er bis in die tiefste Seele erschüttert war.)

Die ganze Gruppe hatte etwas Imposantes an sich. In der Mitte des Zimmers stand Iwan Nikiforowitsch in seiner ganzen nackten Schönheit ohne jede Dekoration; dazu die Alte mit aufgerissenem Munde, einem dummen Gesicht und geängstigter Miene! Iwan Iwanowitsch aber stand da wie ein römischer Tribun mit erhobener Rechten – es war ein gewaltiger Augenblick, ein Schauspiel von wunderbarer Größe! Und doch war nur ein Zuschauer da: der Knabe in dem Uniformrock, der ruhig dastand und sich mit dem Finger die Nase putzte. Endlich ergriff Iwan Iwanowitsch seine Mütze. »Sie benehmen sich sehr vornehm, Iwan Nikiforowitsch, sehr vornehm. Ich werde es nicht vergessen.« »Gehen Sie, Iwan Iwanowitsch, gehen Sie! Sehen Sie sich vor, daß Sie mir nicht in den Weg kommen, sonst... ich könnte Ihnen, Iwan Iwanowitsch... ich könnte Ihnen Ihre ganze Visage verbläuen!«

»Daraus mache ich mir soviel, Iwan Nikiforowitsch«, antwortete Iwan Iwanowitsch, drehte ihm eine lange Nase und warf die Türe ins Schloß. Man hörte sie jedoch sofort wieder knarren, sie öffnete sich, und Iwan Nikiforowitsch erschien in der Türöffnung. Er wollte noch etwas sagen – aber Iwan Iwanowitsch eilte davon, ohne sich umzusehen.

III. Was nach dem Streit zwischen Iwan Iwanowitsch und Iwan Nikiforowitsch geschah

So entzweiten sich die beiden Ehrenmänner, Mirgorods Stolz und Zierde; sie entzweiten sich – und warum? Wegen einer Kleinigkeit! Wegen eines Gänserichs! Sie mieden sich und brachen alle Beziehungen zueinander ab, sie, die doch früher als unzertrennliches Freundespaar gegolten hatten! Früher hatten sie jeden Tag zueinander geschickt und sich gegenseitig nach ihrem Befinden erkundigt, oder auf ihrem Balkon ausgestreckt miteinander geplaudert und sich so viel Angenehmes gesagt, daß es ein Vergnügen war, ihnen zuzuhören. Des Sonntags gingen sie oft – Iwan Iwanowitsch in seiner vornehmen Pekesche und Iwan Nikiforowitsch in seinem gelblich-braunen, leinenen Kosakenrock – Arm in Arm zur Kirche; und wenn Iwan Iwanowitsch, der sich durch sein scharfes Auge auszeichnete, zuerst eine Pfütze oder einen Schmutzhaufen auf der Straße erblickte – was auch in Mirgorod manchmal vorkommt –, dann sagte er immer zu Iwan Nikiforowitsch: »Geben Sie acht, bitte, treten Sie nicht hierher, hier ist etwas nicht ganz in Ordnung.« Aber auch Iwan Nikiforowitsch ließ es nicht an rührenden Freundschaftsdiensten fehlen. So weit entfernt er auch von Iwan Iwanowitsch stehen mochte, stets hielt er ihm die Dose hin und murmelte: »Bitte, bedienen Sie sich.« Und welch herrlichen Hausstand hatten beide!...Und diese beiden Freunde...! Als ich es erfuhr, war ich wie vom Blitz getroffen. Ich wollte es lange Zeit nicht glauben. Gerechter Gott! Iwan Iwanowitsch hat sich mit Iwan Nikiforowitsch entzweit! Diese Ehrenmänner! Was ist noch von Dauer auf dieser Erde?

Als Iwan Iwanowitsch nach Hause kam, war er in heftiger Erregung. Sonst ging er gewöhnlich in den Stall, um nachzusehen, ob die junge Stute auch ihr Heu fraß (Iwan Iwanowitsch hatte eine hellbraune Stute mit einem weißen Fleck auf der Stirn – ein reizendes Pferdchen), dann fütterte er eigenhändig die Truthühner und die Ferkel und ging endlich wieder ins Haus zurück, um Holzgeschirr zu schnitzen (er war äußerst geschickt und stellte die verschiedensten Gegenstände aus Holz her wie der gewandteste Drechsler), oder er las in einem Buche, das bei Ljubij, Gary und Popow gedruckt war (an den Titel erinnerte sich Iwan Iwanowitsch nicht mehr, die Dienstmagd hatte vor längerer Zeit die obere Hälfte des Titelblattes abgerissen und einem Kinde zu spielen gegeben),oder er legte sich unter das Schutzdach und ruhte aus. Heute aber tat er nichts von alledem. Im Gegenteil, er schalt Gapka, die ihm gerade entgegenkam, aus, weil sie müßig umherschlendere, obgleich sie Grütze nach der Küche trug, und warf einen Stock nach einem Hahn, der bis an die Treppe herangekommen war, um das gewohnte Futter in Empfang zu nehmen. Und als ihm der kleine schmutzige Junge im zerrissenen Hemdchen entgegenlief und »Papa, Papa, einen Kuchen« zu schreien begann, drohte er ihm mit dem Finger und stampfte so laut mit dem Fuße, daß der erschreckte Knabe sich schleunigst aus dem Staube machte.

Endlich besann er sich jedoch und nahm seine gewohnte Beschäftigung wieder auf. Er aß sehr spät zu Mittag, und es dämmerte schon, als er sich auf der Veranda zur Ruhe niederlegte. Die ausgezeichnete Rübensuppe mit Täubchen, die Gapka zubereitet hatte, verbannte die Ereignisse des Morgens vollständig aus seinem Gedächtnis.

Wieder begann Iwan Iwanowitsch mit Vergnügen nach allem zu sehen, was in seinem Haushalt vorging, und als seine Augen über des Nachbars Hof glitten, sagte er, wie im Selbstgespräch zu sich: »Heut war ich ja noch nicht bei Iwan Nikiforowitsch, ich muß doch mal rübergehn.« Hierauf nahm er seine Mütze und seinen Stock und ging auf die Straße, aber kaum hatte er das Haustor verlassen, als ihm sein Streit mit dem Nachbar einfiel. Ärgerlich spuckte er aus und ging wieder in das Haus hinein. Ein ähnlicher Vorgang spielte sich auf dem Hofe Iwan Nikiforowitschs ab. Iwan Iwanowitsch sah, wie die Alte schon den Fuß auf den Zaun setzte, um in seinen Hof zu klettern, als plötzlich Iwan Nikiforowitschs Stimme erscholl: »Zurück, zurück, es ist nicht nötig.« Iwan Iwanowitsch wurde sehr traurig. Es ist sehr möglich, daß sich die beiden Ehrenmänner schon am nächsten Tage wieder versöhnt hätten, wenn nicht ein ganz besonderes Ereignis im Hause Iwan Nikiforowitschs jede Hoffnung auf eine Einigung vernichtet und Öl in die schon verglimmende Flamme der Feindschaft gegossen hätte.

Am Abend dieses Tages kam Agafja Fedossejewna zu Iwan Nikiforowitsch. Agafja Fedossejewna war weder verwandt noch verschwägert mit Iwan Nikiforowitsch, sie war nicht einmal
seine Gevatterin. Eigentlich hatte sie also gar keinen Grund, ihn zu besuchen, und er war auch
nicht sonderlich erfreut über ihre Anwesenheit: aber nichtsdestoweniger kam sie öfters zu ihm
und blieb mitunter einige Wochen und noch länger bei ihm. Dann nahm sie die Schlüssel und
die ganze Wirtschaft unter ihre Obhut. Das war nun Iwan Nikiforowitsch sehr unangenehm,
aber zum allgemeinen Erstaunen gehorchte er ihr wie ein Kind, und so oft er mit ihr in Streit
geriet, zog er immer den kürzeren.

Ich muß gestehen, ich begreife es nicht, warum es in der Welt so eingerichtet ist, daß uns die
Frauen so geschickt an der Nase zu packen wissen wie eine Teekanne am Henkel. Sind vielleicht
ihre Hände besonders dazu geeignet, oder taugen unsere Nasen zu nichts anderem? Obschon
Iwan Nikiforowitschs Nase eine große Ähnlichkeit mit einer Pflaume hatte, packte sie ihn doch
an dieser Nase und zog ihn wie ein Hündchen hinter sich her. Während ihrer Anwesenheit veränderte er sogar unwillkürlich seine gewohnte Lebensweise: er lag nicht soviel in der Sonne,
und wenn er es tat, nicht mehr nackt, sondern mit Hemd und Hosen bekleidet da, obwohl
Agafja Fedossejewna gar keinen Wert darauf legte; sie liebte es, keine Umstände zu machen,
und als Iwan Nikiforowitsch einmal das Fieber bekam, rieb sie ihn eigenhändig vom Kopf bis
zu den Füßen mit Terpentin und Essig ein. Agafja trug eine Haube auf dem Kopfe, hatte drei
Warzen auf der Nase, und ging in einem kaffeebraunen Morgenkleid mit gelben Blumen einher.
Ihre Figur ähnelte einem Faß, und darum war es ebenso schwer, ihre Taille zu entdecken, wie
ohne Spiegel seine eigene Nase zu sehen. Ihre Beinchen waren kurz und hatten die Form zweier
Kissen. Des Morgens aß sie gesottene Rüben, sie verstand es, zu klatschen und meisterlich zu
schimpfen, aber während all dieser mannigfaltigen Betätigungsweisen veränderte sich ihr Gesichtsausdruck nicht einen Augenblick – eine Erscheinung, die nur bei Frauen zu beobachten ist.

Seit sie angekommen war, ging alles drunter und drüber. »Iwan Nikiforowitsch, versöhne
dich nicht mit ihm, bitte ihn nicht um Verzeihung, er will dich ins Unglück stürzen, das ist
so ein Mensch! Du kennst ihn noch nicht!« Und das verdammte Weib schwatzte und lag ihm
fortwährend in den Ohren, und die Folge war, daß Iwan Nikiforowitsch nichts mehr von Iwan
Iwanowitsch wissen wollte.

Alles nahm jetzt ein anderes Aussehen an; wenn der Hund des Nachbarn auf den Hof kam,
griff man zum ersten besten Gegenstand, den man in die Hand bekam, und verabfolgte ihm eine
Tracht Prügel; wenn einmal ein Kind über den Zaun kletterte, kam es heulend zurück, hob das
Hemdchen in die Höhe und zeigte die Striemen auf seinem Rücken; selbst die Alte betrug sich
so unanständig, daß Iwan Iwanowitsch, dieser delikate Mensch, als er eines Tages eine Frage an
sie richtete, nur auszuspucken vermochte, und vor sich hinmurmelte: »Ein widerliches Weib –
die ist noch schlimmer als ihr Herr.«

Und endlich, um das Maß der Kränkungen vollzumachen, baute der verhaßte Nachbar, gegenüber Iwan Iwanowitschs Haus, gerade an der Stelle, wo man so bequem hinübersteigen
konnte, einen Gänsestall, nur, um seine Beleidigung noch besonders zu verschärfen. Dieser für
Iwan Iwanowitsch so peinliche Bau wurde mit geradezu diabolischer Schnelligkeit, im Laufe
eines Tages, hergestellt.

Iwan Iwanowitschs Mut war grenzenlos, er sehnte sich nach Rache. Übrigens ließ er sich
seinen Ärger nicht merken, obgleich der Stall sogar einen Teil seines Terrains einnahm. Aber
sein Herz pochte so heftig, daß es ihm ungemein schwer fiel, die äußere Ruhe zu bewahren.

So verbrachte er den Tag, und die Nacht kam heran... Oh, wenn ich ein Maler wäre, – wie
wollte ich die Herrlichkeit der Nacht auf die Leinwand bannen. Ich würde darstellen, wie ganz
Mirgorod schläft, wie zahllose Sterne unbewegt herniederblicken, wie nahes und entfernteres
Hundegebell die tiefe Stille durchbricht, wie der verliebte Küster heibeigelaufen kommt und mit
ritterlicher Furchtlosigkeit über den Zaun klettert, wie die weißen Häuser im Mondschein noch
viel weißer und die sie beschattenden Bäume noch viel dunkler erscheinen; schwärzer als sonst
ruht der Schatten der Bäume auf der Erde, Blumen und Gräser beginnen stärker zu duften, und

die Heimchen, diese unermüdlichen Ritter der Nacht, lassen von allen Seiten ihre schrillen Lieder erklingen. Ich würde darstellen, wie in einer der niedrigen Lehmhütten die schwarzgelockte Bewohnerin auf einsamem Lager hingestreckt, mit wogendem Busen von einem Husaren mit Sporen und Schnurrbart träumt, während die Strahlen des Mondes auf ihren Wangen spielen. Ich würde malen, wie der dunkle Schatten einer Fledermaus über den weißen Weg huscht und sich auf den weißen Schornsteinen der Stadt niederläßt. Allein Iwan Iwanowitsch zu malen, der in dieser Nacht mit der Säge in der Hand aus seinem Hause trat, das würde mir kaum gelingen. Zu zahlreich waren die Gefühle, die sich in seinem Antlitz spiegelten! Leise, ganz leise schlich er zum Gänsestall. Iwan Nikiforowitschs Hunde wußten noch nichts von dem Streit ihrer Herren und erlaubten ihm daher als einem alten Freunde, dicht an den Stall heranzuschleichen, der auf vier Eichenpfählen stand. Als er sich an den einen Pfosten herangedrängt hatte, legte er die Säge an und begann zu sägen. Der Lärm, den die Säge verursachte, zwang ihn, sich in einem fort umzusehen, aber der Gedanke an die erlittene Schmach gab ihm immer wieder neuen Mut. Der erste Pfahl war durchgesägt, und Iwan Iwanowitsch machte sich an den zweiten. Seine Augen brannten, und vor Angst vermochte er nichts zu sehen. Plötzlich schrie Iwan Iwanowitsch auf, er erstarrte und glaubte einen Leichnam vor sich zu sehen, aber er ermannte sich bald wieder, als er sah, daß es nur eine Gans war, die den Hals nach ihm ausstreckte. Ärgerlich spuckte Iwan Iwanowitsch aus und setzte seine Arbeit fort. Der zweite Pfahl war durchgesägt, – der Bau erzitterte. Als Iwan Iwanowitsch den dritten Pfosten in Angriff nahm, schlug sein Herz so heftig, daß er seine Arbeit einige Male unterbrechen mußte. Schon war mehr als die Hälfte des Pfahles durchgesägt, als plötzlich das ganze schwankende Gebäude zu erzittern begann – Iwan Iwanowitsch hatte kaum Zeit, beiseite zu springen, – da stürzte es auch schon krachend zusammen. Die Säge krampfhaft in der Hand haltend, lief er tödlich erschreckt in sein Haus und warf sich auf sein Bett; er hatte nicht den Mut, vom Fenster aus die Folgen seiner furchtbaren Tat zu beobachten. Ihm schien, als ob alle Knechte und Mägde Iwan Nikiforowitschs sich versammelt hätten – das alte Weib, Iwan Nikiforowitsch, der Junge in dem unendlichen Rock, sie alle kamen mit Keulen bewaffnet und von Agafja Fedossejewna geführt, heran, um sein Haus zu zertrümmern.

Den ganzen folgenden Tag brachte Iwan Iwanowitsch wie im Fieber zu. Er glaubte, daß seine verhaßten Gegner ihm aus Rache mindestens das Haus anzünden würden, und daher befahl er Gapka in einemfort, überall nachzusehen, ob nicht irgendwo trockenes Stroh herumliege. Um jeder Gefahr vorzubeugen, beschloß er endlich, Iwan Nikiforowitsch zuvorzukommen und beim Mirgoroder Kreisgericht eine Klage gegen ihn einzureichen. Worin diese Klage bestand, – das kann der Leser aus dem nächsten Kapitel erfahren.

IV. Was sich vor dem Mirgoroder Kreisgericht für eine Szene abspielte

Welch eine herrliche Stadt ist doch Mirgorod! Was gibt es da nicht für Gebäude, mit Stroh-, Schilf-und sogar Holzdächern! Rechts eine Straße, links eine Straße, überall wundervolle, von Hopfen umschlungene Zäune, auf denen hier und da Töpfe hängen; Sonnenblumen strecken ihre sonnenähnlichen Köpfe über sie hinweg, roter Mohn und schwellende Kürbisse...eine wahre Pracht. Die Zäune sind stets mit allerhand Gegenständen geschmückt – einem ausgespannten Unterrock, einem Hemd oder einem Paar Hosen – die sie noch malerischer erscheinen lassen. In Mirgorod gibt es weder Diebe noch Gauner, und daher hängt dort jeder hin, was ihm einfällt. Wenn Sie einmal den Marktplatz besuchen, so werden Sie sicher einen Augenblick stehenbleiben, um sich an dem Bild zu erfreuen; Sie bemerken da eine Pfütze – eine ganz wunderbare Pfütze. Eine Pfütze, wie Sie sie vorher noch nie gesehen haben! Sie erstreckt sich fast über den ganzen Platz. Eine herrliche Pfütze! Die Häuser und Häuserchen, die um sie herumstehen, und die man von fern für Heuschober halten könnte, sind ganz in Bewunderung der Schönheit dieses Gewässers versunken. Das schönste Haus in der Stadt ist aber nach meiner Ansicht das Kreisgericht. Es kümmert mich nicht im mindesten, ob es aus Eichen-oder Birkenholz erbaut ist, aber – meine Herrschaften – es hat acht Fenster! Acht Fenster Front auf den Platz und auf die Wasserfläche hinaus, die ich eben erwähnte, und die der Polizeimeister einen See nennt. Es ist das einzige Haus, das mit brauner Granitfarbe angestrichen ist; alle andern Häuser in Mirgorod sind ganz einfach geweißt. Das Dach ist aus Holz und wäre sogar auch rot angestrichen worden, wenn die Kanzleidiener nicht das dazu bestimmtes mit Zwiebeln angerichtet und aufgegessen hätten, weil es gerade Fastenzeit war. Und so blieb das Dach ungestrichen. Das Haus hat eine Veranda, die auf den Platz hinausführt; auf dieser sieht man oft Hühner herumspazieren, denn meist ist Grütze oder sonst etwas Eßbares auf dem Boden verstreut, was übrigens nicht mit Absicht geschieht, sondern eher eine Folge der Unvorsichtigkeit der Klienten ist. Das Haus ist in zwei Teile geteilt: in der einen Hälfte befindet sich die Kanzlei und in der andern das Arrestlokal. In der Hälfte, wo die Kanzlei liegt, gibt es zwei reine, schön getünchte Zimmer: das eine ist leer und dient als Vorraum für die Klienten, das andere enthält einen mit Tintenklecksen verzierten Tisch, auf dem sich ein Spiegel befindet; außerdem stehen noch vier Eichenstühle mit hohen Lehnen darin, und an den Wänden ein paar eisenbeschlagene Kisten, in denen Stöße von Protokollen aufbewahrt werden. Damals stand gerade auf einer dieser Kisten ein frisch gewichster Stiefel.

Die Sitzung hatte schon frühmorgens begonnen. Der Richter, ein wohlbeleibter Herr, der freilich nicht ganz so dick war wie Iwan Nikiforowitsch, hatte ein gutmütiges Gesicht und trug einen schmierigen Schlafrock. Er rauchte aus seinem Pfeifchen, trank Tee und unterhielt sich mit dem Gerichtsschreiber. Sein Mund befand sich dicht unter seiner Nase, und daher konnte er die Oberlippe nach Herzenslust beschnüffeln. Diese Oberlippe diente ihm als Tabaksdose, da der Tabak, obgleich für die Nase bestimmt, gewöhnlich auf die Lippe herunterfiel und da liegen blieb. – Wie gesagt, der Richter unterhielt sich mit dem Gerichtsschreiber. Etwas seitwärts stand ein barfüßiges Mädchen, das ein Tablett mit Tassen in der Hand hielt. Am Ende des Tisches las der Sekretär einen Gerichtsbeschluß vor, aber mit so monotoner, trübseliger Stimme, daß sogar der Angeklagte eingeschlafen wäre, wenn er ihm zugehört Hütte. Dem Richter wäre es zweifellos schon eher passiert, wenn er nicht gerade in ein interessantes Gespräch vertieft gewesen wäre.

»Ich habe mich absichtlich bemüht, herauszubekommen,« sagte der Richter, indem er seinen schon ein wenig abgekühlten Tee schlürfte, »wie man das macht, daß sie so hübsch singen. Ich hatte vor zwei Jahren eine prachtvolle Drossel. Und was denken Sie wohl, plötzlich war sie ganz verdorben, und begann, weiß Gott wie, zu singen, immer schlechter, schlechter und schlechter...Sie fing an, zu schnarren und zu krächzen – rein, um sie fortzuwerfen. Dabei hing die ganze Geschichte mit einer Kleinigkeit zusammen. Wissen Sie, woher das kommt? An der Kehle bildet sich ein Bläschen, nicht größer als eine kleine Erbse. Dieses Bläschen muß man bloß mit einer Nadel aufstechen. Sachar Prokofjewitsch hat es mich gelehrt, nämlich...wenn Sie wollen, erzähle ich Ihnen, wie das war. Ich komme also zu ihm...«

»Demjan Demjanowitsch, soll ich jetzt die andere Sache vorlesen?« unterbrach hier der Sekretär, der schon seit einigen Minuten mit seiner Vorlesung zu Ende war, die Unterhaltung.

»Sind Sie schon fertig? Denken Sie bloß! Wie schnell das geht! Ich habe kein Wort gehört. Ja, wo ist sie denn? Geben Sie her, ich will gleich unterschreiben. Haben Sie noch was?«

»Die Sache des Kosaken Bolitjka wegen der gestohlenen Kuh.«

»Gut, lesen Sie! – Also ich komme zu ihm...Ich kann Ihnen sogar ganz ausführlich erzählen, was er mir alles vorgesetzt hat. Zum Schnaps wurde ein großartiger Stör gereicht. Ja, das war nicht solch ein Stör (hier schnalzte der Richter mit der Zunge, schmunzelte, zog die Oberlippe in die Höhe und sog den Duft aus seiner immer bereitstehenden Tabaksdose ein), wie ihn unser Kolonialwarenladen hier liefert. Den Hering habe ich nicht gegessen – Sie wissen ja, er verursacht mir immer Sodbrennen, hier unterm Herzen; dafür halte ich mich schadlos am Kaviar; ein herrlicher Kaviar! Wirklich, das muß ich sagen: ein herrlicher Kaviar! Dann trank ich einen Pfirsichschnaps, der auf Tausendgüldenkraut abgesetzt war. Es war auch noch Safranschnaps da – aber Sie wissen ja, Safranschnaps mag ich nicht. Verstehen Sie mich auch richtig. Dieser Schnaps ist sehr gut zu Anfang, um den Appetit zu reizen, wie man zu sagen pflegt, und dann wieder als Abschluß...Ah! Aber was höre ich, was sehen meine Augen...«, schrie der Richter plötzlich auf, als er den eben eintretenden Iwan Iwanowitsch erblickte.

»Grüß Gott! Alles Gute über Sie«, sagte Iwan Iwanowitsch und grüßte mit der ihm eigenen Zuvorkommenheit nach allen Seiten. Mein Gott, wie wußte er alle durch seine Umgangsformen zu bezaubern! Eine solche Formsicherheit habe ich sonst bei niemand gefunden. Er war sich aber auch durchaus seiner Würde voll bewußt und nahm die allgemeine Hochachtung als etwas Selbstverständliches hin. Der Richter bot Iwan Iwanowitsch höchst eigenhändig seinen Stuhl an und sog dabei allen Tabak von der Oberlippe ein, was bei ihm stets ein Zeichen großer Zufriedenheit war.

»Was kann ich Ihnen anbieten, Iwan Iwanowitsch?« fragte er. »Wünschen Sie eine Tasse Tee?«

»Verbindlichen Dank, nein«, antwortete Iwan Iwanowitsch, machte eine Verbeugung und setzte sich.

»Aber, ich bitte Sie, ein Täßchen«, wiederholte der Richter.

»Nein, danke, danke bestens für Ihre Gastfreundlichkeit!« antwortete Iwan Iwanowitsch mit einer Verbeugung und setzte sich wieder.

»Eine einzige Tasse«, wiederholte der Richter.

»Nein, bitte, inkommodieren Sie sich nicht, Demjan Demjanowitsch!« Dabei verbeugte sich Iwan Iwanowitsch wieder und setzte sich.

»Ein Täßchen?«

»Nun, denn, meinetwegen, ein Täßchen«, sagte Iwan Iwanowitsch und streckte die Hand nach dem Teebrett aus.

Himmel! Welch eine Fülle von feinstem Takt besitzt doch mitunter ein Mensch! Es ist nicht zu sagen, welch angenehmen Eindruck solche Umgangsformen machen.

»Befehlen Sie noch ein Täßchen!«

»Herzlichen Dank«, erwiderte Iwan Iwanowitsch, indem er die umgestülpte Tasse auf das Teebrett zurücksetzte und sich verbeugte.

»Bitte, bedienen Sie sich doch, Iwan Iwanowitsch.«

»Ich kann nicht – verbindlichsten Dank.« Hierbei machte Iwan Iwanowitsch eine Verbeugung und setzte sich wieder.

»Iwan Iwanowitsch, tun Sie mir den Gefallen! Nur ein Täßchen!«

»Nein, haben Sie vielen Dank für Ihre Gastfreundlichkeit.« Hierbei erhob er sich, machte eine Verbeugung und setzte sich. »Nur ein Täßchen! Ein einziges Täßchen!«

Iwan Iwanowitsch streckte seine Hand nach dem Teebrett aus und nahm eine Tasse.

Weiß der Teufel, wie dieser Mann es verstand, seine Würde zu wahren!

»Demjan Demjanowitsch«, sagte Iwan Iwanowitsch, indem er den Rest aus seiner Tasse schlürfte. »Ich habe ein wichtiges Anliegen – ich will eine Klage einreichen.« Hierbei stellte Iwan Iwanowitsch die Tasse hin und zog einen vollbeschriebenen Stempelbogen aus der Tasche. »Eine Klage gegen meinen Feind, meinen Todfeind!«

»Gegen wen denn?«

»Gegen Iwan Nikiforowitsch Dowgotschchun.«

Bei diesen Worten fiel der Richter fast vom Stuhle. »Was sagen Sie?« rief er und schlug die Hände zusammen. »Iwan Iwanowitsch, was ist Ihnen? Sind Sie es, der das spricht?«

»Sie sehen doch selbst, daß ich es bin!«

»Gott und alle Heiligen schützen Sie! Wie? Sie! Iwan Iwanowitsch, ein Feind von Iwan Nikiforowitsch? So etwas kommt über Ihre Lippen? Wiederholen Sie das noch einmal! Hat sich vielleicht jemand hinter Ihren Rücken versteckt und spricht für Sie?«

»Was ist denn so Unwahrscheinliches daran? Ich kann ihn nicht mehr sehen. Er hat mich tödlich beleidigt! Er hat meine Ehre verletzt!«

»Heilige Dreieinigkeit! Wie soll ich das bloß meiner Mutter beibringen! Wenn ich mich mit meiner Schwester zanke, sagt die Alte täglich: Kinder, ihr lebt ja zusammen wie Hund und Katze, nehmt euch doch ein Beispiel an Iwan Iwanowitsch und Iwan Nikiforowitsch, das sind einmal Freunde; ja das sind echte, wahre Freunde und Ehrenmänner! Da haben wir es – schöne Freunde das! Aber erzählen Sie doch – was ist geschehen? Was ist los?«

»Das ist eine delikate Sache, Demjan Demjanowitsch; mit Worten kann man so etwas gar nicht wiedergeben, lassen Sie sich lieber meine Klage vorlesen. Bitte fassen Sie sie hier an – von dieser Seite: so ist es vornehmer.«

»Bitte lesen Sie vor, Taraß Tichonowitsch«, sagte der Richter und wandte sich an den Sekretär.

Taraß Tichonowitsch nahm die Eingabe in Empfang, schnaubte sich mit Hilfe zweier Finger die Nase (so machen es nämlich alle Sekretäre in den Kreisgerichten) und begann zu lesen:

»Der Edelmann und Gutsbesitzer des Mirgoroder Kreises, Iwan Iwanowitsch Pererepenko, erlaubt sich folgende Eingabe an das Gericht zu machen. Der Anlaß dazu ist in folgenden Punkten enthalten:

1. Der aller Welt durch seine gottlosen, jedermann zur Wut reizenden, alles Maß übersteigenden, gesetzwidrigen Handlungen bekannte Edelmann Iwan Nikiforowitsch Dowgotschchun hat mich am 7. Tage des Monats Juli 1810 tödlich beleidigt, indem er sowohl meine persönliche Ehre angegriffen, als auch die Würde meines Standes und meiner Familie herabzusetzen und zu demütigen getrachtet hat. Dabei hat genannter Edelmann selbst ein garstiges Äußeres, einen zänkischen Charakter und steckt voller Gotteslästerungen und persönlicher Schimpfworte.«

Hier hielt der Vorleser einen Moment inne, um sich wieder zu schneuzen, der Richter aber kreuzte voller Bewunderung die Arme und murmelte vor sich hin: »Was für eine gewandte Feder! Herrgott, wie der Mann schreibt!«

Iwan Iwanowitsch bat den Schreiber, weiter zu lesen, und Taraß Tichonowitsch fuhr fort: »Genannter Edelmann Iwan Nikiforowitsch Dowgotschchun gab mir öffentlich, als ich mit freundschaftlichen Vorschlägen zu ihm kam, einen beleidigenden und ehrenrührigen Namen, nämlich ›Gänserich‹ obgleich es dem Mirgoroder Kreis bekannt ist, daß ich mich nie nach diesem widerlichen Vogel genannt, und auch in Zukunft nicht die Absicht habe, mich nach ihm zu nennen. Der Beweis für meine adelige Herkunft ist schon damit geführt, daß der Tag meiner Geburt, wie die an mir vollzogene Taufe in dem Kirchenbuche, das sich in der Drei-Heiligen-Kirche befindet, eingetragen ist. Ein ›Gänserich‹ hingegen kann, wie jedermann, der nur im geringsten mit den Wissenschaften vertraut ist, nicht in einem Kirchenbuch eingetragen sein, da ein ›Gänserich‹ kein Mensch, sondern ein Vogel ist. Dieses weiß sogar ein jeder, der nicht einmal ein Seminar besucht hat. Aber trotzdem ihm alles so gut bekannt war, hat mich genannter bösartiger Edelmann mit diesem garstigen Worte beschimpft, nur um meiner Ehre, meinem Rang und Stand eine tödliche Beleidigung zuzufügen.

2. Derselbe unanständige und unerzogene Edelmann hat es auch auf mein, mir von meinem Vater, dem seligen Iwan und Sohn des Onissij Pererepenko, der dem geistlichen Stande

angehörte, vererbtes Stammeigentum abgesehen, indem er mir, allen Vorschriften entgegen, direkt vor meine Veranda einen Gänsestall hingebaut hat, allein in der Absicht, die mir angetane Beleidigung noch zu verschärfen; denn der genannte Stall stand bis dahin an einem vortrefflichen Platze und war noch in gutem Zustande. Aber die ekelhafte Absicht des obengenannten Edelmanns war einzig und allein die, mich zum Augenzeugen unanständiger Geschehnisse zu machen, da es doch aller Welt bekannt ist, daß kein Mensch zwecks anständiger Verrichtungen in einen Stall geht, besonders nicht in einen Gänsestall. Bei dieser gesetzwidrigen Handlung standen die beiden vorderen Pfosten noch dazu auf meinem Terrain, das ich noch zu Lebzeiten meines seligen Vaters Iwan, des Onissij Pererepenko Sohn, erhalten habe, und das beim Speicher beginnt und in gerader Linie bis zu der Stelle geht, wo die Weiber ihre Töpfe waschen.

3. Der oben geschilderte Edelmann, dessen Name und Familie schon allein Ekel erregen, trägt sich mit der nichtswürdigen Absicht, mir das Haus über dem Kopfe anzuzünden, was aus den unten angeführten Anzeichen deutlich hervorgeht: 1. Geht jener schlechte Edelmann in letzter Zeit viel aus seinem Hause heraus, was er früher aus Faulheit und infolge seiner nichtswürdigen körperlichen Fülle nicht zu tun pflegte; 2. brennt er in seiner Gesindestube, die dicht an dem Zaune liegt, der mein von meinem seligen Vater Iwan des Onissij Pererepenko Sohn geerbtes Eigentum umgibt, täglich und ungewöhnlich lange Licht. Das beweist deutlich seine verbrecherischen Pläne, da bis jetzt nicht nur das Talglicht, sondern auch die Tranlampe aus schmutzigem Geiz frühzeitig ausgelöscht wurde.

Und daher bitte ich den genannten Edelmann, Iwan, Nikifors Sohn, Dowgotschchun, der Brandstiftung, der Beleidigung meines Ranges, Namens und Geschlechts, der räuberischen Aneignung fremden Eigentums und hauptsächlich der niederträchtigen und anstößigen Hinzufügung des Wortes ›Gänserich‹ zu meinem Familiennamen schuldig zu sprechen, ihm eine Strafe aufzuerlegen, ihm zur Zahlung der Unkosten, zum Schadenersatz zu verurteilen, ihn des ferneren wegen dieser Verbrechen ins Stadtgefängnis zu werfen und das Urteil gemäß meiner Eingabe sofort und widerspruchslos zu vollstrecken.

Geschrieben und aufgesetzt vom Edelmann und Mirgoroder Gutsbesitzer Iwan, Iwans Sohn, Pererepenko.«

Nach Beendigung der Vorlesung näherte sich der Richter Iwan Iwanowitsch, faßte ihn bei einem seiner Knöpfe und begann ungefähr folgendermaßen auf ihn einzureden: »Was machen Sie da, Iwan Iwanowitsch? Fürchten Sie denn Gott gar nicht? Vernichten Sie diese Klage, möge sie verschwinden (mag ihr der Satan im Traum erscheinen)! Nehmen Sie lieber Iwan Nikiforowitsch bei den Händen und küssen sie sich; kaufen Sie sich Santuriner oder Nikopolsker Wein, oder machen Sie einfach einen kleinen Punsch zurecht und laden Sie mich dazu ein! Wir trinken ihn zusammen, und alles ist vergessen.«

»Nein, Demjan Demjanowitsch, das ist keine so einfache Sache,« sagte Iwan Iwanowitsch mit der Würde, die ihm so wohl anstand, »das ist keine Angelegenheit, die man durch einen freundschaftlichen Vergleich erledigen könnte. Leben Sie wohl! Leben Sie wohl, meine Herren,« fuhr er mit der gleichen Würde fort, indem er sich an alle Anwesenden wandte. »Ich hoffe, daß meine Eingabe die ihr gebührende Berücksichtigung finden wird.« Mit diesen Worten ging er und ließ die Kanzlei in der größten Bestürzung zurück. Der Richter saß sprachlos da; der Sekretär nahm eine Prise, die Schreiber warfen die zerbrochene Flasche um, die als Tintenfaß diente, und der Richter fuhr in seiner Zerstreutheit mit dem Finger durch die Tintenlache, die sich auf dem Tisch gebildet hatte.

»Was sagen Sie dazu, Dorofej Trofimowitsch«, sagte der Richter, indem er sich nach einer Pause an den Gerichtsschreiber wandte.

»Ich sage gar nichts«, antwortete der Gerichtsschreiber.

»Was nicht alles auf der Welt passiert«, fuhr der Richter fort. Kaum hatte er dies gesagt, als die Tür knarrte und die vordere Hälfte von Iwan Nikiforowitsch in der Kanzlei erschien, – die andere befand sich noch im Vorraum. Iwan Nikiforowitschs Erscheinen, zumal vor Gericht, war etwas so Außergewöhnliches, daß der Richter laut aufschrie, der Sekretär seine Lektüre unterbrach, der eine Kanzleibeamte, der einen kurzen Frack aus Frieswolle trug, die Feder in den Mund steckte, und ein anderer eine Fliege verschluckte; sogar der Invalide, der den Dienst eines Feldjägers und Wächters versah und bisher in der Tür gestanden hatte und sich unter seinem schmutzigen, an der Schulter mit Stickereien geschmückten Hemde kratzte, selbst dieser Invalide riß das Maul auf und trat irgend jemand auf den Fuß.

»Was verschafft uns die Ehre? Was gibt's? Wie ist Ihr wertes Befinden, Iwan Nikiforowitsch?«

Aber Iwan Nikiforowitsch war halbtot vor Schrecken, denn er war zwischen der Türe eingekeilt und konnte keinen Schritt vorwärts noch rückwärts machen. Vergebens schrie der Richter in das Vorzimmer hinaus, jemand solle Iwan Nikiforowitsch von hinten in den Gerichtssaal schieben, aber im Vorraum befand sich nur eine alte Bittstellerin, die mit ihren knöchernen Händen trotz der größten Anstrengung nichts ausrichten konnte. Da trat ein Kanzleibeamter mit wulstigen Lippen, breiten Schultern, dicker Nase, schielenden, weinseligen Äuglein und zerfetzten Ärmeln vor, schritt auf Iwan Nikiforowitschs vordere Hälfte zu, legte ihm die Hände wie einem kleinen Kinde auf der Brust zusammen und winkte dem Invaliden. Dieser stemmte sich mit den Knien gegen Iwan Nikiforowitschs Bauch und preßte ihn trotz seines kläglichen Stöhnens wieder in den Vorraum. Darauf schob man die Riegel zurück und öffnete die zweite Hälfte der Flügeltür. Der Kanzleibeamte und der Invalide hatten bei ihrer gemeinschaftlichen Anstrengung einen so starken Duft ausgeströmt, daß die ganze Kanzlei für einige Zeit gleichsam in einen Schnapsausschank verwandelt schien.

»Sie haben sich doch hoffentlich nicht weh getan, Iwan Nikiforowitsch? Ich werde es meiner Mutter sagen, die wird Ihnen ein Elixier zuschicken; wenn Sie sich Rücken und Kreuz damit einreiben, wird alles wieder vergehen!«

Iwan Nikiforowitsch sank auf einen Stuhl; er stieß immer wieder verzweifelte Seufzer aus; sonst war nichts aus ihm herauszubringen. Endlich sprach er mit einer vor Ermattung kaum hörbaren Stimme: »Ist's gefällig?« Dann zog er seine Tabaksdose aus der Tasche und sagte: »Bitte, bedienen Sie sich!«

»Ich freue mich sehr, Sie hier zu sehen,« sagte der Richter, »aber ich kann mir nicht vorstellen, was Sie bewogen hat, diese Mühe auf sich zu nehmen und uns mit einer so angenehmen Überraschung zu erfreuen.«

»Mit einer Bitte…«, das war alles, was Iwan Nikiforowitsch zu sagen vermochte.

»Mit einer Bitte? Mit was für einer Bitte?«

»Mit einer Klage… (hier ging ihm der Atem aus, und es entstand eine neue Pause), oh… mit einer Klage gegen diesen Räuber… gegen Iwan Iwanowitsch Pererepenko!«

»Mein Gott, Sie auch! Zwei solche seltene Freunde! Eine Klage gegen einen so tugendhaften Menschen!«

»Er ist der Teufel in eigener Person!« stieß Iwan Nikiforowitsch hervor.

Der Richter schlug ein Kreuz.

»Bitte, nehmen Sie die Eingabe und lesen Sie!«

»Da ist nichts zu machen, Taraß Tichonowitsch, lesen Sie«, sagte der Richter, indem er sich verdrießlich an den Sekretär wandte: dabei beschnüffelte seine Nase die Oberlippe, was sie sonst nur in den Augenblicken zu tun pflegte, wenn ihm etwas besonders Angenehmes passierte. Diese Eigenmächtigkeit seiner Nase verursachte dem Richter noch mehr Verdruß, und um ihre Frechheit zu bestrafen, nahm er sein Taschentuch heraus und wischte sich allen Tabak von der Oberlippe.

Der Sekretär nahm wie gewöhnlich einen Anlauf, was er vor der Lektüre eines Schriftstückes stets zu tun pflegte, – natürlich abermals ohne Hilfe eines Taschentuchs, und begann mit monotoner Stimme folgendermaßen:

»Der Edelmann des Mirgoroder Kreises, Iwan, Nikifors Sohn, Dowgutschchun, wendet sich mit einem Gesuch an das Kreisgericht von Mirgorod. Der Inhalt dieses Gesuches ist in folgenden Punkten dargelegt:

1. Iwan, Iwans Sohn, Pererepenko, der sich selbst einen Edelmann nennt, fügt mir in seiner haßerfüllten Bosheit und deutlichen Mißgunst allerlei Heimtücke, Verluste und andere teuflische und schreckenerregende Schädigungen zu. Gestern um Mitternacht hat er sich wie ein

Räuber mit Beilen, Sägen, Stemmeisen und anderen Schlosserwerkzeugen in meinen Hof geschlichen und daselbst meinen eigenen, dort befindlichen Stall eigenhändig in schamloser Weise zerstört, obgleich ich ihm meinerseits gar keine Veranlassung zu einer so gesetzwidrigen und räuberischen Handlung gegeben habe.

2. Derselbe Edelmann Pererepenko trachtet mir sogar nach dem Leben; diesen Plan hat er schon bis zum 7. dieses Monats im geheimen geschmiedet, hierauf aber besuchte er mich, fing in freundschaftlich-listiger Weise an, mir eine Flinte, die sich im Zimmer befand, abzuschmeicheln, und bot mir mit dem ihm eigenen Geiz allerlei unbrauchbare Gegenstände: unter anderem ein braunes Schwein und zwei Maß Hafer zum Ersatz dafür an. Da ich aber sofort seine verbrecherische Absicht durchschaute, versuchte ich ihn auf alle mögliche Weise davon abzubringen, aber der obengenannte Halunke und Lump, Iwan, Iwans Sohn, Pererepenko, beschimpfte mich in gemeiner bäurischer Weise und verfolgt mich seit jener Zeit mit unversöhnlichem Haß. Dabei ist der oben des öfteren genannte rasende Edelmann und Räuber Iwan Iwanowitsch Pererepenko außerdem von sehr schimpflicher Herkunft. Seine Schwester war eine weltbekannte Herumtreiberin und zog mit dem Jägerregiment, das vor fünf Jahren in Mirgorod lag, davon, ihren Mann aber hat sie in die Liste der Bauern eintragen lassen. Und ebenso waren sein Vater und seine Mutter sehr verbrecherische Leute und beide unglaubliche Säufer. Der obenerwähnte Edelmann und Räuber Pererepenko hat jedoch durch seine viehische und abscheuerregende Handlungsweise seine Verwandten noch übertroffen und vollbringt unter dem Schein der Gottesfürchtigkeit die allerschlimmsten Anstoß erregenden Dinge. Er hält die Fasten nicht ein, denn am Vorabend des heiligen Philippustages kaufte sich dieser Gottlose zum Beispiel einen Hammel, befahl seiner Konkubine Gapka, das Tier am nächsten Tage zu schlachten, und redete sich nachher damit heraus, daß er den Talg für Licht und Lampe benötigt habe.

Daher ersuche ich darum, den genannten Edelmann als Räuber, Gotteslästerer und Halunken, der schon mehrfach des Raubes und Diebstahls überführt worden ist, in Ketten zu legen, in den Turm zu sperren, oder ins Staatsgefängnis überzuführen, und dort nach Lage der Dinge seines Ranges und Eigentums zu entäußern, tüchtig mit Ruten auszupeitschen, oder nötigenfalls zur Zwangsarbeit nach Sibirien zu verschicken, ihn zur Zahlung der Unkosten und zu Schadenersatz zu verurteilen und das Urteil laut diesem meinem Gesuche zu vollstrecken.

Diese Eingabe hat Iwan, Nikifors Sohn, Dowgotschchun, Edelmann des Mirgoroder Kreises, eigenhändig unterschrieben.«

Kaum hatte der Sekretär die Eingabe verlesen, als Iwan Nikiforowitsch schon nach seiner Mütze griff, sich verbeugte und anscheinend wieder gehen wollte.

»Wo wollen Sie hin, Iwan Nikiforowitsch?« rief ihm der Richter nach, »bleiben Sie doch noch einen Augenblick sitzen. Trinken Sie doch erst eine Tasse Tee. Oryschko, was stehst du da, dummes Mädel, und liebäugelst mit den Schreibern? Lauf schnell und bring’ Tee.«

Aber Iwan Nikiforowitsch war voller Angst, weil er sich so weit vom Hause entfernt hatte, und da er sich der gefährlichen Quarantäne beim Eintritt erinnerte, schon zur Tür hinausgeschlüpft und sagte nur: »Bitte machen Sie keine Umstände, ich werde mit Vergnügen...« Nach diesen Worten schloß er die Tür hinter sich und ließ den ganzen Gerichtshof in höchstem Staunen und größter Bestürzung zurück.

Es war nichts zu machen. Beide Eingaben wurden angenommen, und die Sache wäre sicherlich sehr interessant geworden, wenn nicht ein unvorhergesehener Umstand ihr noch eine weit größere Bedeutung verliehen hätte. Als der Richter die Amtsstube in Begleitung des Gerichtsschreibers und des Sekretärs verlassen, und die Schreiber die verschiedenen Gegenstände, die die Klienten mitgebracht hatten, als da sind: Hühner, Eier, Brote, Pasteten, Torten und allerlei Plunder in einen Sack stopfen wollten, kam ein braunes Schwein in das Zimmer gelaufen und packte zur großen Überraschung aller Anwesenden – nicht etwa eine Pastete oder eine Brotrinde, sondern Iwan Nikiforowitschs Eingabe, die so nah am Tischrande lag, daß ein paar Seiten hinüberhingen. Sobald das Schwein die Eingabe ergriffen hatte, lief es schnell davon, so daß niemand von den Kanzleibeamten es einholen konnte, trotz aller Lineale und Tintenfässer, die sie ihm nachschleuderten.

Dieses außerordentliche Ereignis verursachte einen fürchterlichen Wirrwarr, da noch keine Kopie von der Eingabe angefertigt worden war. Der Richter, oder vielmehr der Gerichtsschreiber und der Sekretär berieten sich lange über diesen unerhörten Vorgang; endlich wurde beschlossen, daß man einen Bericht aufsetzen und den Polizeimeister davon benachrichtigen müsse, da die Untersuchung dieser Angelegenheit in das Ressort der städtischen Polizei gehöre. Noch am selben Tage wurde ihm ein Bericht zugesandt, der die Nummer 389 trug, und hierauf folgte eine sehr interessante Auseinandersetzung, über die der Leser im folgenden Kapitel Näheres erfahren kann.

V. In dem von der Beratung zweier hochgeachteter Persönlichkeiten aus Mirgorod berichtet wird

Kaum hatte Iwan Iwanowitsch seine häuslichen Angelegenheiten geordnet und war wie gewöhnlich unter das Schutzdach getreten, um sich ein wenig auszuruhen, als er zu seinem unbeschreiblichen Erstaunen an der Pforte etwas Rötliches schimmern sah. Das war der rote Aufschlag an der Uniform des Polizeimeisters. Dieser Aufschlag hatte ebenso wie der Kragen einen gewissen gleichmäßigen Glanz und war im Begriff, sich an den Rändern in ein Stück Lackleder zu verwandeln. Iwan Iwanowitsch dachte sich: »Hm! Gar nicht übel, daß Peter Fjodorowitsch kommt, um die Sache zu besprechen.« Als er aber sah, wie schnell der Polizeimeister daherkam und mit den Armen schlenkerte, was gewöhnlich nur in Ausnahmefällen geschah, war er sehr verwundert. Der Amtsrock des Polizeimeisters hatte nur acht Knöpfe, der neunte war ihm vor zwei Jahren während der Einweihung der neuen Kirche abgesprungen, und die Polizisten hatten ihn bis jetzt nicht finden können, obgleich sie der Polizeimeister bei dem täglichen Rapport immer wieder fragte: »Hat der Knopf sich gefunden?« Diese acht Knöpfe waren bei ihm so angeordnet, wie die alten Weiber ihre Bohnen zu pflanzen pflegen: einer rechts, der andere links. Das linke Bein war ihm bei der letzten Kampagne angeschossen worden, daher hinkte er und warf es so stark zur Seite, daß die Arbeit des rechten Beines dadurch fast völlig in Frage gestellt wurde. Je schneller der Polizeimeister mit seinem Beinwerk manövrierte, um so langsamer kam er von der Stelle, und daher hatte Iwan Iwanowitsch Zeit, sich in allerlei Vermutungen zu ergehen: warum der Polizeimeister zum Beispiel mit seinem Arm herumschlenkerte usw. Iwan Iwanowitsch beschäftigte sich um so mehr mit dieser Frage, als er sah, daß der Polizeimeister sich einen neuen Degen umgeschnallt hatte, die Angelegenheit also unzweifelhaft von großer Wichtigkeit sein mußte.

»Peter Fjodorowitsch, ich habe die Ehre«, rief Iwan Iwanowitsch, der, wie erwähnt, sehr neugierig war und seine Ungeduld nicht länger zügeln konnte, als er bemerkte, daß der Polizeimeister die Veranda im Sturme nahm, obschon er noch immer zu Boden blickte und mit seinem Gehwerk in Konflikt geriet, weil er die Stufe auf keine Weise mit einem Satz erreichen konnte.

»Ich wünsche meinem liebenswürdigen Freund und Gönner Iwan Iwanowitsch einen schönen guten Tag«, antwortete der Polizeimeister.

»Bitte, nehmen Sie doch Platz. Ich sehe, Sie sind ermüdet. Ihr verwundetes Bein erschwert Ihnen das Gehen…«

»Mein Bein«, schrie der Polizeimeister und maß Iwan Iwanowitsch mit einem jener Blicke, wie ihn ein Riese auf einen Zwerg, oder ein gelehrter Pedant auf einen Tanzlehrer wirft. Hierbei streckte er das Bein aus und stampfte damit auf den Boden; aber dieser Wagemut kam ihm teuer zu stehen. Sein ganzer Körper fing an zu wanken, und er schlug mit der Nase auf das Geländer; der weise Hüter der Ordnung tat jedoch, als sei nichts geschehen, richtete sich sofort wieder auf und griff in die Tasche, als suche er seine Tabaksdose. – »Ich will Ihnen nur sagen, verehrtester Freund und Gönner, Iwan Iwanowitsch, daß ich in meinem Leben noch ganz andere Märsche gemacht habe. Scherz beiseite, wahrhaftig, was habe ich nicht schon für Märsche gemacht! Zum Beispiel während der Kampagne von 1807…Ich will Ihnen erzählen, wie ich einmal zu einer niedlichen Deutschen über den Zaun geklettert bin…« Bei diesen Worten zwinkerte der Polizeimeister mit dem einen Auge, und ein teuflisches, spitzbübisches Grinsen glitt über sein Gesicht.

»Wo sind Sie denn heute schon überall gewesen?« fragte Iwan Iwanowitsch, indem er den Polizeimeister unterbrach, denn er wollte das Gespräch möglichst schnell auf den Anlaß zu seinem Besuch lenken. Er hätte sehr gern ohne Umschweife gefragt, was der Polizeimeister ihm mitzuteilen habe, aber seine feine Lebensart führte ihm die ganze Unhöflichkeit dieser Frage vors Gemüt, und Iwan Iwanowitsch mußte sich beherrschen und ruhig die Lösung abwarten, wenngleich sein ungeduldiges Herz heftig pochte.

»Wenn Sie gestatten, will ich Ihnen erzählen; wo ich überall war«, antwortete der Polizeimeister. »Vor allem kann ich Ihnen melden, daß heute ein herrliches Wetter ist.«

Bei diesen Worten traf Iwan Iwanowitsch fast der Schlag.

»Gestatten Sie,« fuhr der Polizeimeister fort, »ich komme heute in einer sehr wichtigen Angelegenheit zu Ihnen.« Hier nahm der Polizeimeister den gleichen bekümmerten Gesichtsausdruck, die gleiche Miene und die gleiche Haltung an wie vorhin, als er die Balkonstufe zu stürmen versuchte. Iwan Iwanowitsch erholte sich ein wenig, obgleich er wie im Fieber zitterte, und stellte scheinbar unbefangen nach seiner Art die Frage: »Was für eine wichtige Angelegenheit ist denn das... ist sie wirklich so wichtig?«

»Hören Sie... vor allem erlaube ich mir, Ihnen, verehrter Freund und Gönner, Iwan Iwanowitsch, zu bemerken, daß Sie... d. h. ich meinerseits, verstehen Sie wohl, ich habe nichts... aber der Standpunkt der Regierung erheischt es... Sie haben die Polizeiverordnung verletzt.«

»Was sagen Sie, Peter Fjodorowitsch? Ich verstehe kein Wort.«

»Ich bitte Sie, Iwan Iwanowitsch, wie können Sie denn das nicht verstehen! Ihr eigenes Tier hat ein sehr wichtiges amtliches Schriftstück gestohlen, und Sie wollen noch behaupten, Sie verstünden kein Wort?«

»Was für ein Tier?«

»Mit Erlaubnis zu sagen: Ihr eigenes braunes Schwein.«

»Ja, bin ich denn schuld daran? Warum lassen die Gerichtsdiener die Tür offen?«

»Aber Iwan Iwanowitsch, es ist doch Ihr eigenes Tier! Also sind Sie doch verantwortlich!«

»Ich bin Ihnen sehr verbunden, daß Sie mich mit einem Schwein identifizieren.«

»Bitte, das habe ich durchaus nicht gesagt, Iwan Iwanowitsch. Bei Gott, das habe ich nicht gesagt. Bitte urteilen Sie selbst nach Ihrem eigenen Gewissen. Es ist Ihnen zweifellos bekannt, daß es nach den amtlichen Vorschriften unreinen Tieren verboten ist, in der Stadt und vor allem in den wichtigsten Verkehrsstraßen zu promenieren. Sie müssen doch selbst zugeben, daß so etwas streng verboten ist.«

»Herrgott, was Sie zusammenreden! Eine große Sache, wenn ein Schwein einmal auf die Straße läuft!«

»Gestatten Sie mir, Ihnen zu bemerken, Iwan Iwanowitsch, gestatten Sie... gestatten Sie, – das ist eben ganz unmöglich! Was ist da zu machen? Die Obrigkeit will es so – und wir müssen gehorchen. Ich widerspreche nicht, es kommt vor, daß Hühner und Gänse in den Straßen oder sogar auf den Plätzen herumlaufen – aber wohl bemerkt: Hühner und Gänse. Ich habe doch noch im vorigen Jahr die Verordnung erlassen, daß Schweine und Ziegen auf den öffentlichen Plätzen nicht geduldet werden dürfen, und ich habe diese Verordnung in der Versammlung öffentlich und vor allem Volke laut vorlesen lassen.«

»Nein, Peter Fjodorowitsch, ich kann hierin nur eins sehen: daß Sie mich durchaus beleidigen wollen.«

»Nein, nein, das dürfen Sie nicht sagen, daß ich Sie beleidigen will, verehrter Freund und Gönner. Erinnern Sie sich doch gefälligst: Ich habe kein Wort gesagt, als Sie im vorigen Jahr Ihr Dach um ein Arschin höher setzen ließen, als das gesetzliche Maß es erlaubt. Im Gegenteil, ich tat, als bemerkte ich nichts davon. Glauben Sie mir, Verehrtester, daß ich auch jetzt – sozusagen vollkommen... aber meine Pflicht, oder... mit einem Wort, mein Amt fordert, daß ich auf Reinlichkeit halten muß. Urteilen Sie doch selbst, wenn plötzlich auf der Hauptstraße...«

»Auch was Schönes – diese Ihre Hauptstraße! Wo die alten Weiber allen Unrat hinwerfen, den sie nicht brauchen können.«

»Erlauben Sie mir. Ihnen zu bemerken, Iwan Iwanowitsch, daß Sie es sind, der mich beleidigt. Es ist wahr, es geschieht manchmal, aber doch nur in der Nähe von Zäunen, Speichern oder Kammern; aber daß sich eine trächtige Sau auf die Hauptstraße oder auf den Platz hinauswagt, das ist so eine Sache...«

»Was ist denn dabei, Peter Fjodorowitsch? Ein Schwein ist doch auch ein Geschöpf Gottes.«

»Zugegeben. Alle Welt weiß, daß Sie ein gelehrter Mann sind. Sie kennen die Wissenschaften und viele andere Dinge. Ich habe mich natürlich nicht mit den Wissenschaften befaßt; das Schnellschreiben habe ich erst mit dreißig Jahren gelernt. Wie Sie wissen, war ich Gemeiner.«

»Hm«, sagte Iwan Iwanowitsch.

»Ja,« fuhr der Polizeimeister fort, »im Jahre 1801 war ich Leutnant der 4. Kompanie im 42. Jägerregiment. Unser Kommandant war, wie Sie vielleicht wissen, ein gewisser Hauptmann Jeremejew.« Hierbei senkte der Polizeimeister seine Finger in die Tabaksdose, die Iwan Iwanowitsch ihm hinhielt, und zerrieb den Tabak zwischen den Händen.

»Hm«, erwiderte Iwan Iwanowitsch.

»Aber es ist meine Pflicht, mich den Forderungen der Obrigkeit zu unterwerfen«, fuhr der Polizeimeister fort. »Wissen Sie auch, Iwan Iwanowitsch, daß die Entwendung eines amtlichen Schriftstückes, genau so wie jegliches andere Verbrechen, vor das Kriminalgericht gehört?«

»Das weiß ich so gut, daß ich Ihnen, wenn Sie wünschen, sogar einen Vortrag darüber halten könnte. Aber das bezieht sich auf Menschen, so z. B. wenn Sie ein Dokument gestohlen hätten. Aber ein Schwein – ein Tier, ein Geschöpf Gottes...«

»Sie mögen recht haben, aber das Gesetz lautet: Der des Diebstahls Schuldige – ich bitte Sie genauer hinzuhören. – Der Schuldige! Hier ist weder vom Stand, noch von der Gattung, noch vom Geschlecht die Rede, also kann auch ein Tier der Schuldige sein. Aber wie Sie wollen, das Tier muß bis zur Verkündigung des Urteils als Ruhestörer der Polizei ausgeliefert werden.«

»Nein, Peter Fjodorowitsch, das wird nun nicht geschehen«, sagte Iwan Iwanowitsch kaltblütig.

»Wie Sie meinen, ich muß mich jedoch an die Vorschriften der Regierung halten.«

»Wie? Sie drohen mir? Sie wollen wahrscheinlich den einarmigen Soldaten herschicken, um es holen zu lassen. Ich werde meiner Magd befehlen, ihm mit der Ofenzange heimzuleuchten, die wird ihm auch noch seine gesunde Hand entzweischlagen!«

»Ich will nicht mit Ihnen streiten. Falls Sie der Polizei das Schwein nicht auszuliefern gedenken, so tun Sie mit ihm, was Ihnen beliebt; schlachten Sie es meinetwegen zu Weihnachten, machen Sie Schinken daraus, oder verzehren Sie es. Ich möchte Sie jedoch bitten, falls Sie Würste daraus machen sollten, mir ein paar von der Sorte zu schicken, die Ihre Gapka so kunstvoll aus Blut und Schmalz zuzubereiten versteht. Meine Agrafena Trofimowna mag sie so gern.«

»Mit Vergnügen; ein paar Würste will ich Ihnen gern schicken.«

»Sie werden mich sehr zu Danke verpflichten, verehrter Freund und Gönner. Jetzt gestatten Sie mir jedoch, Ihnen noch ein Wort zu sagen. Ich habe von allen unseren Bekannten und vom Richter den Auftrag, Sie sozusagen mit Ihrem Freunde Iwan Nikiforowitsch zu versöhnen.«

»Was, mit diesem ungebildeten Menschen? Ich soll mich mit diesem Grobian versöhnen? Niemals! Das wird nie geschehen! Das wird nie geschehen!« Iwan Iwanowitsch befand sich in einer sehr entschlossenen Stimmung.

»Wie Sie wünschen,« antwortete der Polizeimeister und regalierte jedes Nasenloch mit einer Prise, »ich wage nicht, Ihnen einen Rat zu geben, aber erlauben Sie mir, zu bemerken: Jetzt sind Sie verfeindet, aber wenn Sie sich versöhnen...«

Allein Iwan Iwanowitsch begann von der Wachteljagd zu erzählen, was er gewöhnlich tat, wenn er das Gesprächsthema wechseln wollte. Und so mußte der Polizeimeister unverrichteter Sache abziehen.

VI. Aus diesem Kapitel kann der Leser alles erfahren, was es enthält

Wie sehr man auch im Gericht die Tatsache geheimzuhalten suchte: Es half nichts, am nächsten Tag schon wußte ganz Mirgorod, daß Iwan Iwanowitschs Schwein Iwan Nikiforowitschs Eingabe gestohlen hatte. Der Polizeimeister selbst war der erste, dem das Geheimnis in einem unbewachten Augenblicke entschlüpfte. Als man es Iwan Nikiforowitsch erzählte, sagte er weiter nichts als: »War es vielleicht das braune?«

Aber Agafja Fedossejewna, die gerade anwesend war, fiel über Iwan Nikiforowitsch her. »Was fällt dir ein, Iwan Nikiforowitsch? Wie wird man dich auslachen! Wie wird man sich über deine Dummheit lustig machen, wenn du dazu schweigst! Und du willst ein Edelmann sein? Du wärst ja schlimmer als das alte Weib, das die Honigkuchen verkauft, die du so gern ißt!« Und die Unermüdliche ließ nicht eher nach, als bis sie ihn überredet hatte. Sie trieb irgendwo einen Menschen in mittleren Jahren auf: einen brünetten Herrn, voller Flecken im Gesicht, in einem dunkelblauen Rock und mit geflickten Ärmeln – einen rechten Tintenkuli und Winkelkonsulenten. Dieser Mensch schmierte seine Stiefeln mit Teer, hatte immer drei Federn hinterm Ohr und trug eine mit einem Schnürchen befestigte Glasblase am Knopfe, die er als Tintenfaß benutzte. Er aß neun Pasteten auf einen Sitz und steckte die zehnte ein, dabei war er imstande, soviel Verleumdungen auf einen Stempelbogen zu schreiben, daß kein Schreiber es fertig brachte, sie in einem Zug herunterzulesen, ohne dazwischen mehrmals zu husten und zu niesen. Dieses kleine, menschenähnliche Wesen wühlte überall herum, strengte sich aus Leibeskräften an und braute endlich folgendes Schriftstück zusammen:

»An das Kreisgericht zu Mirgorod von dem Edelmann Iwan, Nikifors Sohn, Dowgutschchun.

»Betreffend der von mir, dem Edelmann Iwan, Nikifors Sohn, Dowgotschchun, eingereichten Eingabe gegen den Edelmann Iwan, Iwans Sohn, Pererepenko, welche das Kreisgericht zu Mirgorod anzunehmen sich bereit erklärt hat: Jenes freche, eigenmächtige Verfahren des braunen Schweins ist trotz der Geheimhaltung zu fremder Leute Ohren gedrungen. Diese Unterlassungssünde aber, und diese Nachsicht erfordert, als böswillig, und beabsichtigt, ein unverzügliches Eingreifen der Gerichte, denn jenes Schwein ist ein unvernünftiges Tier, und daher um so eher zum straflosen Raub von Dokumenten geeignet. Hieraus geht klar hervor, daß das oft genannte Schwein nicht anders als von dem Gegner, dem sogenannten Iwan, Iwans Sohn, Pererepenko, der schon häufig des Raubes, des Trachtens nach dem Leben anderer und der Gotteslästerung überführt wurde, dazu angestiftet worden ist. Aber das Gericht zu Mirgorod hat mit der ihm eigenen Parteilichkeit für seine Person sein geheimes Einverständnis zu erkennen gegeben, da ohne dieses Einverständnis jenes Schwein nicht zur Entwendung des Dokumentes zugelassen werden konnte, insbesondere, da das Mirgoroder Kreisgericht mit Amtsdienern wohl versehen ist: Hierfür genügt es als Beweis, zu erwähnen, daß sich zu jeder Zeit ein Soldat im Empfangszimmer befindet, der, obwohl er ein schielendes Auge und eine etwas verkrüppelte Hand hat, durchaus dazu geeignet ist, ein Schwein mit einem Knüttel zu schlagen und davonzujagen. Aus allem diesem geht die zu große Nachsicht des Gerichts von Mirgorod sowie die unzweifelhafte, jüdische Teilung eines Vorteils auf Grund gemeinschaftlichen Übereinkommens hervor. Jener obenerwähnte Räuber und Edelmann Iwan, Iwans Sohn, Pererepenko, hat, nachdem er sich dergestalt entehrt hat, im Vertrauen hierauf diese Affäre in Szene gesetzt. Daher bringe ich, der Edelmann Iwan, Nikifors Sohn, Dowgutschchun, dem Kreisgerichte zur Kenntnis, daß, falls jenem Schwein oder dem mit ihm im Einverständnis handelnden Edelmann Pererepenko die genannte Eingabe nicht abverlangt und das Urteil nicht nach Recht und Gerechtigkeit zu meinen Gunsten gesprochen wird, ich, der Edelmann Iwan, Nikifors Sohn, Dowgotschchun, fest entschlossen bin, dem Appellationsgericht eine Klage wider jenes Gericht als wegen gesetzwidriger Beihilfe einzureichen, mit der in gebührender Form vorgebrachten Bitte um Desolvierung der Sache zur Revision.

Der Edelmann des Mirgoroder Kreises Iwan, Nikifors Sohn, Dowgotschchun.«

Dieses Schriftstück tat seine Wirkung. Der Richter gehörte, wie alle gutmütigen Menschen, zu der ängstlichen Brüderschaft. Er wandte sich an den Sekretär. Aber der Sekretär öffnete seine dicken Lippen, stieß nur ein »Hm« hervor,... und sein Gesicht nahm jene gleichgültige, teuflisch-zweideutige Miene an, mit der etwa Satan eines seiner Opfer betrachtet, das ihm ins Garn ging und sich hilflos zu seinen Füßen windet. Es blieb nur noch ein Mittel übrig: die beiden Feinde zu versöhnen. Aber wie sollte man das anfangen, da bisher alle Versuche erfolglos geblieben waren? Man beschloß, immerhin noch einen letzten Versuch zu machen, aber Iwan Iwanowitsch erklärte kurz und bündig, er wolle nicht, und wurde sogar ernstlich böse. Iwan Nikiforowitsch kehrte dem Vermittler statt einer Antwort den Rücken und sagte kein Wort. So ging denn der Prozeß mit der bekannten Geschwindigkeit, durch die sich die Gerichte auszeichnen, weiter. Das Papier wurde abgestempelt, in die Listen eingetragen, numeriert, geheftet und unterschrieben, und dies alles geschah an ein und demselben Tage; dann wurde es endlich in den Schrank gelegt, und blieb ein, zwei, drei Jahre usw. liegen. Viele Bräute fanden Zeit, ihre Hochzeit zu feiern, in Mirgorod wurde eine neue Straße angelegt, der Richter verlor einen Backenzahn und zwei Schneidezähne, auf Iwan Iwanowitschs Hof liefen noch mehr Kinder herum als früher (Gott allein weiß, wo sie herkamen), Iwan Nikiforowitsch baute Iwan Iwanowitsch zum Trotz einen neuen Gänsestall, der sich freilich in einiger Entfernung von der Stelle befand, auf der der frühere gestanden hatte, ja er verbaute sich ganz gegen Iwan Iwanowitsch, so daß diese würdigen Männer sich fast nie mehr von Angesicht zu Angesicht sahen: die Prozeßakten aber lagen noch immer in schönster Ordnung im Schrank, der von den vielen Tintenklecksen allmählich ganz marmoriert wurde.

Unterdessen aber trat ein für ganz Mirgorod äußerst wichtiges Ereignis ein: Der Polizeimeister gab eine Assemblee. Wo nehme ich Pinsel und Farben her, um die ganze Großartigkeit der Auffahrt, den Glanz und die Pracht des Festmahls zu schildern. Nehmen Sie eine Uhr, öffnen Sie sie und sehen Sie sich an, was darin vorgeht. Nicht wahr, das ist ein furchtbares Durcheinander? Und nun stellen Sie sich vor, daß ebenso viele, wenn nicht noch viel mehr Räder auf dem Hofe des Polizeimeisters nebeneinanderstanden. Was gab es da nicht für Wagen und Kutschen! Die einen hinten ganz breit und vorn schmal, die anderen vorn breit und hinten schmal; die eine war eine leichte Kalesche und zugleich ein schwerer Lastwagen, die andere weder Kalesche noch Lastwagen, die eine glich einem gewaltigen Heuschober oder einer dicken Kaufmannsfrau, die andere einem flinken Juden oder einem Skelett, das sich noch nicht ganz aus seiner Haut gelöst hat. Die einen sahen im Profil geradezu aus wie eine Pfeife mit einem Pfeifenrohr, und andere ließen sich wieder überhaupt mit gar nichts vergleichen, sondern waren ganz seltsame Gebilde von furchtbarer Häßlichkeit und außerordentlich phantastischen Formen. Über dieses Chaos von Rädern und Kutschböcken erhob sich eine besondere Art von Wagen; er hatte ein riesengroßes Fenster, das von einem dicken Querholz durchkreuzt war. Die Kutscher in Kosakenröcken, grauen Bauernkitteln und -jacken, mit den verschiedensten Schaffell- und anderen Mützen, führten, mit der Pfeife im Munde, ihre ausgespannten Pferde im Hofe herum. Nein, was war das für eine herrliche Assemblee, die der Polizeimeister gab! Gestatten Sie, daß ich Ihnen die Namen aller Anwesenden aufzähle: Taraß Tarassowitsch, Jewpl Akinfowitsch, Jewtichij Jewtichijewitsch, Iwan Iwanowitsch (nicht der bekannte Iwan Iwanowitsch, sondern ein anderer), Ssawwa Gawrilowitsch, unser Iwan Iwanowitsch, Eleutherij Eleutherjewitsch, Makar Nasarjewitsch, Thomas Grigorjewitsch... nein, ich kann nicht weiter, ich habe keine Kraft mehr. Und wieviel Damen da waren! – brünette und weißwangige, lange und kurze, so dicke wie Iwan Nikiforowitsch und so magere, daß man meinte, sie in die Degenscheide des Polizeimeisters stecken zu können! Und wieviel verschiedene Hauben, wieviele Kleider es da gab! Rote, gelbe, kaffeebraune, grüne, blaue, neue, gewendete, umgearbeitete – und dann diese Bänder, Tücher, Ridiküls! Ade, ihr armen Augen! Nach diesem Schauspiel werdet ihr zu nichts mehr fähig sein. Und welch lange Tafel da gedeckt war! Wie alles durcheinander schwatzte! Welch ein Lärm sich überall erhob! Was ist eine Mühle mit all ihren Mühlsteinen, Rädern und ihrem Stampfwerk dagegen! Ich kann nicht mit Bestimmtheit sagen, wovon man sprach, aber man darf annehmen, daß von vielen angenehmen und nützlichen Dingen die Rede war: vom Wetter, von Hunden, von Weizen, Hauben, Hengsten usw. Endlich sagte Iwan Iwanowitsch – nicht unser Iwan Iwanowitsch, sondern der andere, der mit dem schielenden Auge – : »Es wundert mich sehr, daß

mein rechtes Auge (der schielende Iwan Iwanowitsch ironisierte sich immer selbst) Iwan Nikiforowitsch, Herrn Dowgotschchun nicht sieht.«

»Er wollte nicht kommen«, sagte der Polizeimeister.

»Warum denn nicht?«

»Herrgott, es sind schon bald zwei Jahre, daß sich Iwan Iwanowitsch und Iwan Nikiforowitsch
entzweit haben, und wo der eine ist, geht der andere auf keinen Fall hin.«

»Was Sie sagen!« Hierbei erhob der schielende Iwan Iwanowitsch seinen Blick gen Himmel
und faltete die Hände: »Was soll nur werden, wenn auch die Leute mit gesunden Augen sich
nicht mehr vertragen wollen. Wie soll ich mit meinem schielenden Auge in Frieden leben!«
Bei diesen Worten lachten alle aus vollem Halse. Der schielende Iwan Iwanowitsch war sehr
beliebt, weil er immer Witze machte, die dem damaligen Zeitgeschmack angepaßt waren. Sogar
der große, dürre Herr im Friesrock und mit dem Pflaster auf der Nase, der bisher unbeweglich
in der Ecke gesessen und keine Miene verzogen hatte – auch da nicht, als ihm eine Fliege in
die Nase flog –, sogar dieser Herr stand jetzt auf und näherte sich dem Kreise, der sich um den
schielenden Iwan Iwanowitsch gebildet hatte. »Hören Sie,« sagte der schielende Iwan Iwanowitsch, als er sah, daß der Kreis um ihn herum genügend groß war, »hören Sie, statt daß Sie
sich jetzt an meinem schielenden Auge ergötzen, wollen wir doch lieber unsere beiden Freunde
versöhnen! Iwan Iwanowitsch unterhält sich gerade mit den Frauensleuten... Wollen wir doch
heimlich nach Iwan Nikiforowitsch schicken und die beiden zusammenführen?«

Der Vorschlag Iwan Iwanowitschs wurde einstimmig angenommen; man beschloß, sofort
nach Iwan Nikiforowitsch zu schicken und ihn zum Polizeimeister zu Tisch zu bitten, es koste,
was es wolle. Aber vorher gab es noch eine wichtige Frage zu lösen: Wen sollte man mit diesem verantwortungsvollen Auftrag betrauen? Das brachte alle in Verlegenheit. Lange wurde hin
und her gestritten, wer wohl für derartige diplomatische Missionen am geeignetsten sei. Endlich aber wurde einstimmig beschlossen, Anton Prokofjewitsch Golopusj zu diesem Zwecke zu
entsenden.

Doch ich muß den Leser zuvor mit dieser außerordentlichen Persönlichkeit bekannt machen.
Anton Prokofjewitsch war ein vollkommen tugendhafter Mensch in des Wortes höchster Bedeutung. Schenkte ihm einer der Mirgoroder Honoratioren ein Halstuch oder ein Paar Unterhosen,
so bedankte er sich; gab ihm jemand einen Nasenstüber, so bedankte er sich gleichfalls. Fragte
man ihn: »Anton Prokofjewitsch, warum haben Sie einen braunen Rock mit hellblauen Ärmeln
an?«, so antwortete er gewöhnlich: »Sie haben ja nicht einmal einen solchen! Warten Sie, wenn
er etwas abgetragen ist, wird sich schon alles ausgleichen.« Und tatsächlich: Mit der Zeit begann
das hellblaue Tuch unter dem Einfluß der Sonne braun zu werden, und jetzt paßte es schon ganz
gut zu bei Farbe des Rocks. Was aber am bemerkenswertesten war, war dies, daß Anton Prokofjewitsch die Angewohnheit hatte, im Sommer Tuch-und im Winter Nankinganzüge zu tragen.
Anton Prokofjewitsch besitzt kein eigenes Haus. Einst besaß er eins am Ende der Stadt, aber er
verkaufte es, erstand sich für den Erlös drei braune Pferde und einen kleinen Wagen, und fuhr
von einem Gutsbesitzer zum anderen zu Besuch. Aber da die Pferde ihm doch viel Umstände
machten und er in einem fort Geld für Hafer brauchte, so tauschte Anton Prokofjewitsch sie
gegen eine Geige, ein Dienstmädchen und fünfundzwanzig Rubel ein. Die Geige verkaufte er
später wieder, und das Mädchen tauschte er gegen einen Saffiantabaksbeutel ein – aber dafür
hat er jetzt auch einen Tabaksbeutel wie kein zweiter. Allerdings mußte er diesen Genuß teuer
erkaufen: Er kann nun nicht mehr von einem Dorf ins andere fahren, er muß in der Stadt
bleiben und in den verschiedensten Häusern, gewöhnlich bei Edelleuten, übernachten, denen
es Spaß macht, ihm Nasenstüber zu geben. Anton Prokofjewitsch liebt es, gut zu essen, und
spielt recht gut Schafskopf oder auch »Müller«. Es war immer seine Art, sich unterzuordnen,
und darum ergriff er auch jetzt Stock und Mütze und machte sich ohne weiteres auf den Weg.

Unterwegs überlegte er sich's, wie er Iwan Nikiforowitsch bewegen könnte, die Assemblee
zu besuchen. Die schroffe Art des sonst gewiß würdigen Mannes machte sein Unternehmen
fast zu einer Unmöglichkeit. Wie sollte sich auch Iwan Nikiforowitsch dazu entschließen, da
ihm doch schon das bloße Aufstehen soviel Mühe machte? Aber angenommen selbst, daß er

aufstünde, wie sollte er dahin gehen wollen, wo – und das wußte er zweifellos – wo sein unversöhnlicher Feind sich befand? Je länger Anton Prokofjewitsch darüber nachdachte, um so mehr Hindernisse türmten sich auf. Es war ein schwüler Tag, die Sonne brannte vom Himmel herab, Anton Prokofjewitsch war wie in Schweiß gebadet. Obschon er oft Nasenstüber bekam, war er in mancherlei Hinsicht ein gewiegter Mensch (nur beim Tauschen hatte er manchmal Unglück). Er wußte sehr gut, wann man den Narren spielen mußte, und fand sich mitunter in Situationen und Verhältnissen zurecht, in denen selbst ein Kluger sich keinen Rat gewußt hätte.

Während sein erfinderischer Geist nach Mitteln und Wegen suchte, Iwan Nikiforowitsch zu überreden, gelangte Anton Prokofjewitsch allmählich bis ans Haus und wollte schon mutig der Entscheidung entgegengehen, als ihn ein ganz unvorhergesehener Umstand ein wenig in Verlegenheit brachte. Hier ist es übrigens am Platz, dem Leser die Mitteilung zu machen, daß Anton Prokofjewitsch unter anderm auch ein Paar recht merkwürdige Hosen besaß; sobald er dieses Paar trug, bissen ihn die Hunde immer in die Waden. Unglücklicherweise mußte er gerade heute diese Hosen anhaben. Er war noch ganz in Gedanken vertieft, als ihn plötzlich ein fürchterliches Hundegebell aufschreckte, das von allen Seiten an sein Ohr schlug. Anton Prokofjewitsch begann so zu schreien (lauter als er kann man überhaupt gar nicht schreien), daß nicht nur das bekannte alte Weib und der Besitzer des unförmlichen Rocks ihm entgegenliefen, sondern auch die Jungens aus Iwan Iwanowitschs Hause hinzugerannt kamen. Und obgleich die Hunde nur Zeit gehabt hatten, nach einem seiner Beine zu schnappen, setzte doch dies Anton Prokofjewitschs Mut beträchtlich herab, und so trat er denn mit einer gewissen Befangenheit in den Flur.

»Ah, guten Tag, warum necken Sie denn meine Hunde?« rief Iwan Nikiforowitsch, als er Anton Prokofjewitsch erblickte, denn man sprach allgemein nicht anders, als in scherzendem Tone mit ihm.

»Mögen sie alle verrecken! Wer denkt daran, sie zu necken!« versetzte Anton Prokofjewitsch.

»Sie schwindeln!«

»Bei Gott nicht! Peter Fjodorowitsch läßt Sie zu Tisch bitten.«

»Hm.«

»Bei Gott, er bittet Sie so dringend darum; ich kann es wirklich gar nicht ausdrücken. ›Was soll das heißen‹, sagt er, ›Iwan Nikiforowitsch geht mir ja aus dem Wege, wie einem Feinde. Er kommt nicht mehr zu mir; man sitzt nie mehr zusammen und plaudert nicht mehr miteinander‹«

Iwan Nikiforowitsch strich sich über das Kinn.

»Wenn Iwan Nikiforowitsch heute wieder nicht kommt, dann weiß ich wirklich nicht, was ich davon halten soll. Sicher führt er etwas gegen mich im Schilde. Anton Prokofjewitsch, tun Sie mir doch den Gefallen, sehen Sie zu, ob Sie ihn nicht überreden können‹ Nun, was meinen Sie, Iwan Nikiforowitsch? Kommen Sie mit? Sie finden dort eine reizende Gesellschaft beisammen!«

Aber Iwan Nikiforowitsch lag ruhig da und betrachtete einen Hahn, der auf einem Fuße stand und aus voller Kehle krähte.

»Wenn Sie wüßten, Iwan Nikiforowitsch,« fuhr der eifrige Abgeordnete fort, »was Peter Fjodorowitsch für einen herrlichen Stör und für einen frischen Kaviar bekommen hat!«

Hier wandte ihm Iwan Nikiforowitsch das Gesicht zu und begann aufmerksamer zuzuhören.

Dies ermutigte den Abgesandten. »Kommen Sie schnell. Thomas Grigorjewitsch ist auch da. Was ist denn nur?« fügte er hinzu, als er sah, daß Iwan Nikiforowitsch noch immer in der gleichen Stellung liegen blieb. »Gehen wir – oder gehen wir nicht?«

»Ich mag nicht.«

Anton Prokofjewitsch war durch dieses »Ich mag nicht« ganz verblüfft. Er hatte geglaubt, daß seine überzeugenden Vorstellungen den so würdigen Mann schon völlig gewonnen hatten, und nun mußte er ein glattes Nein vernehmen.

»Warum wollen Sie denn nicht?« fragte er fast verdrießlich, obgleich ihm so etwas nur ganz selten passierte (nicht einmal dann, wenn man ihm, wie das der Richter und der Polizeimeister zu ihrem Vergnügen zu tun pflegten, ein Stück brennendes Papier auf den Kopf legte).

Iwan Nikiforowitsch nahm eine Prise.

»Nun denn, machen Sie, was Sie wollen, Iwan Nikiforowitsch, obgleich ich nicht verstehe, was Sie zurückhält.«

»Wozu soll ich hingehen,« sagte endlich Iwan Nikiforowitsch, »der Räuber ist ja doch da.« So nannte er gewöhnlich Iwan Iwanowitsch. Gerechter Gott! Und wie lange war es her…

»Bei Gott, er ist nicht da! So gewiß ein gerechter Gott im Himmel lebt, er ist nicht da! Mich soll auf der Stelle der Blitz treffen!« antwortete Anton Prokofjewitsch, der gewöhnt war, Gott in jeder Stunde zehnmal anzurufen. »Kommen Sie schnell, Iwan Nikiforowitsch.«

»Sie schwindeln ja, Anton Prokofjewitsch, er ist sicher da!«

»Bei Gott, nein, so wahr mir Gott helfe, nein! Ich will nie von dieser Stelle weichen, wenn er da ist! Urteilen Sie selbst, warum sollte ich lügen? Hände und Füße sollen mir verdorren… Wie, Sie glauben mir noch immer nicht? Ich will hier vor Ihren Augen verrecken! Mein Vater und meine Mutter und ich selbst, wir mögen alle um unsere Seligkeit kommen, wenn es nicht wahr ist! Glauben Sie mir noch immer nicht?«

Diese Beteuerungen beruhigten Iwan Nikiforowitsch vollkommen. Er befahl seinem Kammerdiener mit dem endlosen Frack, ihm seine Hosen und seinen Nankingrock zu bringen.

Ich halte es für ganz überflüssig, zu beschreiben, wie Iwan Nikiforowitsch seine Hosen anzog, wie man ihm die Halsbinde um den Hals wickelte und wie man ihm endlich in den Rock hineinhalf, der hierbei unter dem linken Ärmel platzte. Es genügt, wenn ich sage, daß er während dieser ganzen Zeit eine würdige Ruhe bewahrte und mit keinem Wort auf die Vorschläge Prokofjewitschs einging, der ihm durchaus seinen türkischen Tabaksbeutel gegen etwas anderes eintauschen wollte.

Unterdessen wartete die ganze Gesellschaft mit Ungeduld auf den entscheidenden Moment, da Iwan Nikiforowitsch erscheinen und da endlich der allgemeine Wunsch in Erfüllung gehen würde, die beiden Ehrenmänner miteinander zu versöhnen. Viele waren nahezu überzeugt, daß Iwan Nikiforowitsch gar nicht kommen würde. Der Polizeimeister wollte sogar mit dem schielenden Iwan Iwanowitsch eine Wette eingehen, daß er nicht kommen würde. Die Wette kam jedoch nicht zustande, weil der schielende Iwan Iwanowitsch vorschlug, der Polizeimeister solle sein angeschossenes Bein gegen sein schielendes Auge einsetzen; – der Polizeimeister fühlte sich ernstlich verletzt, aber die ganze Gesellschaft lachte im geheimen über diesen Scherz. Niemand wollte sich zu Tisch setzen, obwohl es schon längst zwei Uhr war, eine Zeit, zu der man in Mirgorod auch bei den feinsten Diners längst zu Mittag speist. Sowie Anton Prokofjewitsch in der Tür erschien, umringte ihn die ganze Gesellschaft augenblicklich, aber Anton Prokofjewitsch hatte auf die zahlreichen Fragen nur ein entschiedenes und lautes: »Er kommt nicht!« Kaum war das Wort gefallen, als ein Hagelwetter von Scheltworten, Vorwürfen und vielleicht sogar Püffen seinen Kopf für die verfehlte Mission bedrohte, doch da tat sich die Türe auf, und Iwan Nikiforowitsch trat herein.

Wenn in diesem Augenblick Satan in höchsteigener Person oder irgendein Verstorbener eingetreten wäre, – sie hätten bei den Anwesenden kein solches Erstaunen erregt wie das unerwartete Erscheinen Iwan Nikiforowitschs. Anton Prokofjewitsch aber hielt sich die Seiten vor Lachen und freute sich unbändig, daß er die ganze Gesellschaft so zum Narren gehalten hatte.

Wie dem auch sei, alle hielten es für völlig unwahrscheinlich, daß Iwan Nikiforowitsch sich in so kurzer Zeit hatte ankleiden können, wie es sich für einen Edelmann ziemt. Iwan Iwanowitsch war in diesem Moment gerade nicht im Zimmer, er war aus irgendeinem Grunde eben hinausgegangen. Als man sich vom ersten Erstaunen erholt hatte, äußerte die ganze Gesellschaft ihren lebhaften Anteil an dem Wohlbefinden Iwan Nikiforowitschs, und alle sprachen ihre Freude über die Zunahme seiner Körperfülle aus. Iwan Nikiforowitsch küßte alle Anwesenden und sagte: »Sehr verbunden.«

Unterdessen aber drang der Duft der Rübensuppe in das Zimmer und kitzelte in angenehmster Weise die Nasen der hungrigen Gäste. Alle gingen ins Eßzimmer. Eine lange Reihe von stillen und gesprächigen, dicken und dünnen Damen zog voran, und die lange Tafel erstrahlte in allen Farben. Ich werde nicht alle Speisen beschreiben, die aufgetragen wurden, werde nichts über die Knödel in saurer Sahne und das Gekröse, das es zur Rübensuppe gab, sagen, auch nicht von dem Truthahn mit der Pflaumen-und Rosinenfüllung, noch von der Speise, die einem in Kwas eingeweichten Paar Stiefeln gleicht, noch von der Sauce, dem Schwanenliede des alten Kochs, noch vom Pudding, der brennend serviert wurde, was die Damen immer sehr ängstigt und zugleich unterhält. Ich werde nicht von diesen Speisen sprechen, denn ich muß gestehen, daß ich sie viel lieber verzehre als mich des weiteren über sie auslasse.

Iwan Iwanowitsch hatte besonders einem mit Meerrettich zubereiteten Fisch Geschmack abgewonnen. Er beschäftigte sich eifrig mit dieser nützlichen und nahrhaften Veranstaltung, löste die allerkleinsten Gräten heraus und legte sie auf den Rand des Tellers. Dabei blickte er zufällig auf sein Visavis. Himmlischer Vater, war das merkwürdig! Ihm gegenüber saß Iwan Nikiforowitsch.

In demselben Augenblick sah auch Iwan Nikiforowitsch auf… Nein – ich kann nicht weiter! Man reiche mir eine andere Feder, nein – die meine ist viel zu matt und tot. Zu zart und schwächlich für dieses Bild. Der Ausdruck großer Verwunderung, die sich in ihren Gesichtern spiegelte, gab ihren Zügen etwas Steinernes. Jeder von ihnen erblickte das längst vertraute Gesicht, jeder von ihnen war dem Anschein nach unwillkürlich bereit, zum Freunde, der so unerwartet vor ihm saß, hinzutreten und ihm die Tabaksdose mit den Worten hinzuhalten: »Bitte, bedienen Sie sich!«, oder: »Darf ich Sie bitten, sich zu bedienen!« Zugleich aber hatten

die Gesichter etwas Furchtbares und Unheilverkündendes. Iwan Iwanowitsch und Iwan Nikiforowitsch waren wie in Schweiß gebadet.

Alle Anwesenden, soviel ihrer bei Tische waren, verstummten vor Spannung und konnten
die Augen nicht von den einstigen Freunden wegwenden. Die Damen, die bis dahin in ein sehr
interessantes Gespräch über die Entstehung der Kapaunen vertieft waren, brachen plötzlich ab.
Alles schwieg. Es war ein Bild, würdig des Pinsels eines großen Künstlers.

Endlich zog Iwan Iwanowitsch sein Taschentuch hervor und begann sich zu schneuzen. Iwan
Nikiforowitsch aber sah sich um und suchte mit den Augen nach dem Ausgang.

Aber der Polizeimeister hatte schon bemerkt, was mit ihnen vorging, und ließ die Türe noch
fester verschließen. Die beiden Freunde wandten sich daher wieder ihren Speisen zu und wür-
digten einander keines Blickes mehr.

Sowie jedoch das Diner zu Ende war, sprangen die beiden alten Freunde von ihren Sitzen auf
und sahen sich nach ihren Mützen um, um sich schleunigst davonzumachen. Da jedoch winkte
der Polizeimeister, und Iwan Iwanowitsch (nicht unser Iwan Iwanowitsch, sondern der andere,
mit dem schielenden Auge) stellte sich hinter Iwan Nikiforowitsch, während der Polizeimeister
hinter Iwan Iwanowitsch trat. Beide begannen, sie von hinten zu stoßen, um sie gegeneinander
zu drängen und nicht eher loszulassen, als bis sie sich die Hände gereicht hätten. Iwan Iwanowitsch (mit dem schielenden Auge) schob Iwan Nikiforowitsch, wenn auch ein wenig schief,
doch immerhin ganz geschickt, nach der Stelle, wo Iwan Iwanowitsch stand; der Polizeimeister
dagegen nahm die Richtung etwas zu sehr nach der Seite, da er mit seinen störrischen Gehwerk-
zeugen, die ihrem Kommandanten diesmal gar nicht parierten, durchaus nicht zurechtkommen
konnte. Wie zum Trotz schwenkte er das Bein gar zu weit zurück und nach der entgegengesetzten Richtung (das kam möglicherweise daher, weil bei Tisch sehr viel verschiedene Getränke
gereicht worden waren) – jedenfalls fiel Iwan Iwanowitsch auf eine Dame in einem roten Kleide,
die sich aus Neugierde bis in die Mitte gedrängt hatte. Dieses Omen ließ nichts Gutes vermuten.
Um die Sache wieder einzurenken, trat der Richter an die Stelle des Polizeimeisters, sog mit
der Nase allen Tabak von der Oberlippe auf und drängte Iwan Iwanowitsch nach der anderen
Seite. Das ist die in Mirgorod übliche Art der Versöhnung, sie erinnert entfernt an das Ballspiel.
Kaum aber hatte der Richter Iwan Iwanowitsch einen Stoß gegeben, als auch Iwan Iwanowitsch
mit dem schielenden Auge sich aus allen Kräften gegen Iwan Nikiforowitsch stemmte und ihn
vorwärts stieß. Der Schweiß floß Iwan Iwanowitsch von der Stirne herab wie das Regenwasser
von einem Dach. Aber trotzdem beide Freunde sich heftig sträubten, wurden sie doch anein-
andergedrängt, da beide Parteien von den Gästen tüchtig unterstützt wurden.

Man umringte sie von allen Seiten und ließ sie nicht früher auseinander, als bis sie sich die
Hände gereicht hatten.

»Gott mit Ihnen, Iwan Nikiforowitsch und Iwan Iwanowitsch, sagen Sie doch ehrlich: Warum haben Sie sich entzweit? Es war doch nur ein Unsinn! Schämen Sie sich doch vor Gott
und vor den Menschen!«

»Ich weiß nicht,« sagte Iwan Nikiforowitsch, der vor Müdigkeit laut schnaufte (kein Zweifel,
er war durchaus nicht abgeneigt, sich zu versöhnen), »ich weiß nicht, was ich Iwan Iwanowitsch
getan habe. Aber warum hat er meinen Stall zerstört? Warum wollte er mich zugrunde richten?«

»Ich bin mir keiner bösen Absicht bewußt,« sagte Iwan Iwanowitsch, ohne Iwan Nikiforowitsch anzusehen, »ich schwöre vor Gott und vor Ihnen allen, verehrte Freunde und Edelleute,
ich habe meinem Feinde nichts getan! Warum verleumdet er mich, warum beschimpft er immer
wieder meinen Rang und meinen Namen?«

»Was habe ich Ihnen denn für einen Schaden zugefügt, Iwan Iwanowitsch?« sagte Iwan Nikiforowitsch. Noch einen Augenblick der Aussprache – und die lange Feindschaft war dicht daran,
ganz zu verlöschen. Schon griff Iwan Nikiforowitsch in die Tasche, um seine Tabaksdose hervorzuholen und zu sagen: »Bitte, bedienen Sie sich.«

»Ist das vielleicht kein Schaden,« antwortete Iwan Iwanowitsch, ohne die Augen zu erheben,
»wenn Sie, geehrter Herr, mich, meinen Rang und meine Familie durch ein Wort beschimpft
haben, das hier zu wiederholen nicht anständig wäre!«

»Iwan Iwanowitsch, erlauben Sie mir, Ihnen in aller Freundschaft zu sagen (hierbei packte Iwan Nikiforowitsch Iwan Iwanowitsch beim Kopf, ein Zeichen seiner innigsten Sympathie): »Der Teufel weiß, weswegen Sie sich beleidigt gefühlt haben: Weil ich Sie einen ›Gänserich‹ genannt habe!«

Iwan Nikiforowitsch sah sofort ein, was für eine Unvorsichtigkeit er begangen hatte, als er dies Wort aussprach aber es war schon zu spät, das Wort war heraus. Jetzt ging alles zum Teufel! War doch Iwan Iwanowitsch schon damals unter vier Augen und ohne Zeugen, bei Nennung dieses Wortes ganz außer sich und in eine Wut geraten, die ich, weiß Gott, keinem Menschen wünschen möchte; urteilen Sie also selbst, meine verehrten Leser, was sollte nun geschehen, jetzt, wo das tödliche Wort in Gesellschaft, in Gegenwart vieler Damen gefallen war – denn da liebte es Iwan Iwanowitsch besonders, seine noble Lebensart zu zeigen. Wäre Iwan Nikiforowitsch etwas anderes eingefallen, hätte er *Vogel* statt *Gänserich* gesagt, die Sache hätte sich noch einrenken lassen, aber so ... war natürlich alles vorüber!

Iwan Iwanowitsch warf Iwan Nikiforowitsch einen Blick zu – einen Blick! Hätte dieser Blick ausübende Gewalt gehabt, Iwan Nikiforowitsch wäre zu Staub und Asche verbrannt worden. Die Gäste verstanden diesen Blick und bemühten sich, sie zu trennen. Und dieser Mann, das Muster aller Freundlichkeit, der keinen Bettler vorübergehen lassen konnte, ohne ihn anzusprechen und auszufragen, dieser Mann lief in maßloser Wut davon. So mächtig sind die Stürme der Leidenschaft!

Einen ganzen Monat hörte man nichts von Iwan Iwanowitsch. Er schloß sich in seinem Hause ein. Der vorsintflutliche Kasten wurde geöffnet, und es wurden alle möglichen Dinge aus ihm hervorgeholt – ja was denn? Silberrubel, alte, vom Großvater ererbte Silberrubel. Und diese Silberrubel wanderten in die schmutzigen Hände von Tintenklecksern hinüber. Die Sache ging an den Appellationshof weiter, und erst, als Iwan Iwanowitsch die freudige Nachricht erhielt, daß seine Sache morgen entschieden sein würde, erst da entschloß er sich endlich, wieder einen Blick in die Welt zu tun und etwas auszugehen. O weh! Seit jenem Tage benachrichtigt ihn das Appellationsgericht täglich im Laufe von zehn Jahren, daß die Entscheidung morgen fallen werde.

Vor fünf Jahren kam ich einmal durch Mirgorod. Ich hatte mir eine ungünstige Zeit zum Reisen ausgesucht. Es war Herbst, das Wetter war feucht und trübe, überall lag Schmutz und Nebel. Ein unnatürliches Grün – die Folge des trübseligen, ununterbrochenen Regens – bedeckte wie ein dünnes Netz die Felder und Wiesen, und das stand ihnen so an, wie einem Greise Torheiten oder einer alten Frau Rosen anstehen. Meine Stimmung war damals sehr vom Wetter abhängig: Ich wurde stets traurig, sowie das Wetter schlecht war. Nichtsdestoweniger fühlte ich mein Herz heftiger schlagen, als ich mich Mirgorod näherte. Herrgott, wieviel Erinnerungen drängten sich mir auf! Ich hatte Mirgorod zwölf Jahre lang nicht gesehen. Damals lebten hier zwei einzigartige Freunde in rührender Liebe vereinigt. Und wie viele berühmte Männer waren seitdem gestorben! Der Richter Demjan Demjanowitsch war schon tot, auch Iwan Iwanowitsch mit dem schielenden Auge hatte das Zeitliche gesegnet. Ich fuhr durch die Hauptstraße. Überall ragten Stangen mit aufgehefteten Strohbündeln empor; offenbar fand gerade eine neue Planierung statt. Einige von den Hütten waren abgetragen, und die Reste von Zäunen und Flechtwerk standen ganz melancholisch da.

Es war ein Feiertag, ich ließ meinen mit Matten gedeckten Wagen vor der Kirche halten und trat so leise ein, daß niemand sich umsah. Freilich, es war ja auch niemand da, der sich hätte umsehen können. Die Kirche war fast leer, es war kaum ein Mensch darin: Augenscheinlich fürchteten sich auch die Allerfrömmsten vor dem Straßenschmutz. Die Kerzen machten bei dem trüben oder besser kränklichen Tageslicht einen fast beängstigenden Eindruck; die Hallen waren düster, und die runden Scheiben der länglichen Kirchenfenster waren feucht von Regentränen. Ich trat in die Vorhalle und wandte mich an einen ehrwürdigen Mann mit grauen Haaren. »Gestatten Sie mir die Frage, lebt Iwan Nikiforowitsch noch?« In diesem Augenblick flackerte das Lämpchen vor dem Gottesbild heller auf, und das Licht fiel gerade auf das Gesicht meines

Nachbars. Wie sehr erstaunte ich, als ich bei näherem Hinsehen bekannte Züge entdeckte. Das war Iwan Nikiforowitsch in eigener Person, aber wie hatte er sich verändert!

»Sind Sie gesund, Iwan Nikiforowitsch? Wie alt Sie geworden sind!«

»Ja, ich bin alt geworden«, antwortete Iwan Nikiforowitsch. »Ich bin heute aus Poltawa zurückgekommen.« »Was Sie sagen! Bei dem schlechten Wetter sind Sie nach Poltawa gefahren?«

»Was soll man machen – der Prozeß!«

Unwillkürlich seufzte ich.

Iwan Nikiforowitsch hatte meinen Seufzer gehört und sagte: »Beunruhigen Sie sich nicht; ich habe die bestimmte Nachricht erhalten, daß die Sache in der nächsten Woche entschieden sein wird, und zwar zu meinen Gunsten.«

Ich zuckte die Achseln und ging, um mich nach Iwan Iwanowitsch zu erkundigen.

»Iwan Iwanowitsch ist hier, er ist oben auf dem Chor«, sagte mir jemand. Ich erblickte eine magere Gestalt. War das wirklich Iwan Iwanowitsch? Sein Gesicht war mit Runzeln bedeckt, die Haare waren schneeweiß, und nur die Pekesche hatte sich nicht verändert. Nach der ersten Begrüßung wandte sich Iwan Iwanowitsch mit dem heiteren Lächeln, das seinem trichterförmigen Gesicht so gut stand, zu mir hin und sagte: »Soll ich Ihnen eine frohe Neuigkeit mitteilen?«

»Eine Neuigkeit?« fragte ich.

»Morgen wird meine Sache entschieden; das Appellationsgericht hat es mir bestimmt versprochen!«

Ich seufzte noch tiefer und beeilte mich mit dem Abschied, da ich in einer sehr wichtigen Angelegenheit reiste. Ich bestieg meinen Wagen. Die elenden Gäule, die in Mirgorod unter dem Namen von Kurierpferden bekannt sind, zogen an und verursachten mit ihren, in der grauen Schmutzmasse einsinkenden Hufen ein unangenehmes Geräusch. Der Regen floß in Strömen auf den auf dem Bock sitzenden Juden herab, der sich durch eine Matte zu schützen suchte. Die Feuchtigkeit drang mir durch Mark und Bein. Der wehmütige Schlagbaum mit dem Wärterhäuschen, in dem der Invalide seine graue Uniform flickte, zog langsam an mir vorüber. Und wieder breitete sich das stellenweise aufgewühlte schwarze, hier und da grünlich schimmernde Feld vor mir aus: nasse Krähen und Raben, der monotone Regen und ein tränenfeuchter, trostlos grauer Himmel!

Es ist eine traurige Welt, meine Herren!

www.ingramcontent.com/pod-product-compliance
Lightning Source LLC
Chambersburg PA
CBHW050557160726
48003CB00002B/928